MW00964655

Sue Limb

16 ANS
Total fiasco

Traduit de l'anglais
par Emmanuelle Casse-Castric

Gallimard

Titre original : *Five star fiasco*
Édition originale publiée en Grande-Bretagne
par Bloomsbury Publishing Plc, Londres, 2012.

Pour Alex Meyers

. 1

Jess fit le trajet jusqu'au lycée en courant presque. Fred était déjà là, grand et dégingandé dans sa parka. Il parlait à Mackenzie près de la grille.

– Fred ! le héla Jess. Je les ai !

Les garçons tournèrent la tête vers elle. Fred l'observait par-dessous sa capuche comme un animal craintif aux yeux gris mystérieux. Jess sourit. Fred était son animal sauvage préféré. Après le gorille, bien entendu.

Jess déchira une enveloppe et en brandit le contenu avec un cri de triomphe retentissant.

– Les billets pour le Bal du Chaos, l'événement du siècle ! Je n'arrive pas à croire qu'on ait organisé ça ! Ils font vraiment pros, vous ne trouvez pas ?

Fred en prit un et l'examina.

– Hum, hésita-t-il. Ce sont sûrement les mieux

depuis ceux du Colisée de Rome. Vous savez: « Lions, limonade et linguines à volonté. »

– Génial ! s'exclama Mackenzie, qui était petit, frisé et plein d'énergie. Je peux avoir les miens ? J'en ai réservé quatre.

Il les arracha des mains de Jess.

– Attends, espèce de sauvage ! protesta-t-elle. Tu as bien payé ?

– La semaine dernière ! lui assura Mackenzie en comptant quatre tickets qu'il empocha.

– Attends, attends, cria Jess. Il faut que je te raye de la liste !

Elle chercha frénétiquement dans son sac, y dénichant une trousse de maquillage, un demi-trognon de pomme, une paire de chaussettes de rechange, un magazine people, quelques manuels scolaires mal assortis, trois stylos (dont deux hors service), les vestiges d'un sandwich au fromage préhistorique, deux papiers froissés garnis d'un chewing-gum usagé, une bouteille de Coca à moitié pleine qui avait commencé à fuir au fond du sac, mais pas de liste.

– Fred ! appela Jess. Je crois que c'est toi qui avais la liste. Regarde dans ton sac.

Fred n'interrompit pas sa contemplation du billet.

– On a opté pour la bonne typo, murmura-t-il.

J'avais bien dit que Dotum passerait mieux que MS Gothic.

– Où est la liste, Fred ? siffla Jess.

– Je ne l'ai pas, répondit-il avec un haussement d'épaules en lui rendant le ticket. Tu as dû la laisser chez toi.

– Ooooh, attends. (Jess venait de se rappeler quelque chose.) Je crois qu'il y a eu deux listes. Ou peut-être trois. Celle sur laquelle on se basait en début de semaine dernière, parce qu'on a vendu des tas de billets mardi, et après tu l'as oubliée chez toi, alors jeudi on en a fait une deuxième. Et je crois que vendredi il y en a eu une troisième avec juste quelques noms.

– Formidable ! lança Mackenzie avec un grand sourire. Tu es la reine des listes !

Jess lui adressa un sourire faiblard. En son for intérieur, elle paniquait. Elle était persuadée que Fred était en possession de toutes les listes. Mais voilà qu'elle doutait. Elle s'était appliquée à faire attention aux chèques et pensait avoir confié les listes à Fred.

La cloche sonna. En entrant dans le lycée, Jess saisit Fred par le coude.

– Écoute, souffla-t-elle, on ne peut pas distribuer des billets sans s'assurer que les gens ont payé ! Et sans les listes, comment le savoir ?

– On peut toujours faire une autre liste, proposa Fred. Je suis d'humeur à faire des listes. J'en sens une nouvelle qui vient : je vais faire celle des gens que je connais qui ressemblent à des personnages historiques. En commençant par le type de l'épicerie qui ressemble à Hitler.

– Fred, concentre-toi, grogna Jess (les pitreries de Fred ne tombaient pas toujours à point nommé). On doit faire ça bien ! Sinon il y aura des pique-assiettes ! On va devoir dire que les billets ne sont pas disponibles jusqu'à ce qu'on trouve la liste des gens qui ont payé.

Le problème, c'était qu'ils avaient déjà donné ses billets à Mackenzie.

À la récré, une foule se formait déjà, réclamant les tickets à grands cris, avec l'arrogante Jodie en tête de file. Enfin, ce n'était pas vraiment une file, mais plutôt une mêlée de rugby. Jodie arracha une poignée de billets des longs doigts mous de Fred.

– Bal, bar, buffet ! cria Jodie. Génial ! Il y aura quel groupe ?

– Nous n'avons pas encore… finalisé ça, bafouilla Jess.

– Mais il y aura du jazz, non ? demanda Ben Jones dont le divin visage venait d'apparaître derrière l'épaule de Jodie.

– Oh oui, c'est sûr, ne t'inquiète pas, le rassura Jess.

– J'ai réservé six places, dit Ben en tendant la main. Pour ma mère, mon père, ma sœur et son copain…

– Tu emmènes qui alors, Ben ? demanda carrément Jodie en se retournant pour le regarder.

– Juste… une amie, répondit-il timidement.

Jess se demanda qui était l'heureuse élue. Elle avait le pressentiment que Ben invitait peut-être quelqu'un qui n'allait pas au même lycée qu'eux. Il y avait tant de filles à Ashcroft qui soupiraient après lui que c'en était presque devenu une option au bac. Jess avait réussi l'épreuve en beauté : elle l'avait idolâtré pendant au moins six mois, avant de se rendre compte que c'était plutôt Fred son genre de garçon, même s'il se montrait souvent horripilant.

– Fred, dit-elle sèchement. Ne reste pas planté là ! Fais une autre liste !

– D'accord, fit-il en sortant son carnet. Euuuh, bon : thé, lait, pâtes, essuie-tout, talc…

– Fred !!? cria Jess. C'est quoi cette liste ?

– Oh ben mes aliments préférés, plaisanta-t-il. Du talc saupoudré sur le porridge, c'est exquis.

Il prit son air de professeur brillant, mais étourdi, ce qui fit rire tout le monde.

– Fred, insista Jess en tâchant de conserver son

calme, fais une liste des gens qui prennent des billets !

Fred fit jaillir la pointe de son stylo-bille.

– Quel est votre nom, monsieur ? demanda-t-il à Ben.

– C'est le père Noël, et moi le Chat botté, cria Mackenzie.

– Et moi Madonna ! ajouta Jodie. Eh, poussez pas !

La situation devenait un peu incontrôlable, mais Jess voyait bien que Fred notait vraiment les noms – plus ou moins – contrairement à ce qu'il disait. Mais il leur faudrait une semaine pour déchiffrer ses pattes de mouche.

– C'est une idée magnifique, lui glissa à l'oreille Flora, sa meilleure amie.

Flo lui serra le bras.

– Ça va être une tuerie ! Je suis fière de te connaître. Donne-moi mes huit tickets ! Maman, papa, Felicity et Rob, Freya et son horrible Danny, et puis Jack et moi. Je crois que je remporte le record des achats de billets !

– Je me souviens du chèque de ton père, dit Jess avec un sourire. Le plus gros que j'aie jamais vu !

L'espace d'un instant, elle se demanda si le chèque en question était bien en sécurité avec les autres dans la boîte en plastique au fond de son armoire (ou peut-être était-ce une épaisse enveloppe sous son lit ?). Il fallait que Fred et elle fassent l'effort d'ouvrir un vrai compte en banque pour l'événement. Le double billet était à soixante-quinze livres, ça faisait des gros sous (de l'avis de Jess).

– Oh, ça va être génial ! continua Flora en contemplant ses tickets d'un air rêveur. Quelle bonne idée d'en faire une sortie familiale ! Comme ça, les parents acceptent de mettre la main à la poche. Si c'était seulement pour les ados, je ne crois pas que mon père m'aurait laissée venir.

– Et imagine tout ce que tu vas récolter pour Oxfam ! ajouta Ben.

Jess sentit poindre la panique : tous les bénéfices récoltés seraient versés à l'organisation caritative, donc il était encore plus indispensable de mettre au clair ces histoires de sous. Elle se souvint soudain avoir mis de l'argent dans sa commode, aussi. Dans une chaussette peut-être.

– Et tu vas animer la soirée, Fred ? demanda Jodie avec un grand sourire. J'espère que tu as de bonnes blagues en réserve !

– On va l'animer tous les deux, rectifia Jess froidement.

– Oui, le fameux duo Fred & Jess ! souligna Flora. Voilà pourquoi les billets vont se vendre comme des petits pains !

– Non, fit Mackenzie avec un sourire étrange, presque coquin. C'est parce qu'ils sont super bon marché ! Mon père a dit qu'il ne voyait pas comment vous pouviez organiser un vrai dîner dansant pour ce prix.

Jess fut contrariée par sa remarque. Son père avait dit ça ? Très bien ! Il serait pris à partie pour certains gags dans leur numéro de présentation...

Après les cours, sur le chemin du retour, Fred et Jess parlèrent de leur triomphe. Enfin, cela ressemblait presque à un triomphe.

– Incroyable ! s'extasia Fred. Toutes ces places vendues !

– Sauf huit, lui rappela Jess.

– Oui, sauf huit. Eh ! Et si on en imprimait cent autres ?

Jess ressentit un bref élan d'excitation. Cent de plus ! Encore plus d'argent pour les bonnes œuvres ! Et un plus gros budget pour tout organiser, tâche à laquelle ils devaient s'atteler, d'ailleurs...

– Mais attends, non ! l'arrêta-t-elle en se rendant compte de quelque chose. Si on en imprime cent autres, il n'y aura pas assez de place pour tout le monde !

– On ajoutera quelques tables sur le trottoir, proposa vaguement Fred.

– Fred ! Ça se passe en février ! Pour la Saint-Valentin, tu sais ?

– On pourrait fournir des couvertures.

– Non, ne sois pas bête. Bon sang, je me demande déjà si c'est assez grand pour toutes les personnes qui ont déjà acheté leurs billets.

Un serpent d'angoisse se glissait dans le cou de Jess.

– Mais oui, bien sûr ! affirma Fred en souriant de manière désinvolte. Cent, ce n'est rien !

– On devrait retourner à la salle des fêtes pour vérifier. Cent personnes ! Dix tables de dix personnes. Ce sont de grandes tables ?

– Ne t'inquiète pas pour ça, dit-il en balayant ses inquiétudes d'un geste. La vraie question, c'est de savoir comment nous allons animer la soirée. Déguisés ?

L'attention de Jess fut aussitôt attirée par cette idée.

– On pourrait être des animaux, dit Fred en réfléchissant tout haut. Je serais un suricate, par exemple. J'ai toujours rêvé d'être un suricate.

– Tu es déjà un suricate, affirma Jess. Tu as leur regard étrange d'animal perdu… Et moi, je serais quoi ?

– Miss Piggy, bien sûr !

Jess le frappa avec son sac, et entendit aussitôt

un petit craquement à l'intérieur. Quelques gouttes d'un liquide brunâtre coulèrent.

– Oh, ce foutu soda ! gémit-elle. Je parie que j'en ai plein mon livre d'histoire ! (Elle ramassa son sac et en sortit les manuels, légèrement trempés.) Un mouchoir ! Un papier ! Donne-moi de quoi les éponger ! supplia-t-elle.

– À force, tu devrais savoir que je n'ai jamais de mouchoir sur moi, répondit Fred. C'est un truc de filles. Je m'essuie toujours le nez sur le trottoir.

– Oh, Fred ! soupira Jess. Tu ne sers à rien !

. 2

Jess avait fait l'erreur de débouler dans la chambre de sa mère sans frapper. Elle était assise sur son lit avec son ordinateur sur les genoux, et en voyant Jess, elle le referma brusquement d'un air paniqué, comme si elle avait été prise la main dans le sac.

– Salut, maman ! Pourquoi as-tu l'air coupable ? Qu'est-ce que tu fais ?

Jess s'élança vers le lit et essaya d'ouvrir l'ordinateur portable. Sa mère lui tapa sur la main gentiment, mais avec fermeté.

– Arrête, c'est secret ! protesta-t-elle en rosissant.

Eh, peut-être qu'elle commandait une surprise pour Jess ! Des vêtements ? Des DVD ? Une séance de spa ? Une croisière autour du monde ?

– Quel genre de secret ? lui demanda-t-elle en scrutant sa mère, qui ne résistait jamais longtemps à un interrogatoire serré. Un chouette secret ?

Elle fit une grimace, soupira et secoua la tête.

– Ça dépend.

Une pensée horrible traversa l'esprit de Jess.

– Tu n'as pas recommencé à te renseigner sur des maladies sur le Net quand même ?

Elle venait de se souvenir de la fois terrible où sa mère s'était persuadée qu'elle avait une polymyalgie rhumatismale ! (« Polly » pour les intimes – ça aide d'avoir un diminutif pour les maladies horribles.)

– Non, non, s'empressa de répondre sa mère. J'ai réussi à me défaire de cette mauvaise habitude.

– C'est quoi alors, maman ? Allez, donne-moi un indice. Je pourrais peut-être t'aider.

– Oh non, certainement pas, répondit-elle en regardant Jess d'un air sceptique. Par contre, tu risquerais de tout gâcher.

– Tout gâcher ?

Jess se jeta sur cette information. Elle pouvait gâcher le secret ! Que pouvait-elle gâcher ? À vrai dire, presque tout. La croisière autour du monde venait en tête de liste. Qu'avait-elle récemment gâché ? Oh misère, cette poêle antiadhésive ! En la raclant avec une cuillère en métal.

– Est-ce que tu commandes une poêle antiadhésive ? demanda douloureusement Jess, car au paroxysme de la crise qu'avait déclenchée son méfait, elle avait bêtement offert d'en payer une nouvelle.

Sa mère éclata de rire.

– Oh, ne t'inquiète pas pour ça, dit-elle en se levant. Viens donc, allons aider grand-mère à faire le dîner.

– Non ! rugit Jess en la plaquant comme un rugbyman professionnel. Si tu ne me dis pas de quoi il s'agit, je déclencherai une bagarre au centre de loisirs ! Je fuguerai et vivrai dans un carton avec les sans-abri ! J'épouserai un poisson !

– Bof, tu feras sans doute la plupart de ces choses de toute façon, répondit la mère de Jess en cessant de lutter. Oh, d'accord. Si je te le disais... et c'est un gros « si »...

– Oui, oui ! Quoi ?

– Tu dois promettre de ne pas en toucher mot à quiconque.

– Promis juré ! C'est vrai ! Motus et bouche cousue.

Sa mère l'examina d'un air sévère et grave.

– Je suis sérieuse, Jess. C'est un sujet... délicat.

De la chirurgie ! Sa mère allait faire un lifting !

– Évidemment ! accepta Jess, le souffle coupé par l'excitation.

Si sa mère subissait un lifting, elle verrait peut-être d'un autre œil les projets d'augmentation mammaire de Jess.

– Bon, d'accord, capitula sa mère en ouvrant son

portable. Je pensais à… Bref, il y a ce site de rencontres en ligne…

Le cœur de Jess fit la culbute. Le lifting chuta dans le cyberespace. L'augmentation mammaire retomba comme un soufflé. La croisière se perdit au bout de la terre.

– De rencontres ? s'étrangla Jess.

Sa mère désigna l'écran. Une ribambelle d'hommes les dévisageaient. Bizarrement, ils semblaient tous tristounets et désespérés, comme s'ils dérivaient sur un radeau au milieu du Pacifique, obligés de consommer leurs propres pieds pour survivre.

– Voilà les choix possibles dans un rayon de trente kilomètres, lui expliqua sa mère avec un soupir. Dans la tranche d'âge « trente à cinquante ans ».

– C'est large, fit remarquer Jess. Je veux dire… trente ans, c'est un *toy boy*, maman.

Sa mère avait du passif, en matière d'hommes-objets. Il y avait eu son élève japonais aux chaussures brillantes, M. Nishizawa. Jess frémit en repensant à cette regrettable idylle, et plus particulièrement à la fois où il était sorti à l'arrière du jardin pile au moment où Jess, prise d'une envie pressante, avait été contrainte de faire pipi derrière un buisson.

– C'est très bien, trente ans, affirma sa mère.

Biologiquement parlant, je ne suis pas assez âgée pour être la mère d'un homme de trente ans.

– D'accord, d'accord, s'empressa d'admettre Jess. Mais cinquante ! Maman, c'est beaucoup trop vieux !

– Madonna a cinquante ans, lui rappela sa mère. Ainsi que Pierce Brosnan, Denzel Washington, Mel Gibson, Kevin Costner... De nos jours, cinquante ans, ce n'est rien.

Jess examina les photos à l'écran. La comparaison avec Mel Gibson et Denzel Washington n'aurait pas pu être plus déprimante. Plusieurs d'entre eux arboraient une horrible et épaisse barbe, pas même un bouc élégant. Celui qui s'appelait Adrian en avait une si gigantesque qu'on aurait pu y construire une cabane et donner une fête.

– Bon sang, maman, tous ces gars ont l'air de ratés.

– Tu ne devrais pas juger les gens sur leur apparence, lui reprocha-t-elle, sans grande conviction.

Son faible pour les laiderons célèbres était bien connu...

Jess soupira et regarda les candidats, qui souriaient tous gauchement avec des allures de tueurs en série. Bon, ils ne semblaient pas très prometteurs. Mais si l'un d'eux se révélait vaguement potable, cela signifiait que sa mère viendrait peut-être au bal, finalement. Jusqu'à présent, elle avait refusé fermement, prétextant que Jess pourrait rester traumatisée d'avoir vu sa mère danser en solo. Il se produit un phénomène vraiment bizarre quand les parents dansent. C'est pour cette raison que le Bal du Chaos était une soirée familiale, pour que les ados aient l'occasion de voir leurs parents danser, de sentir leurs angoisses, de se ronger les ongles jusqu'aux poignets, de se pisser dessus à force de rire, et de s'en remettre.

– Et d'ailleurs, Jess, j'ai déjà pris rendez-vous avec un de ces types.

– Lequel ? Lequel ? la pressa Jess.

– Tu verras bien, répondit sa mère en refermant son ordinateur avec un sourire énigmatique. Allons aider mamy à faire le dîner. Et pas un mot de tout ceci, hein ?

La grand-mère de Jess avait préparé des hamburgers, et pour apaiser les dieux du régime, elle avait prévu comme accompagnement des frites de courge cuites au four, et une salade.

– Voilà le ketchup, lui dit sa grand-mère en posant gentiment la bouteille près du verre de Jess (de l'eau, pas du soda ; elle méritait une médaille !).

Sa mère s'affairait, essayant de déboucher une bouteille de vin pour mamy et elle. Jess soupira. Pourquoi avaient-elles un tire-bouchon si primitif ?

Le père de Flora avait un tire-bouchon supersonique qui fonctionnait avec de l'air comprimé ou un truc comme ça.

– C'est délicieux, mamy! la félicita Jess en noyant son burger dans un bain de sang – euh, de ketchup. Tu es une star! J'espère qu'il n'y a pas un dessert au chocolat!

Ce n'était pas tout à fait exact: Jess espérait secrètement que sa grand-mère ait préparé une mixture infernale recelant trois sortes de chocolat. Jess avait pris une bonne résolution au début de l'année: ne manger du chocolat que deux fois par mois. Ce serait une vraie torture, mais son teint et son tour de taille la remercieraient.

– Non, ma chérie, je n'ai pas oublié ta bonne résolution, lui répondit sa grand-mère. J'ai juste poché quelques poires, que je sers avec du yaourt allégé à la place de la crème.

Tâchant de garder le sourire malgré cette nouvelle déprimante, Jess prit une bouchée de hamburger.

– Comment s'est passée ta journée de classe? lui demanda sa grand-mère.

– Oh, c'était fantastique! J'ai distribué les billets à tous ceux qui s'étaient inscrits pour Chaos, et ils étaient très enthousiastes.

– C'est quoi ce Chaos, déjà? demanda l'aïeule en fronçant les sourcils.

– C'est une soirée dansante, tu sais, mamy ? Fred et moi, on l'organise au profit d'Oxfam.

– C'est quand ? l'interrogea-t-elle encore (on voyait bien qu'elle pensait au moulin à poivre qui ne fonctionnait plus et qui larguait d'énormes grains de poivre brûlants sur les hamburgers sans défense).

– À la Saint-Valentin ! répondit joyeusement Jess.

– Ça se passera où ? demanda-t-elle tout en démontant le moulin d'un air préoccupé.

– Dans la salle paroissiale Saint-Marc ! Le père de Fred l'a réservée, et il s'occupera de la buvette.

– C'est gentil de sa part, fit remarquer la mère de Jess en servant deux verres de vin. J'espère qu'il s'est occupé de tout.

– Oh oui, maman, ne t'inquiète pas, on gère, tout va bien se passer ! affirma gaiement Jess.

Ce n'était pas la stricte vérité. Le père de Fred s'était bien chargé de réserver la salle et avait accepté de tenir la buvette, mais tous les autres détails – nourriture, musique... tout, en fait – incombaient à Fred et Jess. Elle avait passé neuf heures à créer les billets les plus stylés de l'univers, mais elle se rendit compte, avec une pointe d'angoisse, qu'il était grand temps qu'ils s'attaquent *vraiment* au reste. Très vite.

. 3

Après les cours, Fred et Jess se réfugièrent au *Dolphin Café*. C'était un de ces après-midi pluvieux où les fenêtres couvertes de buée créent une atmosphère intime, et où les voix et la musique se fondent en un ronronnement diffus et réconfortant.

– Où est Son Altesse Royale ? demanda Fred alors qu'ils se glissaient à la petite table sous l'escalier – pas le meilleur coin de la salle, mais c'était le seul encore libre.

– Qui ? demanda Jess, perplexe.

– Flora, la reine du lycée Ashcroft, lança Fred d'une voix pompeuse. Elle laisse un sillage de cœurs brisés sur son passage... (Il baissa la voix, chuchotant de manière mélodramatique.) Les trottoirs qu'elle foule de ses pas se transforment en guimauve... Les vieux chauves retrouvent leur tignasse quand ils la croisent... Les chiens enragés s'arrêtent de grogner et déclament des poèmes en vers...

Jess fronça les sourcils. D'accord, son amie était belle à couper le souffle, mais ce n'était pas à Fred de le dire. Le week-end précédent, à la soirée de Kate Jackson, Flora portait une robe bustier sublime en satin prune avec un gros nœud dans le dos : très glamour et paillettes. Jess avait passé presque toute la soirée à se torturer pour savoir si Fred matait Flora. Regarder en coin ton petit copain pour voir s'il regarde en coin ta meilleure amie canon est un peu épuisant. Ça devrait être reconnu comme discipline olympique. Autrefois, Flora avait eu un faible pour Fred, mais Jess se rappela qu'elle ne devait pas commettre l'erreur de se montrer jalouse et parano.

– Arrête de dire que Flora est trop canon et sexy ! lui reprocha sèchement Jess avec une gerbe de postillons de jalousie, qui atterrit sur la manche de Fred.

– Pas besoin de me noyer ! se plaignit-il en faisant une grimace, comme si sa salive était un produit toxique, avant d'essuyer sa manche sur son pantalon.

– Tu vois, les filles normales comme moi, qui ressemblent à un cul de chameau, ça les agace, à la fin, d'entendre parler de Flora la déesse.

Jess essayait vainement de garder un ton

raisonnable et calme, elle était consciente d'avoir surtout l'air bête.

– Tu ne devrais pas te sentir jalouse de Flora.

Cette conversation commençait visiblement à lasser Fred.

– Je ne suis pas jalouse! rétorqua Jess avec jalousie.

– Pour commencer, les grandes blondes, ce n'est pas mon genre, expliqua patiemment Fred. Ensuite, Flora a des jambes comme des allumettes. Et les cheveux blonds, c'est un vieux cliché. Et puis, avouons-le, c'est une bécasse écervelée qui croit que Penzance se trouve en France.

– Même pas vrai!

Bon, Fred était énervant quand il mettait Flora sur un piédestal, mais pour autant, dire des méchancetés sur elle n'était pas du tout acceptable!

– Écervelée? hurla Jess. Une bécasse? On ne parle pas de la même Flora, je crois? Celle qui a de bonnes notes partout et nous surpasse tous les deux dans toutes les matières, même l'anglais?

Fred haussa les épaules et s'efforça d'avoir l'air charmant et irresponsable.

– Je ne dirai plus jamais un mot sur Flora, promit-il. Sauf si j'ai besoin de nommer une fleur en latin.

Jess ajouta du sucre dans son café – ce qui était

toujours mauvais signe. Lorsque la situation lui échappait, une cuillerée de sucre lui semblait réconfortante sur le moment, même si après coup, elle était persuadée de sentir le sucre attaquer ses dents et renforcer son embonpoint abdominal.

– Enfin, de toute façon, soupira-t-elle en s'efforçant de revenir à une conversation normale, car elle sentait qu'elle avait agi de manière stupide et hystérique, Flora sort avec le prince charmant.

– Quoi ?

– Tu sais bien, Jack Stevens !

Flora et Jack s'étaient mis ensemble le trimestre précédent, suite à leur collaboration dans la pièce de Shakespeare *La Nuit des rois*. Flora avait été charmée de découvrir que la moue soucieuse de Jack n'était qu'un choix esthétique, du même genre que le gel, et elle affirmait qu'au fond il était doux comme le miel et tellement drôle. Il était en terminale et à Noël sa famille avait invité Flora à aller au ski. Autant dire qu'il était au sommet de l'échelle de coolitude.

– Ah, lui ? lâcha Fred.

– Qu'est-ce que tu veux dire ? s'indigna Jess.

Il haussa les épaules.

– Tu as dit ça d'un ton supérieur.

– Pas du tout. Je connais à peine cet imbécile.

– Ce n'est pas un imbécile ! Fred, tu es jaloux !

Jack est une star ! Et puis il est tellement chic ! Son père possède une imprimerie et Flora dit que leur maison semble sortir d'un roman de Jane Austen ! Et ils ont une maison de vacances en bord de mer – ou près d'une falaise – et un bateau.

– Ciel, j'ai dû le sous-estimer, ironisa Fred. Je vais peut-être devoir m'allonger et lui demander de me piétiner !

– Il ne voudra pas mettre le pied sur toi, répliqua Jess avec un sourire taquin. Il salirait ses chaussures !

Elle commençait à se sentir un tout petit peu mieux. Échanger des mots d'esprit avec Fred était ce qu'il y avait de mieux dans sa vie, même si parfois, lorsqu'il se comportait comme un idiot, il l'énervait.

– Et pour changer totalement de sujet... Devine !

Fred avait les yeux brillants – il préparait une nouvelle blague, c'était certain.

– Quoi ?

– Ma mère a reçu une carte postale d'une amie qui est en vacances en Italie, et il paraît qu'il y a une église consacrée à saint Fred.

– Saint Fred ? Tu veux rire ?

– En fait, je crois que c'est saint Fredianus.

– Fredi-anus ? Dégueu ! Mais au fond ça te va bien. D'ailleurs, je vais commencer à t'appeler comme ça. (Jess avait retrouvé la belle complicité qui les unissait, et bavardait agréablement avec Fred.) Comment va ta mère, au fait ?

Jess adorait la mère de Fred, qui était toujours gentille avec elle. La dernière fois qu'elle était allée chez Fred pour un marathon *X-Files*, elle avait même fait cuire les *scones* au fromage dont Jess raffolait.

– Elle va bien, soupira Fred. Mais elle commence à faire une fixette sur Simon Cowell, membre du jury de *Britain's got Talent.** Je sais reconnaître des signes qui ne trompent pas. J'espère qu'elle ne va pas se mettre à le suivre ou s'inscrire à son émission de télé-crochet. Évidemment, ce serait plus classe d'avoir des parents divorcés, mais je ne suis pas sûr de pouvoir supporter cet animateur comme beau-père.

– Pense aux voitures de sport et au pied-à-terre à Los Angeles ! Si tu ne veux pas de lui, je veux bien lui procurer un bon foyer. Il ne sera pas pire que certains des gars avec qui ma mère sort.

– Ta mère a des rencards ?

Les yeux de Fred s'agrandirent jusqu'à ce que l'on voie du blanc tout autour de ses pupilles.

– Oups, je n'étais pas supposée le dire ! Oh ! là, là, je n'aime pas en parler, évidemment. C'est traumatisant pour moi qui suis sa fille unique, mais, oui,

* Émission de télévision équivalente de *La France a un incroyable talent* en Grande-Bretagne. (N.d.T).

ma mère s'est inscrite sur un site de rencontres en ligne. Ne te marre pas ! Et bouche cousue !

– Des rencontres en ligne ? répéta Fred, dont les sourcils semblaient prêts à prendre leur envol. Ta mère ?

– Eh ouais. Oh, c'est vraiment répugnant ! s'écria Jess en réprimant un frisson. Il y a ces types, dans son panier d'achats ou je ne sais quoi, en tout cas on voit leur photo et leur profil, et ils ont tous l'air de terroristes ou de prédateurs sexuels. C'est affreux.

– Alors, qui est sa première victime ?

– Ben j'espère que ce ne sera pas ma mère, la première victime. Je deviens incroyablement protectrice avec elle, c'est ridicule. C'est le monde à l'envers ! J'attends qu'elle rentre, je lui envoie des SMS toutes les cinq minutes...

– Et si elle rentre après minuit, il va falloir que tu la prives de sorties, suggéra Fred, moqueur.

À cet instant, la porte du café s'ouvrit, et quelqu'un héla Jess. C'était Flora, ostensiblement pendue à la manche de Jack Stevens.

– Oh oh, voilà Flora et Jack, chuchota Jess tout en faisant de grands signes à ses amis, indiquant les deux chaises vides à leur table. Fred Parsons, si vous ne vous comportez pas correctement, je vous ferai passer l'envie de vivre.

. 4

– Salut, Personne ! lança Jack à l'intention de Fred.

– Ah, voilà le prince des ténèbres ! riposta celui-ci.

Toutefois, il réussit à sourire en même temps, ce qui était satisfaisant du point de vue de Jess. C'était un rictus sarcastique, mais ça, c'était sa façon normale de sourire.

– Je vais me prendre un chocolat chaud, annonça Flora. Tu veux quoi, Jack ?

– Un Dr Pepper, répondit-il d'une voix traînante en retirant son blouson d'aviateur. Il fait chaud ici, hein ?

Il rejeta ses cheveux en arrière, mais quelques mèches lui retombèrent sur le visage. Puis il lissa son col de chemise et adressa un sourire à Jess. Voilà quelque chose que Fred ne faisait jamais. Pas le sourire, mais le lissage. Fred avait souvent un coin de son col redressé. Et ça lui donnait l'air d'un chihuahua venant de se réveiller d'un profond sommeil.

– Alors, comment vont mes auteurs comiques préférés ? demanda Jack en incluant Fred.

Son sourire réchauffait la tablée comme un vent chaud. Ses dents étaient grandes, très blanches et semblaient avoir beaucoup de valeur. Ses lèvres pulpeuses aussi paraissaient hors de prix. Mais en fait, il se montrait tout le temps sympathique. On ne pouvait pas lui en vouloir d'être riche.

– On sèche pour notre sketch du Bal du Chaos, lui confia Jess. On a peut-être atteint le sommet de la gloire trop tôt. À seize ans, on ne devrait pas avoir l'impression d'être sur le retour.

– Votre spectacle de Noël était incroyable, les complimenta Jack. Vous allez être le prochain duo vedette. Wallace et Gromit, Kermit et Miss Piggy, et... Jessica et Fred !

– Ça ne sonne pas très bien, fit remarquer Jess.

– C'est Fred le problème, dit Jack pour taquiner Fred qui s'était renversé sur sa chaise et se rongeait les ongles d'une manière absolument repoussante. Tu devrais choisir un prénom un peu plus *showbiz*, comme Nick Lachery ! Nick et Jessica !

– C'est fini entre eux, dit Jess. De toute façon, on m'a déjà fait remarquer que je suis trop plate pour supporter la comparaison avec Jessica Simpson.

Jack braqua alors son regard sur sa poitrine. Il faut dire qu'elle lui avait presque fait des avances ! Jess rougit. Elle ne voulait évidemment pas que Jack la trouve à son goût – à part en secret. On veut toujours que le petit copain de votre meilleure amie vous trouve attirante.

– Les grosses poitrines sont surévaluées, dit Jack. Même si ça irait très bien à Fred. Eh, tu devrais te faire poser des implants, mon vieux ! Ce serait un plus pour un comique.

– Je veux bien me faire poser des implants... si tu obtiens une greffe de cerveau.

Ce n'était pas la meilleure repartie de Fred. Venant de lui, une telle blague semblait plutôt fade et un peu désespérée. Jess s'empressa de prendre la parole pour passer à autre chose.

– Oh ! là, là, j'adorerais avoir une greffe de cerveau ! Je choisirais celui de Stephen Fry. Eh, Fred, peut-être que Fry serait un bon nom de rechange pour toi !

Il la gratifia du genre de regard qu'un serpent peut porter sur une souris : sinistre, les yeux mi-clos.

– Fred Fry ! insista lourdement Jess en se demandant pourquoi il se montrait si peu coopératif. À part ça, Fred vient de m'apprendre qu'il existe un saint du nom de Fredianus !

– Énorme ! éructa Jack en éclatant de rire. Va pour Fredianus, mon pote !

Fred lança à Jess un regard qui aurait pu faire cailler un verre de lait. Heureusement, c'est à cet instant que Flora arriva avec les boissons.

– Devinez ce qui m'arrive ! babilla-t-elle, tout excitée, en rejetant ses cheveux blonds en arrière pour enlever son gilet. Les parents de Jack vont dans leur maison au bord de la mer le week-end de la semaine prochaine ! On est tous invités ! Il y a une sorte de dortoir à l'étage avec, genre, dix lits ; on peut être plein ! Le frère de Jack, Georges, est à la fac, et il vient avec des potes. Vous venez tous les deux, hein ? Ça va être génial !

– Je, euh, je suis pas sûr... fit Fred avec une grimace hideuse, tout en se frottant le nez. On sera occupés à organiser le Bal du Chaos, non ? ajouta-t-il en interrogeant Jess du regard. Je crois que le week-end suivant sera celui du 14. Ça doit être ça, ouais.

Jess se sentit soudain nauséeuse. Elle s'était convaincue qu'il restait encore des semaines et des semaines avant le grand événement, alors qu'elle avait conçu elle-même les billets et qu'elle savait très bien que la soirée aurait lieu le 14 février. Mais cette invitation au bord de la mer était trop alléchante pour qu'elle puisse refuser !

– Bien sûr qu'on vient, Flo ! s'écria-t-elle. Ça va être dément ! Merci ! On pourra boucler l'organisation avant de partir !

– Évidemment, les vieux parents seront dans le coin, les prévint Jack avec un soupir, donc on ne pourra pas faire une orgie.

– Pas grave !

Jess voyait bien que Fred n'était pas très emballé par cette expédition. Il avait la tête dans la main et faisait une moue répugnante. Il se sentait peut-être trop peu pourvu en matière labiale. La bouche de Jack était comme un sofa, alors que Fred avait des lèvres fines et nerveuses. Mais Jess aurait préféré qu'il perde ce tic.

– Ça va être géant, poursuivit-elle, très enthousiaste. On s'est tellement amusés Fred et moi à Saint-Ives l'été dernier !

– Sauf que là, c'est l'hiver, fit-ils remarquer d'un ton qui laissait entendre qu'il s'agissait d'un terrible fléau.

– On sera peut-être bloqués par la neige, imagina Flora, les yeux brillants. Ce serait tellement romantique !

– Ouais, approuva Jack, c'est une vue incroyable, la plage couverte de neige. Assez étrange.

– On voit vraiment la plage de ta maison ? demanda Jess.

– Oui, elle est en haut d'une falaise, et il y a un sentier qui descend jusqu'à une petite crique.

– Ouah, trop bien ! cria Jess, surexcitée. Ça a l'air d'être un endroit merveilleux !

Elle dut contenir son excitation en se tenant le visage à deux mains.

– C'est pas mal, admit modestement Jack. L'année dernière, Georges – c'est mon frère qui est à l'université – s'est fait un costume de monstre du Loch Ness et est allé nager. Il y a une famille qui est arrivée sur la plage, tu vois ? Avec des gamins. Et Georges est passé à côté à la nage, avec son cou de dinosaure qui sortait de l'eau ! Les petits ont complètement perdu les pédales ! Ils se cachaient dans les dunes. J'ai tellement ri que j'ai manqué de vomir.

– J'ai trop hâte ! J'adore la mer !

Les yeux de Flora avaient déjà pris une teinte bleu-vert à cette pensée. Par contre, ceux de Fred restaient gris, et son visage semblait voilé par un brouillard. Il se leva soudain.

– Désolé, les gars, je dois y aller. Mackenzie m'a demandé de passer chez lui pour parler des groupes qu'on pourrait faire venir pour le Bal du Chaos.

Son grand corps maigre oscillait légèrement, comme une girafe pataude quittant son arbre préféré.

Il fit un salut maladroit et tourna les talons, sans même un regard pour Jess ! Ils avaient prévu de rentrer à pied ensemble ! C'est ce qu'ils faisaient toujours après les cours ! Il ne l'avait même pas regardée en face ! Jess avait le sentiment d'avoir été poignardée en plein ventre, et pourtant, il fallait qu'elle dissimule cette blessure terrible et agisse avec autant d'entrain que d'habitude. Si Fred se comportait mal, ce n'était pas la faute de Jack. Ni celle de Flora. C'était un idiot.

– Fredianus, dit Jack avec bonne humeur en regardant Fred sortir du café (dont il claqua légèrement la porte). Une légende vivante, ce type !

Ils continuèrent à parler un peu, mais Jess avait la tête ailleurs. Elle pensait à Fred. Elle ne croyait pas à son excuse concernant l'animation musicale pour le Chaos. Elle avait l'impression que Fred avait voulu s'échapper – Dieu sait pour quelle raison. Il avait parfois des sautes d'humeur incompréhensibles. Le mieux était de le traiter avec indifférence.

Ce que fit Jess pendant tout le trajet jusque chez elle. Même s'il n'était pas physiquement présent. Elle était toute seule. Flora et Jack se rendaient chez Flora, collés l'un contre l'autre, parce que Jack allait « l'aider à faire ses devoirs ». Soit dit en passant, Fred ne lui proposait jamais une telle chose. Il était plus du genre à la distraire quand elle essayait de travailler.

Jess se laissa aller à plusieurs rêveries dans lesquelles Fred la suppliait d'être gentille avec lui, mais elle se contentait de le rabrouer d'un claquement dédaigneux de ses longs cheveux d'ébène. En fait, les cheveux de Jess étaient courts et hérissés. Mais elle avait le projet d'arborer un jour une longue et épaisse chevelure brillante.

Elle passa ainsi une demi-heure agréable, le temps d'arriver chez elle. Alors qu'elle remontait l'allée, la porte d'entrée s'ouvrit et sa grand-mère sortit. Elle portait son manteau en imitation peau de mouton et semblait contrariée.

– Ta mère reçoit un de ces fameux copains trouvés sur Internet ! prévint-elle d'un ton brusque. Je vais voir Deborah ! Elle est complètement fêlée !

Jess déduisit qu'elle voulait parler de sa mère, et non de Deborah, une amie de sa grand-mère, qui était une des personnes les plus sensées qu'elle connaisse. Sans doute parce qu'elle passait tout son temps à préparer et à déguster de délicieux gâteaux.

À cet instant, le téléphone de Jess bipa, lui indiquant qu'elle avait reçu un message. Elle s'arrêta au seuil de la maison pour le lire. Avec un peu de chance, c'était peut-être les excuses de Fred. Mais non. C'était un SMS de son père.

G 1 ID GÉNIALE PR 1 PROJET À 2. LIS MON MAIL AC LES DTAILS. RE ASAP. BIZ, PAPA, OU, DÉSORMAIS, SEIGNEUR VULCAIN.

Jess soupira, rangea son téléphone et sortit sa clé. Elle avait le sentiment d'être cernée par toutes sortes de folies.

. 5

Lorsque Jess posa le pied dans l'entrée, sa mère fit irruption du salon pour aller vers la cuisine. En voyant Jess, elle s'arrêta, jeta un regard paniqué en direction du salon, agita les bras pour indiquer qu'elle avait un million de choses très importantes à dire mais devait garder le silence, puis recouvra une expression naturelle.

– Jess ! s'exclama-t-elle de sa voix polie – la voix enjouée qu'elle prenait quand il ne fallait pas parler du cadavre sur la moquette. Coucou, ma chérie ! (Sa mère ne l'appelait « ma chérie » qu'en cas d'urgence !) Comment c'était au lycée ?

– Super, comme d'habitude, répondi-elle, bien décidée à avoir une conversation normale. Une suite ininterrompue de bonnes surprises.

– Viens donc rencontrer Ken, proposa sa mère

avec une expression étrange qui donnait l'impression qu'elle était possédée par le diable.

Jess suivit sa mère dans le salon, et fut aussitôt suffoquée par une odeur bizarre et écœurante.

Il y avait un homme assis sur le canapé. Cette odeur émanait forcément de lui, à moins qu'un crocodile soit allé mourir derrière le sofa quelques jours plus tôt et que cela soit passé inaperçu. Le type était petit, brun, et il donnait l'impression d'avoir emprunté la tête d'un homme beaucoup plus grand – ce qui était effrayant. Il l'avait peut-être achetée sur eBay.

Cette tête n'était pas déplaisante. C'était en quelque sorte un Robert De Niro bas de gamme, avec des cheveux noirs plaqués en arrière, un nez d'aigle, des sourcils hirsutes et un menton bien marqué et hérissé de repousses (il devait être obligé de se raser trois fois par jour). Il portait un pantalon de jogging et une chemise de rugby, de laquelle jaillissait un buisson de poils noirs au niveau de l'encolure. Ce n'était pas tant un petit ami potentiel qu'une réserve naturelle à lui tout seul.

En voyant Jess, il se leva et tendit la main avec un grand sourire, qui dévoila une rangée de dents jaunies irrégulières. Sa poignée de main était horriblement molle. Un sac à main aurait été plus expressif !

– Voici ma fille Jess, dit ma mère d'une voix faible. Jess, je te présente Ken.

– Bonjour, Ken, répondit-elle en essayant de masquer son profond dégoût.

– Bonjour, Jess.

La voix de Ken était surprenante : grave, ténébreuse et sexy. Voilà comment les choses s'étaient probablement déroulées : sa mère avait vu une photo mettant en valeur la ressemblance avec De Niro, elle avait été favorablement impressionnée par sa voix au téléphone... avant de faire l'expérience de son odeur abominable.

Il ne faut pas avoir de préjugés, se sermonna Jess. *Si ça se trouve, il est très sympa, une fois qu'on se fait à l'odeur.*

– Ken me parlait de sa collection de CD, dit sa mère avec un regard désespéré. Il aime la musique classique.

– Oui, reprit-il, nous discutions de *La Passion selon saint Matthieu.* Tu apprécies la musique classique, Jess ?

– Je n'ai jamais vraiment accroché, répondit-elle, pleine de défi. Ça me déprime un peu, ça me donne l'impression qu'on est dimanche. Mais j'aimais bien écouter *Pierre et le loup* quand j'étais petite.

– Prokofiev ! éructa Ken.

L'espace d'un instant, Jess pensa qu'il avait

éternué ou toussé. Les noms exotiques font parfois cet effet.

– Prokofiev est un peu tape-à-l'œil à mon goût, poursuivit Ken. On ne peut pas le comparer à *La Passion selon saint Matthieu.*

– Et c'était quoi sa passion à saint Matthieu ? demanda Jess. Moi, c'est la glace.

Ken, ne montrant même pas qu'il avait saisi la blague, lui lança un flot de mots au visage.

– C'est la Passion du Christ, la crucifixion évidemment, tu sais ?

Jess voyait bien, oui. Elle avait le projet de crucifier Ken dans quelques minutes. D'ailleurs, elle avait déjà choisi l'emplacement sur le mur : il irait très bien entre la photo de remise de diplôme de sa mère, et la reproduction des *Tournesols* de van Gogh. Plus rien ne pouvait arrêter sa logorrhée.

– Rien ne surpasse l'exécution de *La Passion selon saint Matthieu* avec des instruments d'époque : clavecin, viole de gambe... (Bizarrement, Jess avait une aversion pour cet instrument.) On ne peut pas faire mieux que la Société Bach des Pays-Bas, décréta-t-il.

Il prononçait « Bach » avec un aboiement guttural, et Jess se demanda un instant si cette société était une chorale de chiens, et s'il y avait moyen de les convaincre de pourchasser Ken jusque dans l'hémisphère Sud en essayant de lui mordre le fond du pantalon.

– Ton Koopman est mon chef d'orchestre préféré, continua Ken, aussi implacable qu'un rouleau compresseur. Mais Jos van Veldhoven réussit aussi à m'impressionner.

– On dirait des noms de footballeurs.

Jess essayait de le faire fuir alors que sa mère se contentait de rester plantée là sans rien faire. Il y eut un blanc.

– J'allais faire du thé, dit la mère de Jess.

– J'abhorre le football, dit Ken en secouant la tête comme s'il était pris de frissons de dégoût rien qu'à y penser.

– Nous on adore le foot, hein maman ? (Peut-être cela le ferait-il prendre la fuite ?) Oh ! là, là, les genoux de Wayne Rooney font rêver maman, et moi je veux avoir un bébé avec Ronaldo !

Ken fit une mine ébahie et dégoûtée.

– Jess veut écrire des sketchs comiques, expliqua sa mère avec un sourire peu convaincant. Il lui arrive d'être charmante, mais elle est surtout cinglée, je le crains.

– Un talent comique. Ah ! Ha ha !

Ken émit un son qu'il croyait sans doute ressembler à un rire, mais avec ça, il passait haut la main l'audition pour la chorale des Chiens des Pays-Bas, avec les autres voix de basse, comme les dogues et les limiers.

– Tu es une comique, alors, Jess ? Bonne chance ! Tu es fantastique !

Jess battit en retraite vers la porte. En temps normal, elle avait pour objectif d'être fantastique, mais s'agissant de Ken, elle aurait autant aimé qu'il la trouve abominable, merci bien.

– Vous aimez les biscuits ? demanda-t-elle, essayant de se comporter de manière aussi anti-fantastique que possible.

Elle posa la question avec un rictus sinistre, comme si elle prévoyait de lui servir une gaufre à la peau de crapaud.

– J'essaie d'éviter les biscuits, répondit Ken d'une voix tonitruante. À cause du sucre et du gluten, tu sais. Ce sont des excitants pour moi.

Pitié ! songea Jess. *S'il est comme ça au naturel, qu'est-ce que ça devient après quelques biscuits au chocolat ?*

– Mais je fais un peu d'hypoglycémie, les menaça-t-il. J'ai souvent une baisse de sucre à ce moment de la journée.

– Alors, biscuits ! s'écria la mère de Jess en fuyant vers la cuisine, talonnée par Jess.

Derrière elles, Ken resta assis, dans un silence de plomb. Si seulement elles avaient un enregistrement d'un morceau interprété avec des instruments d'époque ! Même si la mère de Jess possédait un CD ou deux, leur lecteur avait rendu l'âme suite à un incident désastreux impliquant un sapin de Noël et une tasse de thé.

La mère de Jess remplit la bouilloire, tout en observant un rouge-gorge perché sur la table de jardin. Il était évident qu'elle rêvait de fuguer avec le volatile.

– Alors, cette journée de cours ? demanda-t-elle de nouveau d'une voix forte.

Évidemment, leur conversation était audible depuis le salon, même si la bouilloire commençait à siffler doucement, proche de l'ébullition (et cet état reflétait assez bien l'état émotionnel de Jess).

– Ça s'est bien passé, répondit-elle d'un ton distrait.

Sa mère griffonnait quelque chose sur un morceau de papier.

– Le cours d'histoire a été un grand moment, parce que Mrs Fitzherbert a eu une quinte de toux.

– Oh, la pauvre, commenta machinalement sa mère.

Elle poussa le morceau de papier en direction de Jess. Il était écrit : *« Pour l'amour du ciel, débarrasse-nous de lui !! »*

– Et comment va Fred ?

Jess s'empara du crayon et écrivit : « *COMMENT ???* »

– Oh, bien. Il s'occupe de la musique pour la soirée.

– Ah, très bien, répondit sa mère tout en écrivant : « *Fais semblant d'être malade.* »

« *C'est quoi cette odeur immonde ?* » écrivit Jess.

– Comment s'est passée ta journée ? pépia Jess, pour alimenter cette conversation qui se déroulait sur une autre planète.

– Oh, pas trop mal. Alison a attrapé un rhume, alors il ne faudra pas oublier de prendre de la vitamine C.

Puis elle prit le crayon.

« *Je dois aller prendre un verre avec lui. Dis que tu as mal au ventre à cause de tes règles, et je devrai rester ici avec toi.* »

L'eau se mit alors à bouillir, sa mère prépara le thé et Jess ouvrit un paquet de gâteaux au chocolat et chipa quelques biscuits à la crème de sa grand-mère.

« *Fais-en des tonnes* », ajouta sa mère par écrit, en soulignant la phrase.

Elles apportèrent le plateau au salon. Ken était assis très droit, comme un robot. Jess se demanda encore une fois comment une tête si imposante avait pu échoir à un homme si petit. Elle n'avait rien contre les hommes de petite taille par principe (par exemple, Mackenzie était mignon et il donnait envie de le câliner, et Tom Cruise aussi, d'ailleurs). Mais Ken ne présentait vraiment aucun avantage, sauf son éventuel et prompt départ.

– Maman, dit Jess d'une voix chevrotante, puisant dans son répertoire dramatique, je me sens un peu bizarre.

Elle se laissa tomber dans un fauteuil.

– Tu es toute pâle, ma chérie ! s'écria cette étrange mère qui l'appelait « ma chérie ». Qu'est-ce qui se passe ?

– J'ai des crampes menstruelles ! haleta Jess en se tenant le ventre. Oh oh, je crois que je vais m'évanouir.

– Il faut lui mettre la tête entre les genoux, préconisa Ken avec un sans-gêne effarant.

Ne te mêle pas de ça, le zarbi qui pue ! pensa Jess très fort.

– Il faut que tu ailles t'allonger, ordonna sa mère en la prenant par le bras. Je vais te faire une bouillotte !

– Vous voulez que je la porte à l'étage ? proposa Ken avec enthousiasme en se levant d'un bond.

Qu'est-ce que c'était que ce type ? Dans ce genre de situation, les hommes se montraient généralement très mal à l'aise et s'éclipsaient furtivement !

– Non, c'est bon! refusa la mère de Jess, paniquée. On a l'habitude. Servez-vous une tasse de thé, je reviens dans un instant.

Une fois à l'abri dans la chambre de Jess, une sorte de folie étrange s'empara d'elles. Les yeux de sa mère prirent un éclat bizarre.

– Allonge-toi! chuchota-t-elle. Je vais te faire une bouillotte!

– Mais maman, je vais bien! lui rappela Jess. Je n'ai pas vraiment mes règles!

– Oh, mon Dieu! dit sa mère en se prenant la tête à deux mains. Sur quelle planète ai-je atterri?

– Non, la question, c'est de quelle planète il vient, lui? chuchota Jess, avant d'être prise d'un fou rire terrible, qui se communiqua bientôt à sa mère.

Elles s'effondrèrent toutes les deux sur le lit, agitées d'un rire silencieux, mordant l'oreiller pour ne pas faire trop de bruit. La mère de Jess finit par se relever et rajusta ses vêtements.

– Merci, merci, dit-elle. Je vais aller m'en débarrasser maintenant. Si tu ne l'entends pas s'en aller dans la demi-heure, descends et évanouis-toi dans le salon, ou vomis-lui dessus.

– Je ne peux pas vomir sur commande, maman, protesta Jess. Mais j'avoue que ça ferait bien sur mon CV. Avec ça je me dégotterais facilement un boulot dans un cirque.

– Arrête ! l'implora sa mère. Je ne dois pas rire ! Je suis à deux doigts de péter les plombs, je pourrais exploser de rire d'un seul coup !

Elle s'arrêta près de la porte pour recouvrer ses esprits, croisa les doigts des deux mains pour saluer Jess, et sortit.

Le téléphone de Jess bipa de nouveau. Un autre message. C'était forcément Fred, cette fois, pour s'excuser, et lui annoncer qu'il avait réussi à leur trouver un groupe de musique pour la soirée.

Mais c'était encore son père.

TOI ET MOI, ON VA FAIRE UN FILM D'HORREUR. REGARDE T MAILS ET APL MOI VITE !

Peuh ! Il ne se doutait pas que sa fille était déjà en plein film d'horreur, dans sa propre maison !

. 6

Jess alluma son ordinateur portable et ouvrit le mail envoyé par son père, qui commençait ainsi :

« Bien le bonjour à ma descendante unique... »

Oh, il était dans ce genre d'humeur !

« Écoute, j'ai eu une idée géniale. Et si on écrivait une histoire ensemble, paragraphe par paragraphe ? Si on vend les droits d'adaptation cinématographique, on fait moitié-moitié ! J'ai lu *À la croisée des mondes* de Philip Pullman et j'en suis tout retourné. J'ai commencé à peindre une série de tableaux bleu foncé avec des éléments gothiques et fantastiques, même si Phil prétend que ça ne se vendra jamais. Il te passe le bonjour, d'ailleurs ; il est parti surfer. »

(Phil est le petit ami de papa. Il surfe toute l'année, avec une combinaison ultraperfectionnée. Il peut se le permettre, car il possède des boutiques qui marchent bien à Saint-Ives, Newquay et Penzance.)

Il y avait en pièce jointe un document intitulé «Le Seigneur des Maux». Jess sentit son courage l'abandonner. Elle n'avait pas de temps pour ça. Il fallait qu'elle coordonne le départ de Robert De Niro et qu'elle appelle Fred à propos de l'animation musicale. Mais son père lui manquait beaucoup. C'était dur d'être séparés par plus de trois cents kilomètres. Elle ouvrit la pièce jointe et lut le document.

«Seigneur Vulcain était assis à la fenêtre d'une haute tour donnant sur la mer, et il se caressait la barbe. Le ciel était bleu. La mer était bleue. Sa barbe était bleue.

Pas étonnant que je me sente maussade, pensa le seigneur. Sa barbe poussait avec une telle lenteur! *Je ne mange pas assez de protéines,* s'irrita-t-il.

Cuire tous les rats d'un coup pour le barbecue de Noël avait été une erreur. Il attendait que sa barbe soit assez longue pour atteindre le sol en bas de la tour (environ trente mètres). Alors sa fille perdue de vue viendrait sûrement à sa rescousse. Seigneur Vulcain était retenu dans cette tour par l'infâme sieur Tranche de Cake, qui...»

Le récit s'interrompait brusquement. Son père était nul avec les ordis! Il devait avoir perdu la moitié de son texte. À moins que... eh! C'était peut-être le moment où Jess était censée prendre le relais. Elle sauvegarda le document et relut la dernière phrase. Son cerveau était déjà entré en pleine action. Elle se mit à taper.

« L'infâme sieur Tranche de Cake, qui... était jaloux de la capacité de seigneur Vulcain à communiquer avec les animaux. Et il convoitait aussi ses chaussettes magiques.

Pendant ce temps-là, très loin vers l'est, la charmante fille de seigneur Vulcain, Messica, était elle aussi prisonnière, retenue par une méchante sorcière qui attirait les hommes dans son taudis mitoyen afin de voler leurs pensées, dont elle se faisait une cape magique. Pour l'heure, Messica rôdait dans sa chambre tandis qu'en bas la sorcière offrait une potion à un homme dont la tête avait enflé exagérément, car il l'avait farcie de musique. Parfois, quelques accords de Prokofiev coulaient de son oreille droite, et la sorcière les enfermait dans un pot à confiture. Mais bientôt elle... »

Elle renvoya aussitôt le document à son père. Finalement, c'était plutôt amusant. Soudain, elle entendit la porte d'entrée s'ouvrir et se refermer. Ken devait être parti – à moins que sa mère n'ait pris la fuite, la laissant seule avec M. Patate. À cette idée, le sang de Jess se glaça. Elle gagna la porte de sa chambre à pas de loup et l'entrouvrit.

– Il est parti ! claironna sa mère depuis l'entrée. Quelle aventure ! Vite, vite, où est le désodorisant ?

– Comment es-tu allée jusqu'au rendez-vous avec ce zarbi ? demanda Jess en descendant l'escalier en trombe.

Elle entra dans le salon en reniflant.

– C'est toujours là. Qu'est-ce que c'est que cette odeur immonde ?

– C'est l'odeur du linge qui n'a pas séché assez vite. Tu sais, si on le laisse dans la machine trop longtemps.

– Mais maman, comment as-tu pu imaginer dans tes pires cauchemars que Ken était l'homme idéal pour un rendez-vous ?

– La photo qu'il avait sur son profil était assez flatteuse, se défendit-elle en secouant la tête, atterrée. Enfin son visage n'a rien de calamiteux. En fait, il est plutôt beau, dans son genre.

– Mais sa tête ne va pas avec le reste du corps, maman ! On est presque dans *Frankenstein* là !

– Ce n'est pas la taille de sa tête qui m'a fait le plus peur, dit sa mère en courant fouiller sous l'évier à la recherche du désodorisant. Mais ce qu'il y avait dedans. Toutes ces histoires de musique...

Enfin, je n'ai rien contre la musique, ça illumine la vie, mais lui était complètement obsédé par ça. Le comble, c'est que j'avais trouvé son goût pour la musique classique rassurant, sur son profil. Et il travaille pour un organisme caritatif. Il avait l'air vraiment intéressant et sympa.

– Tous ceux qui s'inscrivent sur ce site devraient être obligés de décrire leur odeur, déclara Jess tandis qu'elles désinfectaient le sofa.

– Personne n'est conscient de sa propre odeur, protesta sa mère. Et de toute façon, il y a des fois où je ne sens pas la rose non plus, comme après avoir épandu du compost dans le jardin.

– Si, tu sens bon ! insista Jess. Tu sens toujours la crème solaire, même en hiver. C'est moi qui pue. Quand je transpire, il m'arrive de sentir l'oignon frit.

– Papa sentait toujours bon, se souvint la mère de Jess avec regret. Il mettait de l'after-shave au vétiver.

– Il le fait toujours. Et sa peau sent le soleil.

– Utilisons une de ces bougies parfumées qu'il m'a offertes à Noël ! C'est tout un symbole, dit-elle de Jess d'un ton tragique. Je fais partir en fumée mon espoir d'une relation sérieuse. Adieu, les hommes, bon débarras.

– Ne baisse pas les bras, maman ! (Jess sentait

qu'un discours de remotivation s'imposait.) Ce n'est pas parce que Ken était bizarre qu'ils le seront tous. Le prochain sera peut-être merveilleux. Un peu comme Mike Delfino. Regarde s'il y a un plombier. Il faut qu'on examine de nouveau ce site.

Telle une marraine-fée, Jess était bien décidée à ce que sa mère vienne à la soirée Chaos, le bal du siècle. À condition que Fred et elle parviennent à tout mettre sur pied à temps !

– Je me connecterai peut-être de nouveau après le dîner. Mais il faut que je ménage mes forces, sinon ce n'est pas d'un plombier, mais d'un psy dont j'aurai besoin ! Ça ne va pas rater.

Au dîner, elles mangèrent une recette de pâtes de Jamie Oliver. Jess se désola du fait que Jamie, bien que dans la bonne tranche d'âge pour devenir le *toy boy* de sa mère, soit marié et heureux. Parfois, la vie est dure.

– Ce qu'il te faut, maman, c'est un type du genre de Jamie Oliver, mais avec un soupçon de Barak Obama, et peut-être un trait de Mel Gibson.

Elles avaient commencé à visualiser un tel mélange lorsque le téléphone de Jess sonna. Enfin l'appel de Fred !

Mais c'était Flora.

– Salut, Jess ! pépia-t-elle. On organise le week-end dans la famille de Jack au bord de la mer, il m'a montré des tonnes de photos : c'est carrément génial ! Je viens de t'en envoyer par mail pour que tu voies par toi-même. La terrasse donne direct sur la mer ! Et dans le salon il y a une cheminée énorme, on fera de belles flambées le soir en jouant à des jeux de société ! J'ai trop hâte !

Ouf, Flora n'avait pas reparlé du départ soudain de Fred lorsqu'ils étaient au *Dolphin Café*. Cet incident ne l'avait peut-être pas frappée. Jess l'espérait, en tout cas. Elle ne résista pas au plaisir de lui raconter le rencard de sa mère avec M. Patate, bien qu'elle ait l'impression, comme toujours, que son amie avait passé une soirée bien plus palpitante qu'elle.

Flora avait passé la soirée à admirer avec Jack les photos de sa magnifique maison au bord de la mer. Jess avait passé la soirée à vaporiser du désodorisant dans tous les coins. Fred n'était jamais là quand elle avait besoin d'un bon fou rire. Après tout, c'était quand même le gars le plus drôle du lycée Ashcroft ! Devait-elle l'appeler ou attendre qu'il l'appelle ? C'était vraiment à son tour de le faire : il était parti d'un coup, comme s'il boudait. Si elle laissait la situation s'éterniser et qu'il n'appelait pas, ça pouvait tourner à la querelle. Jess décida de prendre le taureau par les cornes. Elle détestait les disputes. Elle monta à l'étage et appela Fred dans l'intimité de sa chambre.

– T'étais où, espèce d'andouille ? J'avais besoin de me marrer un coup ! l'invectiva-t-elle, pensant que cette approche faussement désinvolte serait plus efficace.

– Je faisais des trucs chez Mackenzie, répondit Fred, d'un ton un peu fuyant.

– Tu as résolu le problème des musiciens ?

Mackenzie était un peu crâneur, mais il connaissait réellement beaucoup de groupes dans le coin.

– Euh, pas tout à fait, esquiva Fred. On a appelé quelques groupes, mais ils étaient déjà pris. Comme c'est la Saint-Valentin...

– Oh, mon Dieu ! s'étouffa Jess. Je n'avais pas pensé à ça ! Évidemment ! Mais il faut absolument qu'on trouve un groupe !

– T'inquiète, la rassura Fred d'une voix nerveuse. Il en reste plein qu'on peut contacter : Frénétique, Boucle d'Or, les Démolisseurs, les Crapauds Maudits... Comment ça avance, l'organisation du buffet ?

– J'étais censée m'occuper du buffet ?

Jess sentit l'angoisse lui glacer le crâne.

– Ben, tu sais que je suis incompétent pour ce genre de chose, dit Fred.

– Jodie n'avait pas promis de nous donner un coup de main ?

Jess cherchait désespérément une raison de se réjouir.

– Tu as déjà goûté ses hamburgers ? demanda Fred. C'est un scandale de l'industrie alimentaire.

Il y eut un gros blanc, pendant lequel Jess resta plongée dans la panique la plus profonde, au point d'avoir les mains tout engourdies.

– Oh, tant pis, lui dit Fred. Si tout part en sucette, on peut toujours fuir à Las Vegas.

Voilà qui était furieusement rassurant...

. 7

Le lendemain matin, alors que Jess prenait son petit déjeuner, elle reçut un SMS de Flora.

PAS 1 MOT À JODIE SUR LE W-E À LA MER, PAS DE PLACE POUR ELLE. ELLE FAIT DES HISTOIRES ALORS OSEF !

– Ah, au fait, maman, dit Jess avec un sourire prudent, Flora m'a invitée à passer un week-end dans la maison de Jack au bord de la mer.

– Où exactement ? demanda-t-elle, déjà sur le qui-vive.

– Oh, je ne sais pas trop...

Sa mère voulait toujours des détails, c'était horripilant.

– Les parents de Jack seront là, tu sais, il ne faut pas t'inquiéter.

– Mais ça se trouve où ? Comment iras-tu ?

On était passé en état d'alerte maximum.

– Ça commence peut-être par un D... Devon ? Ah non, Dorset.

– Le Dorset ! s'exclama sa grand-mère. Il y a eu un meurtre grandiose là-bas. Un homme dont on avait mis en scène le suicide, alors qu'il avait été poussé d'une falaise !

La mère de Jess blêmit. Intérieurement, Jess maudit la facilité avec laquelle sa grand-mère provoquait des états de panique chez elle.

– Oh misère, ces falaises ! suffoqua-t-elle. À quand remonte ce meurtre ? C'est horrible !

Ce week-end dans le Dorset, qui jusque-là était une perspective réjouissante, venait de prendre un tour tragique aux accents criminels.

– Oh, ce n'était qu'un livre, ma chérie ! précisa l'aïeule d'une voix apaisante. Un Agatha Christie, si je me souviens bien.

La mère de Jess ne sembla pas davantage rassurée d'apprendre que le grand plongeon était une fiction. Après tout, la vie imite parfois l'art, et la littérature avait toujours eu beaucoup d'influence sur Jess.

– Qui va te conduire jusque là-bas ? demanda sa mère, les yeux écarquillés par l'effroi. Pas Jack, j'espère !

Jess savait qu'elle avait déjà visualisé l'accident

de voiture avec un luxe de détails sanglants. L'un des nombreux avantages de Jack était qu'il avait le permis, et sa voiture personnelle. Fred n'avait qu'un skate comme moyen de locomotion.

– J'en sais rien ! Peut-être ! Jack a le permis et Flora dit qu'il conduit très prudemment !

Jess commençait à s'énerver et à avoir trop chaud. Dans sa tête, elle avait passé en revue cent versions de cette conversation avec sa mère, et elle savait que ce projet poserait problème.

– Comment Flora pourrait-elle en juger ? Son père se croit sur un circuit de Formule 1 !

– Eh bien si ça peut faire ton bonheur, je prendrai le train ! cria Jess. Ou le bus !

– C'est uniquement parce que je tiens à toi, Jess !

Sa mère lui saisit la main, abandonnant son bol de corn flakes pour donner libre cours à son accès de panique. Jess devinait qu'elle avait commencé à imaginer un accident de train, ou les freins du bus qui lâchaient dans une forte pente débouchant sur la mer.

– Eh bien, je marcherai ! cria Jess, tout en sachant que rien ne saurait rassurer sa mère, qui semblait parfois convaincue que sa fille risquait d'être impliquée dans un accident même lorsqu'elle était tranquillement allongée sur son lit à la maison.

Et d'ailleurs, chaque fois qu'un avion passait

en rase-mottes au-dessus de la maison, elle sortait précipitamment, le nez en l'air, comme si elle se tenait prête à attraper l'appareil en cas de chute, et à le jeter par-dessus la clôture chez les Jones, leurs voisins.

– Ce n'est pas une raison pour crier, protesta la mère de Jess, vexée de voir son geste de tendresse maternelle repoussé. Il s'agit de quel week-end ?

– Euh, je crois que Flo a parlé du week-end en huit.

Le visage de sa mère se chiffonna, en proie à une nouvelle inquiétude, sans doute plus réaliste cette fois.

– Mais Jess, c'est le week-end juste avant ta soirée de la Saint-Valentin !

Le cœur de Jess hoqueta.

– Je sais, fit-elle, bien décidée à camper sur ses positions malgré le sang qui se retirait de son visage à cette perspective angoissante.

– Tout est prêt ?

– Ouais, ouais, ne t'en fais pas !

Jess avait résolument refusé l'aide de sa mère pour l'événement. Elle avait la ferme intention de prouver qu'elle était capable d'y arriver seule. Et bien qu'elle ait proposé à plusieurs reprises de lui donner un coup de main, Jess avait l'impression qu'accepter aurait été un échec. Et puis, elle voulait montrer à sa famille qu'elle était réellement débrouillarde et organisée.

À la récréation, Jess partagea nerveusement une barre chocolatée avec Flora. Cela ne faisait que trois semaines que la nouvelle année avait débuté, et elle avait déjà trahi ses bonnes résolutions à maintes reprises. Mais elle avait désespérément besoin d'aliments réconfortants, car elle se sentait de plus en plus mal à l'aise concernant le Bal du Chaos. Elle n'avait pas vu Fred de la journée : il était en retard le matin, et ils n'étaient pas dans le même groupe durant les deux premiers cours. Et voilà qu'il était parti demander quelque chose à Mr Dickson, à propos du club d'échecs.

– Oh, mon Dieu ! chuchota Flora. Voilà Jodie ! Surtout ne parle pas de notre virée à la mer ! Les parents de Jack ont dit qu'il n'y avait de la place que pour deux filles, parce qu'ils ont une seule chambre d'amis, et ce sera la nôtre. Les garçons vont dormir dans le dortoir sous les combles, mais les filles n'ont pas le droit d'y aller. Ses parents sont très à cheval là-dessus. Parlons vite d'autre chose… Son dernier clip est génial, non ?

– Je trouve qu'il est un peu trash, en fait, répondit Jess du tac au tac. Je n'aime pas du tout le pantalon qu'elle porte.

– Quel pantalon ? Qui porte un pantalon ? interrogea Jodie, qui ne craignait jamais d'interrompre une conversation. De qui vous parlez ?

– J'ai oublié son nom, dit Jess. La chanteuse des... Machinchose.

– Quoi ? Les Sugababes ?

– Un peu dans ce genre, mais version allégée, renchérit Flora avec un sourire involontaire – elle retenait son rire. Il faut qu'on arrête de manger du chocolat, Jess. Tu te souviens de notre bonne résolution ?

– Il vous en reste ? demanda avidement Jodie.

Parler de chocolat devant Jodie était un trait de génie, permettant de lui faire oublier cette chanteuse imaginaire au pantalon mal choisi.

– N'oubliez pas que j'ai partagé ma crêpe avec vous samedi dernier.

– Désolée, fit Jess en agitant le papier vide. Tout mangé !

– Vous êtes des rapiats, vous deux ! grogna Jodie.

Si elle réagissait ainsi à propos d'un morceau de chocolat, quelle ne serait pas sa fureur en apprenant qu'elle avait été écartée d'un week-end dans le Dorset !

– Ah super, se réjouit Jodie. Voilà Fred. J'avais justement besoin de rire.

Jess et Flora échangèrent un regard désespéré.

Fred était bien à l'approche, et il ne savait pas que le week-end à la mer devait être gardé secret en présence de Jodie. Dans quelques instants, elles allaient avoir chaud aux fesses. Très chaud !

. 8

– Fred ! Fred ! le héla Jodie – inutilement, car il se dirigeait déjà vers elles. As-tu mis au point ton *one-man-show* pour la soirée ?

– Loin de là, répondit-il en blêmissant un peu. On n'arrive à se mettre d'accord sur rien.

Jess était agacée que Jodie semble toujours croire que Fred serait le seul présentateur. Mais ce n'était pas le moment de se mettre Jodie à dos avec une remarque acerbe. Jess avait besoin de son aide.

– Jodie, tu te souviens, tu nous avais proposé ton aide pour le buffet ? lui rappela-t-elle d'une voix mielleuse. C'était trop, trop gentil.

– Comment ça ? Je n'ai jamais dit ça !

– C'était il y a quelques semaines, insista Jess avec son sourire le plus charmeur, tout en appelant de ses vœux une intervention divine. Tu as dit que tu pourrais sûrement nous aider...

– Non, non, désolée, refusa Jodie. Je suis nulle pour ce genre de truc, et de toute façon, ma mamy vient ce week-end-là, il faudra que je passe tout mon temps avec elle. Je dois filer, à plus !

Elle s'éloigna d'un pas vif en direction des vestiaires.

– Bravo, chuchota Flora, tu as réussi à la faire fuir.

Jess attrapa Fred par la manche.

– Fred ! Il faut qu'on avance dans l'organisation du Bal du Chaos ! C'est dans trois semaines !

– Je sais. C'est bien pour ça que j'ai dit qu'aller dans le Dorset était une mauvaise idée, tu te rappelles ?

– Où est-ce qu'on en est avec les groupes de musique ? demanda Jess.

Fred se tortilla, mal à l'aise.

– Je, euh, je négocie avec Boucle d'Or.

– Alors rien n'est fixé ? demanda Jess, affolée.

Fred secoua la tête.

– Oh, là, là ! gémit-elle, les yeux agrandis et le cœur battant. On n'a pas de musique, on n'a pas de nourriture. Il faut vraiment qu'on s'active, sinon on court à la catastrophe !

– Je me demandais si Cracheurs de Venin accepterait de se reformer, dans le cas où Boucle d'Or ne serait pas dispo. Juste pour ce concert.

Fred se tourna vers Flora avec un regard désespéré

et suppliant. Cracheurs de Venin était le nom du groupe que Mackenzie et Ben Jones avaient formé pendant un temps, et dans lequel Flora était la chanteuse. Le chant était la seule discipline dans laquelle Flora était nulle (jusqu'à présent, et sans compter les arts plastiques), et le groupe avait fait un bide épique.

– Certainement pas ! s'exclama Flora en frissonnant. J'aimerais encore mieux traverser le centre-ville à poil un samedi à l'heure du déjeuner, avec une fausse tête de cheval !

– Hum, hum, fit Fred en essayant de paraître détendu et d'humeur à plaisanter. Eh bien, on pourrait peut-être s'orienter vers un spectacle de cabaret, puisque tu le proposes.

– Vous ne vous êtes pas encore occupés de la musique ? demanda nerveusement Flora.

Elle n'était pas très au courant, vu qu'elle passait presque tout son temps avec Jack. Et lorsque Jess et elle se voyaient, elles parlaient plutôt de sujets primordiaux, comme la courbe de leurs sourcils.

– Ça commence à être urgent, non ? insista Flora.

– Oh, on a un DJ, s'empressa d'affirmer Jess. Mais c'est Gordon Smith, tu vois ce que je veux dire ? Ça va un moment, mais il nous faut un vrai groupe.

– Et les autres animations que vous aviez prévues ? s'enquit Flora sans une once de tact. Les cracheurs de feu? Le spectacle laser? La fontaine de chocolat?

Paralysés, Jess et Fred échangèrent des regards paniqués.

– Ouah, on dirait que c'est l'événement de l'année. Après mon bain annuel, commenta Fred avec un sourire désabusé, même si Jess devinait qu'intérieurement, il tremblait de peur. Je ne sais pas. Qu'est-ce qui est arrivé avec tous ces trucs?

Jess était tétanisée.

– Au moins on n'en a pas parlé sur les affiches ni sur les billets, fit-elle remarquer, tremblante.

– Ne t'inquiète pas! lui dit Fred. Tout se passera bien le jour J.

– Certainement pas si on ne se bouge pas, et vite! aboya Jess, exaspérée.

– On va tout donner, à partir de maintenant, promit Fred. On peut tout finaliser le week-end précédent, et faire une sorte de répétition générale.

– Mais Fred, s'écria Jess, affolée, c'est ce week-end-là qu'on va dans le Dorset!

– Oh, ça, grommela-t-il. Tu penses vraiment qu'on peut le gérer?

Jess sentit la colère la submerger. Comment pouvait-il appeler leur projet «ça» devant Flora? C'était incroyablement impoli! Flora et Jack les invitaient à partir tout le week-end, ça allait être fantastique.

– Vous pouvez peut-être faire les deux à la fois, suggéra Flora. Vous pourrez régler les derniers détails par téléphone, non ?

– Ouais, mais... (Jess se sentait au bord de l'évanouissement.) On sera dans le Dorset, à des milliers de kilomètres sans doute ! (Elle n'était pas très forte en géographie.) Il faut que tout soit calé avant de partir ! Aaaah, c'est trop de stress !

Jess sentait son cœur cogner dans sa poitrine comme un chien enragé essayant de s'échapper de sa cage en acier.

– Si vous avez tout organisé à l'avance, le week-end dans le Dorset sera un bon bol d'air après toute cette agitation, expliqua gentiment Flora. Vous pourrez vous reposer au calme avant le grand jour. Il paraît que des fois ils font des barbecues sur la plage. Ça doit être trop cool.

– Un barbecue ? En plein hiver ? s'étonna Fred.

– Fred !

Jess en avait carrément assez de son attitude. Il donnait vraiment l'impression de critiquer le projet de Flora.

– Ce week-end va être l'expédition du siècle ! L'hiver rend les choses encore plus grandioses ! On fera des feux de cheminée, des jeux de société, peut-être même qu'il neigera !

Tout en faisant l'article pour le week-end au bord

de la mer, Jess avait l'esprit en ébullition. Comment parviendraient-ils à mettre au point tous les détails de la soirée d'ici là ? Comment envisageaient-ils d'abandonner l'organisation du Bal du Chaos pour partir à la plage ?

Fred grimaça, mi-gêné, mi-pensif, en agitant la tête en tous sens.

– Je suis persuadé qu'on arrivera à trouver une solution en temps voulu, conclut-il. Mais il va falloir que tu prennes la direction des opérations. Après tout, et je vais te citer : « Je ne saurais pas sortir d'un sac en papier tout seul ! » On se voit en cours d'anglais !

Et il s'élança dans un couloir bondé.

– Fred est un irresponsable fini ! se lamenta Jess alors qu'elle se mettait en route pour le cours d'anglais avec son amie. C'est à moi de résoudre tous les problèmes. Toujours la même chose. Cette soirée va me pousser à bout, je vais sombrer dans la folie pure. C'est trop bête, on a laissé les choses traîner. Je suis irrécupérable concernant les horaires, les dates... Je n'avais même pas vu que l'organisation de Chaos allait entrer en conflit avec ton super week-end.

– Oh, j'ai horreur de ce micmac ! explosa Flora. Si seulement je n'avais pas... Non, rien.

– Quoi ? demanda Jess, avec un soupçon dans la

voix. Si seulement quoi ? Tu regrettes de nous avoir invités, Fred et moi ?

– Non, non, pas du tout ! Ne sois pas bête ! J'aurais préféré que ça ne tombe pas le week-end avant la soirée, c'est tout.

Flora avait l'air très contrariée.

Dans la classe, Mr Fothergill leur préparait une séance de torture à base de vers shakespeariens. Fred était assis avec d'autres garçons. Jess ne lui accorda pas un regard.

– Bon, fit le professeur. Ça va vous plaire. C'est la scène où un vieillard se fait poignarder à mort derrière une tenture.

Malgré ses promesses, cela n'atteignit pas le niveau des meilleurs épisodes de *X Files*.

Un peu plus tard, Jess se retrouva encore une fois seule sur le chemin du retour, parce que Fred avait un tournoi d'échecs contre le lycée Sir-John-Baxter, un établissement snob bien connu de la ville voisine. Comme d'habitude, Flora était partie avec Jack. Esseulée, Jess longeait le trottoir comme une âme en peine, et se sentait d'humeur à s'apitoyer sur son sort.

Pourquoi Fred était-il allé faire une stupide partie d'échecs alors qu'il y avait tant de choses importantes à organiser ? Et pourquoi n'avaient-ils pas déjà tout réglé depuis des semaines ? Pourquoi le week-end dans le Dorset tombait-il précisément une semaine avant la soirée dansante ? Pourquoi Dieu l'avait-il abandonnée ? Elle avait pourtant fait de son mieux pour résister à la tentation du chocolat.

– Bonne nouvelle, lui dit sa grand-mère lorsqu'elle entra dans la cuisine. J'ai fait un gâteau au chocolat, et c'est une tuerie !

– J'avais décidé de manger moins de chocolat, mamy, lui rappela Jess. Au Nouvel An, j'ai pris la résolution de ne pas en manger plus de deux fois par mois, à cause de mes boutons et de mes cuisses énormes et flasques.

– Oh, ne t'en fais pas pour ça, ma colombe. Tu es la plus jolie de la rue.

– De la rue ? protesta Jess. Ce n'est pas très ambitieux. Pourquoi pas du pays, du monde, de l'univers ? Voilà le genre de réconfort dont j'ai besoin.

– Oh, allons pour l'univers, alors. Mais j'ai entendu dire que ces filles de l'espace sont tout en verrues et tentacules... la concurrence n'est pas rude.

Jess jeta son sac dans un coin et sortit un smoothie du réfrigérateur.

– Il y a eu de bons meurtres aujourd'hui ? demanda-t-elle poliment à sa grand-mère, alors qu'elle avait toujours l'esprit accaparé par la pagaille du Bal du Chaos.

– Pas vraiment. Mais j'ai regardé un Miss Marple cet après-midi. *Un cadavre dans la bibliothèque.* C'est l'un de mes préférés. Ça se passe au bord de la mer, dans le Devon.

– Oh, mamy...

Jess sentit soudain le besoin urgent de partager ses préoccupations avec quelqu'un qui ne se montrerait pas trop sévère avec elle.

– J'ai fait quelque chose de stupide. Ce week-end dans le Dorset a lieu la semaine avant la soirée dansante, et on n'a toujours pas commencé à l'organiser véritablement.

– Vous n'avez pas commencé à l'organiser ? répéta la grand-mère de Jess d'un air amusé. Raconte-moi tout, ma chérie !

. 9

Pour une raison ou pour une autre, Jess s'était imaginé que sa grand-mère lui proposerait une solution magique, mais elle se contenta de secouer la tête en faisant *tss tss tss*, avant de dire :

– Laisse-moi y réfléchir, ma chérie.

Jess savait que sa grand-mère oublierait tout de cette situation de crise chaotique pour peu qu'il y ait un meurtre bien sanglant aux informations. Elle oublierait sans doute quoi qu'il arrive, elle perdait un peu la mémoire ces derniers temps. La semaine précédente, elle avait appelé Jess par le prénom de sa mère, Madeleine.

Je t'en prie, Dieu, fais que mamy ne soit pas atteinte de démence sénile. Et si par hasard tu pouvais organiser le Bal du Chaos à notre place, ce serait une très bonne surprise.

Ce pauvre Dieu avait du pain sur la planche, mais pour l'organisation du Chaos, il était un choix tout indiqué.

Jess consulta sa boîte mail, et trouva le dernier épisode du *Seigneur des maux* envoyé par son père.

« Stupéfait, seigneur Vulcain contempla les chaussures magiques. Il les avait branchées et chargées pendant la nuit, mais il n'avait pas la moindre idée du genre de chaussures magiques dont il s'agissait. Le mode d'emploi était en poissonnois, et où pouvait-il trouver un poisson pour faire la traduction ? Il regarda avec envie la mer qui s'étendait plus bas. Elle devait regorger de poissons. C'est alors qu'une interrogation s'imposa à son esprit : pourquoi les instructions étaient-elles en poissonnois ? Les poissons n'ont pas de pieds, n'est-ce pas ? Humm. Il y avait anguille sous roche.

Ces souliers magiques n'étaient peut-être pas un cadeau de sa fille Messica, qu'il n'avait pas vue depuis si longtemps. Ce pouvait être un piège, un tour cruel que lui jouait le sieur Tranche de Cake. Et si c'étaient des chaussures de vérité, qui le forceraient à débiter tous ses secrets dès qu'il les aurait enfilées ? Le sieur Tranche de Cake devait observer ses moindres faits et gestes sur ses écrans de surveillance. Il attendait qu'il lui révèle l'emplacement de son magnifique trésor, le scintillant seau d'Or.

Si c'était le genre de chaussures qui vous permet de sauter sans peur d'un rebord de fenêtre et de s'envoler sans effort vers les nuages, il serait en mesure de s'enfuir aussitôt. Mais elles risquaient d'être le genre de chaussures qui vous transforme en théière en argent. Et bien que les théières en argent puissent être superbes, seigneur Vulcain ne tenait pas tellement à être régulièrement arrosé d'eau bouillante par un trou de sa tête. Il trouvait que ce n'était pas une façon de vivre.

Pensivement, il attrapa son familier, Donald, le tirant de sa douillette boîte d'allumettes au toit de chaume.

– Donald, j'ai une mission pour toi. Va chez ma fille qui vit à trois cents kilomètres d'ici dans les forêts de Pog, et demande-lui si elle m'a vraiment envoyé ces chaussures magiques, et le cas échéant : comment diable les allume-t-on ?

– Mais, patron, dit Donald, la mine perplexe, je suis un foutu escargot ! Il me faudra trois semaines rien que pour atteindre le bas de cette fichue tour ! »

Jess prit le temps de réfléchir. C'était reposant de penser à autre chose qu'à cette fichue soirée. Elle commença à taper son texte.

« – J'y ai songé, évidemment, répliqua seigneur Vulcain avec un rire méprisant.

Parfois, il regrettait amèrement que son familier ne soit pas un animal élégant et intelligent, comme un dauphin. Mais sa baignoire, bien que de bonne taille, n'était vraiment pas assez grande pour un mammifère marin.

– Donald, quel idiot tu fais. Je t'ai construit un petit moteur. Un peu comme celui d'une voiture de course... mais à ton échelle.

De ses longs doigts palmés, seigneur Vulcain attacha habilement le moteur sur la coquille de Donald, puis mit le contact.

L'engin s'alluma avec un vrombissement – en miniature, un peu comme une guêpe prise dans un bocal de confiture – et propulsa violemment Donald par la fenêtre, d'où il plongea vers le pied de la tour.

– Au secours ! cria Donald d'une voix faible et, avouons-le, baveuse. Je ne sais même pas où elle habite.

– Ne t'inquiète pas, le rassura seigneur Vulcain. Tu es équipé d'un gastéropodomètre ! Il suffit de l'allumer !

– Mais commeeeent ? hurla Donald en pleine panique alors qu'il atteignait le sol et creusait un sillon dans l'herbe comme un pétard.

Avant que seigneur Vulcain ait pu dire un mot, Donald avait disparu. »

Si seulement la magie existait vraiment, se désola Jess en envoyant son mail, le regard perdu dans le vide. Si seulement elle pouvait commander une soirée dansante, livrée clés en main le 14 février à dix-neuf heures trente. Et lire dans l'esprit de Fred serait tellement pratique. Deviner ce qu'il pensait n'était pas toujours évident. Leur complicité dans l'humour était la meilleure chose qui soit arrivée à Jess, mais les traits d'esprit n'étaient pas toujours à propos. Parfois, il fallait aussi parler des choses sérieuses, des problèmes à affronter. Où était Fred dans ces moments-là ? D'ailleurs : où se trouvait-il en ce moment précis ?

Elle saisit son téléphone portable et hésita. Devait-elle l'appeler ? Ils devaient au moins s'occuper du buffet et du groupe de musique. Et si elle appelait son père pour lui demander conseil ? Mais bizarrement, depuis qu'ils s'étaient mis à écrire cette histoire ensemble, ils n'avaient pas communiqué par SMS ou par téléphone comme ils le faisaient habituellement.

Elle composa le numéro de sa ligne fixe (son père perdait constamment son portable). La sonnerie retentit deux fois, puis quelqu'un décrocha.

– Bonjour, ici Phil.

– Oh, bonjour Phil. C'est Jess. Comment vas-tu ?

Phil, le petit copain de son père, était génial et très très drôle.

– Bien, merci. Et toi, Jess ?

– Oh, ça va. Les drames et échecs habituels...

– C'est la vie, hein ?

– Ouais. Euh, papa est là ?

– Non, désolé. Il est sorti. Je peux prendre un message ?

– Non, c'est bon. Dis-lui simplement que j'ai téléphoné. Mais rappelle-lui de ne pas utiliser le fixe après vingt-deux heures, sinon maman pète un câble.

– Compris ! dit Phil en riant.

Il y eut un moment de silence.

– Désolé, Jess, je vais devoir y aller, je suis occupé. Passe le bonjour à ta maman.

– D'accord. Gros bisous ! Salut !

– Salut !

Il raccrocha. Jess écouta la tonalité un instant. Dommage que Phil n'ait pas le temps de discuter. Il lui avait semblé un peu préoccupé. Peut-être son père avait-il laissé une pile de vaisselle sale dans l'évier.

Plus tard dans la soirée, alors que la grand-mère de Jess était partie voir son amie Deborah, sa mère sortit son ordinateur portable.

– Je vais me donner encore une chance, annonça-t-elle d'un ton sérieux.

– Quoi ? fit Jess tout en se demandant si une dernière microscopique part de gâteau au chocolat pouvait vraiment lui faire du tort.

Elle n'en avait pris que trois très petites parts, et elle ne voulait pas que sa grand-mère trouve qu'elle ne lui faisait pas honneur.

– Ce site de rencontres en ligne... répondit sa mère. Je crois qu'il ne faut pas que j'abandonne tout de suite, juste parce que Ken ne sentait pas bon. Il y a un type qui pourrait être intéressant. Il ressemble un peu à Mel Gibson.

– Fais voir ! exigea Jess en bondissant pour voir l'écran. Mouais... Mel Gibson après une greffe nasale, peut-être.

– Il est divorcé et a une fille adolescente. C'est en partie ce qui m'a attirée.

– Ne me mêle pas à ça ! protesta Jess.

– Je me suis dit que vous pourriez devenir amies...

– J'ai déjà des amies ! Maman, je ne veux pas être méchante, mais tu devrais penser à ce que tu veux, pas à moi.

– Oui, bon, il a l'air plutôt sympathique. Il s'appelle Ed, et il est maçon.

– Maçon ?

Jess était surprise. Elle s'attendait à une profession artistique.

– Je me suis dit qu'il pourrait peut-être m'aider avec mon projet de placard dans mon bureau, ajouta sa mère.

– Maman ! C'est un site de rencontre, tu sais ? Si tu veux qu'il te fasse un placard, tu n'es pas au bon endroit !

– Oui, tu as sans doute raison, répondit-elle, songeuse. (Elle ne faisait pas ça sérieusement du tout !) Je me disais qu'on pourrait sortir tous les quatre. Toi et moi, et puis lui et, euh, Polly. Sa fille s'appelle Polly.

– Ou polymyalgie rhumatismale ? Tu es sûre qu'elle n'est pas une maladie contagieuse ? Sérieusement, maman, tu ne veux pas que ton rendez-vous se transforme en sortie en famille ?

– Tu sais, c'est plus facile si on n'est pas en tête à tête.

– Mais maman, c'est toi qui es censée sortir avec ce type !

– Eh bien, si tu l'apprécies et que tout le monde s'entend bien, on pourra sortir juste tous les deux, plus tard. Je pensais que ce serait bien pour commencer d'aller tous ensemble au cinéma, et ensuite à la pizzéria.

– C'est bizarre.

– S'il te plaît, Jess ! Tu m'as été d'une aide précieuse lorsque j'ai dû me débarrasser de Ken. Et puis fréquenter des hommes après toutes ces années, ça me fait tout drôle. Ça fait quatorze ans qu'on s'est séparés ton père et moi.

– D'accord, accepta Jess en haussant gauchement les épaules. Arrange-nous une sortie. Je serai là. Pas le week-end en huit, par contre : je serai dans le Dorset. J'imagine que j'ai le droit d'y aller ?

En fait, accepter cette rencontre avec Ed le maçon et Polly sa fille était un argument de poids pour faire céder sa mère en faveur du week-end au bord de la mer. Même si cette expédition apparaissait de plus en plus à Jess comme un obstacle insurmontable à l'organisation du Bal du Chaos. C'était trop bête : normalement une sortie à la plage avec sa meilleure amie devait constituer le meilleur moment de l'année.

– D'accord, mais je me réserve le droit de changer tes conditions de transport s'il est encore question d'y aller en voiture avec Jack comme chauffeur.

Jess poussa un gros soupir. Les phobies de sa mère lui rendaient parfois la vie dure.

– Entendu, accepta-t-elle. Maintenant je dois monter et répondre à quelques mails.

– Tu as bien fait tes devoirs ? demanda sa mère, méfiante.

– Évidemment ! mentit Jess avec le sourire.

Pauvre maman ! Si elle savait que non seulement sa fille n'avait pas fait son travail, mais avait imité sa signature dans le carnet de correspondance pour certifier qu'elle les avait bien faits... La mère de Jess ne connaissait même pas l'existence de ce carnet. Jess avait imité la signature de sa mère depuis le début de l'année en septembre. En fait, il y avait longtemps qu'elle n'avait pas fait un travail aussi créatif que cette œuvre de faussaire (en dehors de la réalisation des billets pour le Bal du Chaos).

Un peu plus tard, Jess consulta sa boîte de réception. Pas de mail de son père. Il n'avait pas appelé non plus, et il ne le ferait sans doute pas désormais, car il était plus de dix heures, et s'appeler sur les portables coûtait cher, et puis il savait que la mère de Jess n'aimait pas qu'il discute longtemps parce qu'elle était convaincue que les téléphones portables étaient nocifs.

Il aurait quand même pu lui envoyer un message. De toute façon, Jess n'était pas sûre que son père aurait eu des suggestions utiles concernant la soirée de la Saint-Valentin. Et elle ne voulait toujours pas en parler à sa mère, qui ne manquerait pas d'en faire tout un plat.

Soudain apparut un mail de Fred. Jess l'ouvrit précipitamment.

« On devrait peut-être travailler sur notre numéro de présentation pour Chaos ? J'abandonne les suricates. D'autres idées ? »

Des idées ? Des idées ! Jess bouillonnait de rage. Fred ne comprenait donc pas qu'ils avaient des problèmes bien plus concrets à régler ? Comment faire un dîner dansant sans nourriture ni musique ? Jess était bien trop furieuse pour lui répondre.

. 10

Alors qu'elle se démaquillait, Jess se souvint que son père ne l'avait pas rappelée. C'était contrariant. D'habitude, lorsque c'était Phil qui répondait, ils papotaient un moment, et ensuite il s'assurait que le père de Jess la rappelle dès son retour. Elle s'empara de son téléphone et essaya de l'appeler sur son portable. Griller quelques neurones n'était pas cher payé pour s'assurer que son papounet allait bien.

– Salut, Messica !

Ça avait l'air d'aller.

– Papa ! Ou dois-je t'appeler seigneur Vulcain ?

– Comment ça va, ma vieille ?

– Bien ! Mais pourquoi ne m'as-tu pas rappelée ? Je t'ai téléphoné et j'ai laissé un message à Phil.

– Ah, oui, désolé, j'ai oublié. J'ai beaucoup de choses en tête en ce moment. Enfin, si on peut appeler ça une tête.

– Quoi de neuf à Saint-Ives ?

Jess imaginait sans mal la merveilleuse demeure de son père, avec la mer scintillante toute proche, et les mouettes qui criaient dans le ciel.

– Et comment se porte Phil ? On n'a pas eu le temps de se parler, il m'a dit qu'il était occupé.

– Oh, il a un nouveau projet. Euh... il envisage d'ouvrir une nouvelle boutique à Barcelone.

– Barcelone ?

– Ouais. Euh, oui.

– C'est où Barcelone, déjà ?

Même si les notions géographiques de Jess étaient catastrophiques, elle avait le vague sentiment que ce n'était pas le village voisin.

– En Espagne, la dernière fois que j'ai consulté un atlas.

– Oh, trop bien ! Tu auras plein de chouettes vacances à l'étranger ! C'est près de la mer ?

– Oui, c'est une ville sublime, dit son père d'une voix nostalgique, comme s'il regrettait de ne pas pouvoir y aller tout de suite. Il y a une cathédrale vraiment particulière.

– Au diable la cathédrale, emmène-moi à la plage ! J'aurai le droit d'aller te voir là-bas, hein ? Tu vas déménager aussi, ou c'est Phil qui fera les allers-retours en Cornouailles ?

– Je ne sais pas trop. Tout est encore flou pour

l'instant. Phil essaie de réunir le capital nécessaire. Il a besoin d'investisseurs.

– Dis-lui qu'il peut avoir mon argent de poche de la semaine prochaine ! (Jess était terriblement excitée par le nouveau projet de Phil.) À condition de pouvoir passer le week-end à Barcelone de temps en temps.

– Bien sûr.

À cet instant, sa mère frappa à la porte de sa chambre.

– Jess ! Tu téléphones sur ton portable ? Tu sais que je n'aime pas ça. Le téléphone portable, c'est pour les situations d'urgence !

– C'est papa ! répondit-elle.

Sa mère ouvrit la porte et jeta un coup d'œil.

– Il t'a appelée ? Franchement ! Il connaît mon avis sur la question !

– Non, non, c'est moi qui ai appelé, s'empressa de corriger Jess.

– Je ferai mieux de raccrocher, lui dit son père. Je sens que les ennuis se préparent.

Et zut ! Elle n'avait pas eu le temps de lui demander son avis sur l'organisation du dîner dansant, et maintenant elle ne pouvait plus le faire, puisque sa mère était là. Échec ! Elle avait sacrifié des milliers de cellules nerveuses pour rien !

Une fois le téléphone raccroché, sa mère sembla

soulagée de voir que le danger d'irradiation neuronale était passé. Au lieu de réprimander Jess (ce qu'elle faisait fréquemment), elle s'assit sur le lit d'un air emprunté et remua les pieds. C'était le signe incontestable qu'elle s'apprêtait à dire quelque chose d'embarrassant.

– Tout est arrangé, annonça-t-elle.

– Qu'est-ce qui est arrangé ?

Jess se sentit gagnée par la panique. En général, c'était une mauvaise nouvelle, quand sa mère « arrangeait » quelque chose. Ça impliquait souvent des rendez-vous chez le dentiste ou des visites de musée.

– La sortie avec Ed le maçon et sa fille Molly, euh, Polly.

Jess fut tout à coup accablée de fatigue. Mais il fallait bien qu'elle subisse ça afin que sa mère donne son accord pour le week-end dans le Dorset. Quoique... il aurait peut-être mieux valu qu'elle lui interdise cette sortie, finalement. Comme ça, elle serait obligée de rester à la maison pour se focaliser sur le Bal du Chaos. Sa vie était si chaotique en ce moment.

– On va voir le dernier James Bond et ensuite on mangera une pizza ensemble, dit sa mère d'un ton dubitatif.

– Parfait ! dit Jess avec un grand sourire (elle avait

l'impression que sa mère avait besoin d'être un peu rassurée). Ça va super bien se passer.

Lorsque sa mère quitta sa chambre, Jess s'allongea sur son lit, sans allumer sa lampe de chevet. Elle fixa le plafond, obsédée par le peu de temps qu'il lui restait avant la Saint-Valentin. Elle avait exulté lorsque leur campagne d'affichage et de publicité par bouche-à-oreille avait suscité l'intérêt et que les places étaient parties comme des petits pains. Oui, quatre-vingt-douze personnes bien sapées allaient se présenter à la salle paroissiale de l'église Saint-Marc le 14 février pour passer un bon moment. Et ils avaient payé pour ça. Jess voulait absolument leur offrir un divertissement de qualité, mais organiser la soirée dans les moindres détails la rendait folle.

Soudain, elle se souvint de l'enveloppe remplie à craquer de chèques et de billets. Il fallait qu'elle compte tout ça et le lendemain, après les cours, Fred et elle pourraient aller à la banque pour ouvrir un compte et mettre l'argent à l'abri. Elle ouvrit son armoire et scruta l'obscurité. Il y avait un tas de vêtements chiffonnés sur le sol de l'armoire, comme d'habitude. Jess s'agenouilla et les poussa. Il y avait ses plus belles chaussures de soirée (cuir noir véritable, talons mortels). À leur seule vue, ses orteils se contractèrent. Ses chaussures de sport de second ordre, qu'elle pensait avoir perdues ! Mais où était l'enveloppe ?

Son cœur s'arrêta. Jess lança tous les vêtements par-dessus sa tête, jusqu'à ce que le sol soit débarrassé, ne laissant que les chaussures. Le magot n'était plus là !

L'espace d'un instant, elle s'imagina qu'on le lui avait piqué. Quelqu'un avait-il pu s'introduire jusque-là, en faisant croire à sa grand-mère qu'il était un agent du gouvernement préposé à l'inspection des armoires ? Mamy n'en avait pas parlé.

Sombrant plus profondément encore dans la folie, Jess se demanda si sa grand-mère, ou même sa mère, avait volé l'enveloppe. Non, non, c'était insensé. Mais alors, où était-elle ? Le cœur battant, Jess s'assit sur les talons, ferma les yeux et essaya de se souvenir du jour où elle avait rangé les chèques. Elle se rappelait seulement s'être affolée à cette occasion aussi, et avoir essayé plusieurs cachettes. Elle se leva d'un bond et ouvrit les tiroirs de la coiffeuse.

Elle tomba sur une demi-tablette de chocolat d'âge canonique, un bouton de son nouveau manteau, un stylo-bille décoré d'un musclor (son pantalon descendait lorsqu'on retournait le stylo), une cuillère à café, une carte de bibliothèque avec des taches de thé, une figurine d'éléphant habillé d'un tutu (en plastique), un porte-clés en forme de voiture de sport... plein de trésors, mais pas la moindre trace des chèques ni des billets.

Les chaussettes ! Jess avait le souvenir d'avoir glissé quelques billets dans une chaussette ! Elle ouvrit son tiroir et inspecta chacune d'elles. Aha ! Un froissement ! Des billets ! Soixante-quinze livres : le prix de deux places. Mais payées par qui ? Jess se glaça. Pourquoi n'avait-elle pas tenu des comptes ?

Soudain, sa mère fit irruption sans frapper. Elle avait l'air déroutée, et un peu sur les nerfs.

– Jess, il est grand temps d'éteindre ! Il est vingt-trois heures, et tu as cours demain !

Elle remarqua alors le désordre.

– Bon sang, qu'est-ce que tu as fait ?

Elle promenait un regard horrifié sur la scène.

– Je cherchais juste quelque chose, répondit Jess en froissant les billets dans sa main.

Elle se sentait tellement coupable. Pourquoi ? Elle organisait cet événement de manière tout à fait légitime, l'argent qu'elle avait dans la main était le juste paiement versé par quelqu'un, et il était normal qu'il soit en sa possession. C'était la manière chaotique dont elle avait géré toute cette affaire jusqu'à présent qui la rendait honteuse. Sa mère ne devait pas apprendre combien elle avait été nulle. Elle en ferait une crise cardiaque.

– Que cherchais-tu ?

– Euh, mon, mon vieux portefeuille, balbutia Jess, prise de court. Il y avait... ma carte du Club d'histoire dedans.

– Le Club d'histoire ? (Bizarrement, sa mère semblait charmée par cette idée, totalement hors de propos.) Je ne savais pas qu'il y avait un Club d'histoire.

Pas étonnant. Jess venait de l'inventer à l'instant.

– Oui... (Elle se leva et commença à jeter des chaussettes dans le tiroir.) C'est plutôt rasoir, en fait.

– Ce n'est pas ennuyeux, l'histoire ! se récria sa mère d'un air extatique. Qu'est-ce que vous y faites ?

– Oh, on fait des réunions pour parler de personnages historiques, tu vois ? expliqua Jess d'un air blasé. Des fois, il y a des excursions pour voir... des vieux bâtiments, ce genre de choses.

– Quels vieux bâtiments ?

– Oh, tu sais, des églises...

– Quelles églises as-tu visitées ? demanda sa mère, tout émoustillée.

– Aucune.

Jess n'aimait pas la décevoir, mais il fallait au plus vite qu'elle jette un voile sur ce club imaginaire.

– Je n'y suis pas allée parce qu'en fait je déteste les églises. Désolée, pour le bon Dieu.

– Mais non, tu ne détestes pas les églises ! protesta

sa mère, choquée. Tu te souviens de Saint-Petrock à Parracombe ?

Jess lui adressa un regard vide.

– Non, désolée.

– Cette adorable chapelle que nous avons vue en revenant de chez papa ! Tu as dit que c'était la plus jolie chapelle que tu aies jamais vue !

Jess se souvenait d'avoir prétendu cela, en effet... ce qui faisait partie d'un stratagème pour obtenir une glace dans la ville suivante.

– Maman, je t'en dirai plus sur le Club d'histoire demain, d'accord ? Et je mettrai de l'ordre dès le matin.

Jess se coucha, bâilla et tâcha de prendre un air fatigué – alors que jamais elle ne s'était sentie plus réveillée. La crainte d'avoir réussi à égarer des milliers de livres sterling avait allumé un orage électrique dans son ventre.

– Bon, d'accord, lui dit sa mère en l'embrassant sur la joue. Dors bien, ma puce !

Jess s'allongea et ferma les paupières lorsque sa mère éteignit la lumière et quitta la pièce. L'instant d'après, elle rouvrit les yeux et attrapa son téléphone. Sous la couette, elle se mit à écrire un SMS à toute vitesse.

TU AS DES CHEQ OU DU LIQUIDE POUR CHAOS ? PANIC TOTAL : JE TROUVE RIEN ICI !

Cinq minutes plus tard arriva la réponse de Fred :

NON. JE CROYAIS QUE TU AVAIS LE FRIC. TU VOULAIS PA ME LE CONFIER. HAHA ! G CHERCHÉ PARTOUT, MÊM DANS MA NARINE DROITE (CACHETTE FAVORITE POUR LES TRUCS TOP SECRETS). RIEN. À 2 MIN 1 S

Rhaaa, comment pouvait-il plaisanter à un moment pareil ? Jess projeta violemment son téléphone à travers la pièce. Il atterrit sans bruit, sa chute amortie par un tas de vêtements. S'il sonnait pendant la nuit, elle n'arriverait pas à le trouver dans le noir, et la sonnerie risquerait de réveiller sa mère, qui en ferait toute une histoire. Jess ferma résolument les yeux. Quand ce cauchemar prendrait-il donc fin ? Qu'avait-elle fait de l'argent ?

. 11

Au lycée le lendemain, Jess et Fred se disputèrent, en privé (en bordure du terrain de foot, de manière à ne pas être entendus), pour savoir lequel des deux était le dernier à avoir eu en sa possession le paquet de chèques et de billets.

– Écoute, ça doit bien être quelque part, tenta de la rassurer Fred. Ça doit être dans ta chambre, non ?

– Ou dans la tienne ! insista Jess. Fred, ce soir il faut que tu ailles perquisitionner ta chambre de fond en comble ! D'ailleurs, je vais venir t'aider !

– Toi perquisitionne ta chambre ! riposta-t-il. Tu ne vas pas venir fouiner dans mes affaires ! J'ai des armes de destruction massive là-dedans ! De toute façon, je suis occupé après les cours aujourd'hui, j'ai club d'échecs.

– Fred, tu dois m'aider à préparer ce dîner

dansant ! Le club d'échecs, tu le mets sur pause pendant quelques jours !

– Désolé. (Il partit à reculons : c'était une habitude insupportable qu'il avait lorsqu'il se sentait au pied du mur.) On peut se laisser quarante-huit heures avant de paniquer, non ?

Il haussa un sourcil, mimique que Jess trouvait parfois adorable. Mais pas cette fois. En elle, une panique totale s'était déjà répandue, et son estomac n'était plus qu'un chaudron de sorcière bouillonnant.

Ce soir-là, Jack avait un match de rugby et Fred son sacro-saint club d'échecs, si bien que c'était l'occasion pour Flora et Jess de rentrer ensemble. Jess n'avait pas parlé à son amie de leur crise budgétaire actuelle, car il s'agissait aussi de l'argent de la famille de Flora. Elle tenta de se mettre dans un état d'esprit festif et un peu hystérique.

– C'est presque une récompense de se retrouver toutes les deux ! soupira Jess. Ah, les hommes ! Qui a besoin d'eux, pas vrai ?

– Exactement, approuva Flora avec un rire cristallin. Oh, là, là, qu'est-ce qu'il fait froid ! Où est mon bonnet ?

Elle sortit sa casquette de trappeur en fourrure de son sac et se l'enfonça jusqu'aux yeux. Elle ne portait pas souvent de couvre-chef, parce qu'elle trouvait qu'ils rendaient ses cheveux plats et moches, mais la journée était tellement glaciale que les trottoirs étaient durs comme fer.

– Carrément, c'est arctique, oui ! admit Jess en se pelotonnant dans son écharpe.

La nuit commençait déjà à tomber ; elles s'étaient arrêtées en chemin pour prendre un chocolat chaud au *Dolphin Café*. Maintenant, leur souffle créait des volutes à la faible lueur des réverbères.

– Quelle heure est-il ? demanda Flora en consultant sa montre pour la centième fois de la journée.

– Arrête d'exhiber ta foutue montre, la gronda Jess avec le sourire. Je sais que ton petit copain est millionnaire et te couvre de bijoux clinquants, mais nous avons des sentiments aussi, nous autres Néandertaliens. La seule montre que j'aie jamais eue venait d'un pétard de Noël.

– Oh, tais-toi, ne sois pas bête ! protesta Flora en gloussant (mais elle admira encore une fois sa montre avant de remettre sa main à l'abri de sa moufle en peau de mouton). C'était quand même assez fantastique de sa part, non ?

– Je ne sais pas ce que c'est d'avoir un copain qui dépense plus de cent livres pour moi ! dit Jess en secouant la tête. J'essaie déjà d'imaginer Fred faisant une dépense pour moi. C'est un avare notoire. (Échapper à la thématique monétaire semblait décidément impossible.) Il m'a bien écrit un poème une fois, mais il m'a même demandé la feuille pour l'écrire.

– Oh, mais Jack ne m'écrirait jamais un poème ! s'écria Flora. Tu as de la chance, toi ! Fred est tellement intelligent ! Jack est, genre, in-imaginatif au possible.

– Quand même, cette montre...

– Il l'a eue en soldes sur Internet, et c'était plus ou moins un cadeau de Noël en retard. Et puis, il a gagné pas mal en travaillant sur le site marchand de son père.

– OK, OK, capitula Jess avec un sourire. Je suis juste super jalouse de toi, espèce de princesse !

Flora éclata de rire et une adorable paire de fossettes apparut sur sa peau immaculée.

Une fois chez elle, Jess mit sa chambre sens dessus dessous. Aucune trace de l'argent des ventes. Elle se racla la cervelle. Au début, lorsque les gens achetaient des billets, Fred et elle s'étaient refilé l'enveloppe comme une patate chaude, prévoyant d'ouvrir un compte, mais repoussant toujours cette tâche. Ils avaient même plaisanté au sujet de celui qui risquait le plus de perdre le magot ! Mais à présent, la chambre de Jess avait été totalement mise à sac (dans la panique, elle avait jeté ses affaires partout), et l'argent n'était pas là. C'était un fait.

C'était Fred qui devait l'avoir. Même s'il lui avait envoyé un SMS l'assurant du contraire, elle le soupçonnait de n'avoir même pas commencé à chercher. Parce qu'il était persuadé que c'était elle qui l'avait. Mais comme ce n'était pas le cas, forcément c'était chez lui, et dès que Fred commencerait à fouiller dans le tas de débris qui illustrait sa vision de la décoration intérieure, il le trouverait. Cette pensée la calma un peu, et elle parvint enfin à penser à d'autres choses. Certaines étaient d'ailleurs tout aussi horribles, mais cela lui procurait une nouveauté motivante dans l'adversité.

Le samedi soir, Jess devait se préparer pour ce ridicule rendez-vous à quatre avec sa mère, Ed le maçon et Polly. Ed le maçon... on aurait dit le copain de Bob le bricoleur. Jess s'attendait presque à ce qu'il soit en plastique jaune vif, avec une tête détachable. Quant à Polly, la fille... il était indispensable que Jess réussisse à paraître plus cool qu'elle. Mais ne pas savoir à quoi elle ressemblait était un léger handicap pour choisir sa tenue.

Tout d'abord, elle alla complètement dans l'excès, à l'abri des regards. Elle enfila un top à sequins rose, une belle veste noire et un jean slim noir. Mais ses jambes étaient-elles assez fines pour le slim ? Et si Polly optait elle aussi pour un slim, mais était dotée d'une paire de jambes longilignes et minces ?

Jess descendit consulter sa grand-mère, qui regardait un documentaire sur Jack l'Éventreur.

– Mamy ! Regarde ! Je suis bien comme ça ?

– Très mignonne, ma chérie, lui assura-t-elle, quittant à regret ses crimes historiques.

Puis elle se concentra vraiment sur sa petite-fille.

– Tu vas en discothèque ?

– Mais non, mamy ! C'est ce rendez-vous à quatre avec Bob le bricoleur, euh, Ed le maçon, je veux dire, et son imbécile de fille.

– Tu ne l'apprécies pas, alors ?

– Euh, je ne l'ai pas encore rencontrée, admit Jess, agacée, mais j'imagine que ce sera Miss Parfaite.

Sa grand-mère examina pensivement son accoutrement.

– Qu'est-ce que vous allez faire, déjà ? Manger à la pizzéria ?

– Oui, ciné et pizza.

– Eh bien, ne te vexe pas...

– Mais non, je ne vais pas me vexer ! J'ai besoin de ton avis.

– Eh bien, je crois que c'est un peu trop habillé.

Jess était vexée.

– Tu ressembles un peu... comment dire ça ? À une décoration de Noël.

Jess était offensée.

– Mamy ! Comment oses-tu ? hurla-t-elle,

parvenant tout juste à rester amicale. Je voulais ton avis, pas un assassinat vestimentaire !

– Ma foi, tu ne peux pas te tromper en restant sobre, ma puce, lui expliqua sa grand-mère, dont le regard était irrésistiblement attiré par l'écran de télé. Dans les années 60, on portait des sequins toute la journée : les filles, les garçons, les chiens, tout le monde y passait. Mais aujourd'hui, ça fait un peu *too much*.

Jess remonta précipitamment dans sa chambre, jeta ses atours scintillants, enfila un jean et un T-shirt ajusté à motif léopard. Une décoration de Noël ! Et puis quoi encore ?

Ils s'étaient donné rendez-vous dans un petit café nommé *Chez Gino*, à côté du cinéma. Sa mère agrippait si fermement le bras de Jess qu'elles avaient toutes les deux des fourmis dans les mains.

– J'ai essayé environ trente tenues ce soir, chuchota-t-elle en approchant du café – à pas lents, car elle avait sorti ses talons hauts de leur lit de boules antimites et elle vacillait sur le trottoir de manière plutôt inquiétante, laissant à penser qu'une glissade et une lourde chute n'étaient pas à écarter du programme.

– Tu es très belle, lui assura Jess.

Sa mère portait sa robe noire, celle qu'elle sortait toujours pour les enterrements hivernaux, avec un petit cardigan gris et rose pour faire moins habillé. Malheureusement, toute sa tenue était camouflée par son énorme manteau matelassé qui la faisait ressembler à une couette ambulante – ce que Jess n'eut pas la cruauté de lui faire remarquer. Elle laissait à sa grand-mère le soin de délivrer ce genre de remarque assassine, mais honnête.

– Mais pourquoi me suis-je laissé entraîner là-dedans ? gémit-elle en atteignant la porte de *Chez Gino*.

– Toi, peu importe, mais pourquoi m'as-tu embarquée là-dedans ? grogna Jess. Comment on va les reconnaître ?

– Il a dit qu'il porterait une veste en jean, répondit-elle. Et il m'a assuré qu'on repérerait Polly au premier coup d'œil.

– Qu'est-ce qu'elle a de si spécial, cette chère Polly ? grommela Jess.

C'est alors qu'elles firent leur entrée… et la virent.

. 12

Polly était gothique. Le visage livide, une crête teinte en rouge sur le crâne, elle portait une sorte de haut en filet sous une veste en cuir noire, et elle avait tant de piercings que lorsqu'elle tourna la tête vers elles, son visage tintinnabula.

– Ouah, ça c'est du gothique à poil dur, marmonna Jess.

– Chuuut ! lui ordonna sa mère. Allez, viens !

Engoncée dans son manteau, Madeleine Jordan se frayait maladroitement un chemin entre les tables du café, pour aller vers celui qui devait être Ed le maçon, un homme à la panse si imposante qu'on aurait cru qu'il attendait des jumeaux. Il avait les cheveux roux et coupés ras, et son visage était couvert de taches de rousseur. La légère ressemblance avec Mel Gibson que la mère de Jess avait remarquée sur sa photo avait mystérieusement disparu de cette personne.

– Ed ? s'enquit-elle, tout en embarquant la fourchette d'un convive voisin avec son bras rembourré comme un Airbag. Je suis Madeleine. Et voici Jess.

Ed tenta vaguement de se lever, mais il heurta la table avec sa bedaine et se rassit lourdement.

– Ne vous levez pas, ne vous levez pas ! protesta-t-elle. Cet endroit est bondé ! Bonjour, tu dois être Polly.

Polly les observait d'un air de défi. Elle haussa un sourcil qui semblait féroce et aiguisé.

– Salut, fit-elle d'une voix basse et agréable – assez sympathique, en fait.

– Chouette veste, la complimenta Jess avec un sourire aussi sincère que cette situation étrange le permettait.

Polly lui sourit en retour. Et tout de suite, elle devint moins effrayante.

– Ouais, je l'ai trouvée dans cet ancien surplus de l'armée, genre à Londres. Will, mon copain, connaît un gars qui bosse là-bas. C'est, genre, le copain de sa cousine, et il a de super tatouages de lion et tout.

Ed tourna la tête vers sa fille et la regarda d'un air sévère. Polly le défia du regard.

– Quoi ? fit-elle. Quoi ?!

Il tourna de nouveau la tête vers la mère de Jess et haussa les épaules.

– Elle court après les tatouages, expliqua-t-il.

C'étaient les premières paroles qu'il adressait à la mère de Jess. Et celle-ci était à peu près certaine que ce n'était pas la salutation préconisée par le manuel *Comment conquérir le cœur des gentes dames*.

– Qu'est-ce que ça peut te faire ? cracha Polly en direction de son père. C'est mon corps, non ?

– Tu connais mon avis sur la question, rétorqua-t-il sèchement avant de se tourner vers la mère de Jess. Qu'en pensez-vous, Madeleine ? demanda-t-il, en se renversant dans sa chaise, tout en tapotant pensivement sa bedaine. Vous laisseriez Jessica avoir des tatouages ?

– Oh, ne me mêlez pas à ça ! se défila-t-elle en riant sans le moindre amusement. Jess n'a pas encore prévu de se faire tatouer, je ne sais pas trop comment je réagirais dans cette situation.

Par un de ces tours facétieux que nous joue notre esprit, Jess se prit à imaginer Ed avec une carte du monde tatouée sur le ventre. Ce qui pourrait donner lieu à une variante d'une expression bien connue : « porter le poids du monde sur son bide ». Il pourrait aller d'école en école afin de servir de support de leçon de géo, comme un globe terrestre.

– Tu ne voudrais pas de tatouages de toute façon, Jessica ? lui demanda Ed.

Jess regarda son visage constellé de taches de rousseur.

– Je ne sais pas trop.

Elle ne voulait pas prendre parti pour l'un ou l'autre. Comme ils étaient condamnés à passer le reste de la soirée ensemble, elle décida d'occuper le temps en imaginant combien il serait amusant de relier ces taches de rousseur avec un feutre. Elle pensait voir une possible église sur la joue gauche. Ou peut-être une licorne ?

– Je dois me débarrasser de ce manteau, Jess, lui dit sa mère en requérant son aide.

Les chaises étaient petites et bizarrement incurvées, si bien qu'une fois assis, on avait l'impression qu'on ne pourrait plus jamais se relever, surtout lorsqu'on était lesté par cinq kilos de rembourrage synthétique.

– Aide-moi, ma puce ! lui demanda sa mère.

Jess la regarda droit dans les yeux l'espace d'un instant, et elles se comprirent plus profondément que jamais. Sa mère souhaitait que sa fille ait hérité à la naissance de superpouvoirs lui permettant de la tirer de cette situation, et pas seulement de son manteau, en l'emportant sous son bras pour s'envoler par la fenêtre, vaporisant la vitre au passage, filant comme une fusée, jusqu'à Zanzibar.

Quant à Jess, elle se demandait pourquoi elle avait pour mère cette femme ridicule empêtrée dans cette désastreuse histoire de rencontres en ligne, alors que, s'il y avait eu une justice, elle aurait pu être la fille de Sharon Osbourne ou de Meryl Streep.

Mais elle serra les dents et tira sur le manteau-couette, puis s'assit et échangea avec Polly une mimique, sourcils levés, qui signifiait : « Les parents, quelle horreur, hein ? » Et cet échange constituerait sans doute la complicité la plus poussée qu'elles connaîtraient dans leur relation.

Pendant le film, ça allait, parce qu'ils étaient tous assis en ligne dans le noir (pourquoi toutes les relations ne pouvaient-elles pas se résumer à cela ?). Mais discuter dans la pizzéria ensuite s'annonçait comme un défi...

– Alors, Polly, dit la mère de Jess en puisant dans sa réserve d'urgence de sujets de conversation, as-tu lu un livre intéressant dernièrement ?

Polly sembla décontenancée. À cet instant, peut-être providentiellement, le téléphone de Jess se fit entendre. Elle fouilla frénétiquement son sac à sa recherche.

– Tu devrais éteindre ce truc pendant le dîner, lui reprocha sa mère, agacée.

– Oh, ne t'en fais pas pour nous ! dit Ed à Jess avec un geste, comme si la règle de politesse de sa mère était absurde. Polly envoie des SMS jour et nuit.

– Seulement à ma mère ! se défendit Polly en fusillant son père du regard. J'envoie des SMS à ma mère, oui, parce que je ne la vois presque jamais.

– D'accord, d'accord, ne revenons pas encore là-dessus !

En disant cela, Ed agita les bras en direction de sa fille. C'était un geste étrange, comme s'il avait voulu chasser des oiseaux menaçant une table de pique-nique.

Jess jeta un coup d'œil à son téléphone.

MESSICA ! NOUVEL ÉPISODE QUI POURRIT DANS TA BÀL. HORRIBLES DÉSASTRES MENACENT LE SEIGNEUR VULCAIN.

– C'est de qui ? lui demanda sa mère. De Fred ?

– Non, de papa.

Jess composa rapidement une réponse, suggérant que quelles que soient les mésaventures de seigneur Vulcain, elles ne devaient pas arriver au niveau d'horreur de sa propre soirée au purgatoire.

– Alors vous êtes divorcée depuis longtemps, Madeleine ? demanda Ed en se curant langoureusement les dents de manière à décupler son *sex appeal*.

– Oh oui, depuis des années.

La mère de Jess ramassa quelques miettes sur la table, puis les remit dans son assiette.

– Nous nous sommes séparés peu après la naissance de Jess.

– Alors tu as détruit le mariage de tes parents, hein, Jessica ? demanda Ed avec un horrible sourire totalement dépourvu de tact, comme si plaisanter sur ce sujet allait mettre une ambiance de folie.

Jess avait fait cette blague des tonnes de fois, mais de la part d'Ed, c'était culotté et présomptueux.

– Non, je n'ai rien détruit, expliqua-t-elle. Ils se sont débrouillés tout seuls. Mon père est gay.

Il y eut un gros silence. Le visage d'Ed prit une expression gênée.

– Ah, fit-il en se frottant le nez (mauvais signe). C'est inhabituel.

– Oui, c'est sûr qu'il est inhabituel, admit la mère de Jess, mal à l'aise.

– Il ne vous a fait aucun bien alors, Madeleine ? commenta Ed avec un mélange d'incrédulité et de pitié. Ça ne doit pas être facile pour toi non plus, Jessica, d'avoir un père un peu homo.

– Oh non, au lycée tout le monde est jaloux, mes amis pensent que c'est super cool.

Jess était furieuse.

– Je te l'ai déjà dit, papa ! dit Polly d'un ton tranchant. Tu ne devrais pas être aussi homophobe.

– Mais non, pas homophobe, se défendit Ed

en croisant les bras sur sa bedaine énorme. Je suis juste un type normal !

Bien plus tard, enfin libérée de ce rencard calamiteux et alors qu'elles buvaient ensemble un chocolat chaud avant de dormir, la mère de Jess lui annonça qu'elle arrêtait les rencontres en ligne, et qu'elle ferait tout pour éviter de passer une autre soirée, ou même cinq minutes, en compagnie d'un « type normal ». Jess se demanda si sa mère ne se montrait pas un peu trop catégorique. Polly et Jess avaient fini par échanger leurs 06 et leurs adresses mail. Elle ne serait pas fâchée de revoir Polly, même si le premier rendez-vous de leurs parents était aussi le dernier.

Lorsque Jess regagna enfin le sanctuaire de sa chambre et consulta ses mails, elle trouva le dernier épisode des aventures de seigneur Vulcain.

« – Je te connais, Vulcain, cracha le sieur Tranche de Cake depuis les replis de sa cape bleu nuage. Je sais que tu manigances quelque chose contre moi. Nous avons intercepté ton escargot.

– Ah ! Pas Donald ! s'écria seigneur Vulcain d'une voix paniquée.

– Nous faisons le point avec lui en ce moment même, l'informa sieur Tranche de Cake d'un ton menaçant. Il chante comme un canari.

Seigneur Vulcain laissa échapper un cri étranglé. *Pitié, faites qu'ils ne torturent pas Donald!* pria-t-il.

– Et lorsque nous aurons extrait tous les renseignements qu'il peut donner, nous allons le faire revenir avec du beurre d'ail et un bon Chianti, assena le sieur Tranche de Cake. Quant à toi, Vulcain, tu vas être mené en mer et laissé à la dérive sur un radeau avec juste assez de sandwichs au beurre de cacahuète pour tenir jusqu'à dimanche.

Puis il disparut avec un rire diabolique qui résonna longtemps. La porte claqua.

Seigneur Vulcain frissonna violemment. Reverrait-il jamais sa fille Messica ? »

. 13

Dimanche midi, toute la bande d'amis se retrouva au *Dolphin Café*. Ce vieux Dolphin avait fière allure : les murs avaient été repeints en bleu turquoise pour le Nouvel An, et des mobiles avaient été ajoutés à la décoration : c'étaient des dauphins de verre et d'argent qui tournoyaient en tintant. Mais Maria, la patronne, paraissait plus morose que jamais. Elle avait une propension à avoir le cœur brisé. Depuis Noël, elle avait rompu trois fois.

Jess, Fred, Flora, Ben Jones, Mackenzie, Jodie et Tiffany s'approprièrent la plus grande table et commandèrent des boissons. .Mais pour une fois, Jess n'avait pas faim. Le matin même, Fred et elle avaient eu un échange de SMS tendu et énervé au sujet du magot introuvable. Fred maintenait qu'il avait fouillé sa chambre de fond en comble, sans résultat. Jess était persuadée qu'il n'avait même pas cherché. Mais ils ne pouvaient pas en parler devant les autres. C'était le cadavre sous la table.

– Tu as déjà écrit ton sketch pour le Bal du Chaos ? demanda Jodie à Fred.

Il secoua la tête d'un air gêné.

– Non, non, j'ai passé toute ma semaine à broder des abat-jour, répondit-il.

Venant de lui, c'était plutôt bancal comme blague, mais tout le monde s'esclaffa. D'habitude, Jess adorait qu'il fasse rire toute la compagnie, mais ce jour-là elle était d'une humeur particulière et ne le supportait pas. Au contraire, elle avait très envie de tout déballer (sauf le problème de l'argent perdu, évidemment).

– Écoutez, on est un peu dépassés, Fred et moi, à propos de l'organisation de ce truc. On aurait besoin d'aide.

– Comptez sur moi, répondit Mackenzie. Je crois qu'il manque un côté western à cet événement...

– La ferme, Mackenzie, espèce d'idiot, murmura Ben en jetant à Jess un regard inquiet.

Mackenzie, qui était son meilleur ami, se calma un peu.

– Vous avez besoin de quel genre d'aide ?

– Euh... beaucoup, admit Jess en jetant un coup d'œil à Fred, qui caressait le bord de la table, comme s'il tenait à garder ses distances.

Il évitait même de la regarder directement. Super. Fantastique. Elle était devenue invisible. Encore moins intéressante qu'un meuble. Bientôt, Fred risquait d'annoncer ses fiançailles avec une commode.

– Nous, euh, déjà nous n'avons pas encore trouvé de groupe de musique, expliqua Jess. Je me trompe, Fred ? Es-tu toujours en négociation avec Boucle d'Or ?

– Pas vraiment, admit-il d'un air fuyant. Ils m'ont laissé tomber, pour être franc.

– Donc, pas de groupe, résuma Jess. Le père de Fred tiendra le bar, ce qu'il a fait des tas de fois quand il était dans l'armée, mais pour la nourriture... Eh bien, je ne sais pas par où commencer.

– Des pizzas ? proposa Jodie, dont la gourmandise était connue dans tout le Sud de l'Angleterre.

– On ne peut pas servir des pizzas à un dîner dansant ! objecta Flora. Il faut un vrai buffet, avec du poulet froid, ce genre de choses.

– Et euh, quel est le budget ? demanda Ben Jones.

Le cœur de Jess eut un soubresaut. Un budget ! Mais bien sûr ! Ils auraient dû établir un budget. La panique lui assécha la gorge.

– Je... je ne sais pas trop, dit-elle d'un ton hésitant.

– Oh Jess, grosse bécasse ! la railla Jodie. Ne me dis pas que tu ne connais même pas votre budget ?

Elle jeta un regard à Ben Jones, comme s'ils appartenaient tous deux à ce club de personnes assez au courant pour comprendre le concept de budget.

– Pas grave, les rassura Ben. Les billets étaient à, euh, soixante-quinze livres par couple, c'est ça ?

– Donc ça fait trente-sept livres cinquante par personne, calcula Flora, la reine des maths.

– Combien servira à payer le repas ? demanda Tiffany, tout en se rongeant les ongles paresseusement, mais d'une manière très charismatique.

Un instant, Jess l'envia. Pour cette fille, toute cette conversation n'était qu'une façon de passer le temps par un dimanche maussade. Elle n'avait rien à faire. Tiffany n'avait plus organisé de fête depuis l'horrible incident des coussinets de soutien-gorge au *minestrone*. Ce souvenir donna des frissons désagréables à Jess. Mais s'il existait des moments gênants dans son passé, ce n'était rien comparé à la crise cataclysmique qui la menaçait. Dans moins de deux semaines, le Bal du Chaos lui tomberait dessus comme un ouragan.

– Je ne sais pas, j'en sais rien !

Jess était désormais en pleine panique.

– Trente-sept billets ? fit Mackenzie en secouant la tête. Sérieux ! Vous avez bradé ! C'est un dîner dansant, non ? Sur Internet j'ai vu une pub pour la même chose à Monterey et c'était cinq cents dollars !

– T'as raison, pourquoi voir si petit, murmura Fred d'un ton ironique. Pourquoi s'arrêter à cinq cents ? Pourquoi pas un bon neuf cents ? On peut toujours demander un surplus de huit cents livres par personne à l'entrée.

Toutes ces blagues autour de l'argent alors qu'ils avaient égaré des milliers de livres rendaient Jess malade.

– Quels sont les autres frais, en dehors de la nourriture ? demanda Ben Jones en massant ses magnifiques cheveux blonds de son élégante main droite. Désolé si je dis des bêtises...

– La location de la salle, déjà, dit Jodie. C'était combien ? demanda-t-elle en se tournant vers Flora, bizarrement.

– Moi ? s'étonna celle-ci, prise de court. Comment je le saurais ? C'était combien, Jess ?

Flora aussi semblait vouloir prendre ses distances. Mais c'était normal, au fond c'étaient Jess et Fred les uniques responsables de ce désastre.

– Je ne me rappelle plus !

Jess avait l'impression d'être ligotée avec du ruban adhésif, elle était comme un insecte se débattant dans une toile d'araignée.

– Le père de Fred a réservé la salle au moment

où il a obtenu l'autorisation de vente de boissons. Combien tout cela a-t-il coûté, Fred ?

Il semblait totalement paumé et empoté. Il haussa les épaules.

– Oh, pitié ! soupira une Jodie exaspérée, comme si Fred la décevait personnellement. Appelle-le et demande-le-lui, Fred ! ordonna-t-elle.

– Il est sorti, prétendit-il. Pour la journée.

– Ma mère pourrait peut-être nous renseigner, proposa courageusement Jess. Les paperasses sont dans ma chambre...

La paperasse en question se résumait à quelques notes gribouillées...

– Téléphone-lui tout de suite ! ordonna Jodie.

Jess sentit la moutarde lui monter au nez. Comment Jodie osait-elle se comporter comme si cet événement était le sien, et que Jess n'était qu'une simple exécutante ? Sous la table, Jess s'enfonça les ongles dans la paume de la main pour s'empêcher d'administrer à Jodie une gifle magistrale. Son seul réconfort était que Jodie avait plus de boutons d'acné qu'elle.

Mais d'un autre côté, elle n'avait pas tort. Comment organiser un buffet sans prendre en compte tous ces détails barbants et sans faire un minimum de calculs ? Heureusement que Jess avait Flora dans son camp.

Jess sortit son téléphone et découvrit qu'elle avait reçu un nouveau message, et il se trouvait justement qu'il était de sa mère.

TU SAIS QUOI ? G RENCONTRÉ UN TYPE PRESQUE CANON NOMMÉ MARTIN. ON DÉJEUNE CHEZ ALFREDO. IL SERA PEUT-ÊTRE TOUJOURS LÀ QUAND TU RENTRERAS CE SOIR. BISOUS, MAMAN.

Le cerveau de Jess fit une embardée. Il fallait que sa mère choisisse le moment où elle était en pleine crise chaotique pour partir en escapade romantique ! Jess commençait à avoir mal au crâne.

– Elle n'est pas à la maison, fit-elle avec un haussement d'épaules, en rangeant son téléphone.

– Comment tu peux le savoir ? hurla Jodie en se frappant le front comme si Jess était une idiote finie.

Celle-ci ne daigna pas lui répondre. Elle ne tenait pas à raconter à Jodie les aventures sentimentales de sa mère. Il y eut un instant de silence.

Fred se tortilla sur sa chaise.

– Et puis, une fois le buffet réglé, murmura-t-il avec un sourire narquois, il ne faudra pas oublier les chandeliers, les fontaines, les lumières laser et une nuée de colombes blanches, aussi...

– La ferme, Fred ! le rembarra Jess.

Ce n'était vraiment pas le moment pour des blagues aussi déplacées. Comment pouvait-il se comporter ainsi alors qu'ils étaient dans un tel pétrin ?

– Alors ce buffet ? relança Tiffany en bâillant. Vous allez servir quoi ?

– J'ai vu de super menus sur Internet, annonça Jodie avec un mouvement de tête prétentieux. Écoutez : beignets de crevettes, filet mignon ou galette aux légumes et au fromage pour les végétariens.

– Je veux des lasagnes ! cria Mackenzie. Le filet mignon, c'est du steak, non ? Ça coûte cher, ça. Et puis je déteste les crevettes, c'est dégoûtant, on dirait des insectes.

– Comment on fait les beignets ? demanda Ben Jones. Est-ce qu'il faut les faire frire à la friteuse ?

– Ben évidemment, pourquoi ? demanda Tiffany. Mon père est accro à la malbouffe, vous pourriez peut-être lui emprunter sa friteuse.

– Il doit y en avoir une dans la cuisine, dit Mackenzie en fronçant les sourcils.

– Quelle cuisine ? demanda Ben Jones. Désolé d'être à la ramasse.

– La cuisine du lieu où l'événement va se dérouler, imbécile ! rétorqua Mackenzie avec un grand sourire (il s'adressait souvent ainsi à Ben).

– Est-ce qu'il y a une friteuse à la salle des fêtes ? demanda Ben.

– Mais dans ce cas, on oublie les beignets de crevettes ! s'énerva Jodie. On peut faire plus simple !

– Pourquoi plus simple ? marmonna Fred en contemplant le plafond. Pourquoi pas un sauté de légumes indonésien ? Pourquoi pas un cygne rôti ?

– Je crois qu'il vaudrait mieux confier la préparation des repas à quelqu'un d'autre, les interrompit Flora d'une voix tendue. Je crois que Jess et Fred pensaient faire appel à un traiteur, non ?

Elle se tourna vers Jess, pour qui ce concept de traiteur était bienvenu, nouveau, et terrifiant.

– Ouais, un traiteur, coassa-t-elle.

– C'est lequel, alors ? demanda Jodie.

– Je n'ai pas encore décidé, murmura Jess, au bord de l'évanouissement.

– Qui as-tu contacté ? s'enquit Mackenzie. Demande-leur combien c'est pour des lasagnes. Tout le monde aime ça. Et c'est pas cher.

Jess resta muette. À cette date, elle aurait dû connaître le budget dont elle disposait, avoir parlé à un bon nombre de traiteurs, étudié les devis et discuté des menus. Et surtout, elle aurait dû ouvrir un compte en banque pour mettre à l'abri l'argent des billets. Au lieu de s'occuper de ces choses importantes, elle s'était laissé porter par la vie, c'est-à-dire jouer au Scrabble avec sa mère, regarder *X Files* avec Fred et gaspiller de précieuses heures à discuter de leur sketch de présentation.

À cet instant, Beast Hawkins et d'autres membres de l'équipe de rugby firent irruption dans le café.

– Match dans vingt minutes ! beugla-t-il. Les Pumas d'Ashcroft contre les Colts de Christchurch ! Allez, les gars, on a besoin d'encouragements !

Jodie se leva d'un bond, suivie de près par Tiffany, Mackenzie et Ben Jones, pour qui le sport était une sorte de religion. Flora se leva aussi avant de faire à Jess une sorte de grimace d'excuse.

– J'ai promis à Jack de le retrouver là-bas, expliqua-t-elle. Je devrais… Ne vous inquiétez pas, tout va s'arranger. On se voit plus tard, OK ?

Puis elle partit. Ils étaient tous partis. Jess et Fred se retrouvaient seuls, plongés dans une atmosphère de poussière, de cendres et de ruines.

. 14

Soudain, Maria monta le volume de la musique. À l'évidence, elle traversait une crise sentimentale. D'un pas décidé, elle vint débarrasser leur table.

– Vous déjeunez ? demanda-t-elle avec humeur – le sous-entendu étant : « Commandez un plat ou dégagez. »

Le charisme lunatique de Maria faisait partie du charme de l'endroit. Elle avait un tempérament méditerranéen fougueux, et il lui arrivait de casser de la vaisselle lorsqu'un de ses amants la quittait.

– Allons-y ! cria Jess pour se faire entendre malgré la musique. Autant manger, je meurs de faim !

Fred hocha la tête et fit les honneurs : il alla faire la queue pour acheter un panini pour lui, et des nachos pour Jess. Une chanson sentimentale poignante faisait vibrer les enceintes – un signe qui ne trompait pas sur l'humeur dépressive de Maria.

– Alors, fit Fred d'un ton guilleret. Chaos. L'histoire sans fin. Qu'est-ce qu'on fait comme sketch? On garde notre identité ou on se déguise?

Jess n'en croyait pas ses oreilles. Fred était toujours bloqué là-dessus, alors qu'ils n'avaient pas avancé d'un poil concernant la musique, la nourriture et, plus important encore, l'argent égaré. Bien sûr, il fallait aussi qu'ils se concertent. Jess avait eu quelques idées sur la question, mais elle n'avait jamais réussi à se concentrer réellement, tant elle était débordée par tout un tas d'autres choses.

– Fred! cria-t-elle. On s'en fout du sketch pour l'instant! Où est le fric? Comment on va faire pour la nourriture et la musique?

Elle attrapa du guacamole et de la crème avec sa chips et porta le tout à sa bouche.

– Ah, oui, l'argent, dit-il de manière désinvolte. Tu devrais peut-être...

La machine à *espresso* noya ce qu'il disait dans un jet de vapeur assourdissant.

Même s'il parlait à Jess, Fred ne la regardait pas. Ses yeux faisaient le tour de la pièce, et elle ne pouvait s'empêcher de trouver que cela symbolisait l'incapacité de Fred à se concentrer sur les problèmes qu'ils avaient, à commencer par son refus d'admettre que l'argent était sûrement sous son lit, pour la bonne raison qu'elle savait sans l'ombre d'un doute qu'il n'était pas sous le sien.

Il arriva malheur au nacho qui se trouvait dans sa bouche : il se transforma en cuir, la crème tourna et le guacamole se changea en huile de vidange. La cuisine du *Dolphin Café* n'était pas à blâmer (leurs nachos n'étaient peut-être pas sublimes, mais au moins très savoureux). Jess fit descendre sa bouchée avec une grosse gorgée de soda (encore une bonne résolution partie en fumée). Puis elle se demanda ce qui allait advenir de l'énorme quantité de gaz qu'elle venait d'ingurgiter. Sans crier gare, la machine à café se tut.

– Je n'ai rien entendu de ce que tu disais, dit Jess d'une voix forte, en regardant – avec un léger dégoût – Fred engloutir un immense morceau de panini.

Il se livra alors à une clownerie passablement éculée : faire semblant de parler la bouche pleine, de manière totalement inintelligible.

– Ommmgn umgggh ughmmm crounch crounch crounch...

Jess était pétrie d'angoisse. Et Fred semblait ne pas être du tout conscient de ce qu'elle traversait. Par le passé, ces pitreries avaient été amusantes, mais pour la première fois de sa vie, elle trouvait que Fred n'était pas drôle. La bulle de gaz qu'elle avait avalée s'était changée en une grosse fiole de poison qui pesait lourdement en elle.

Cherchant désespérément à échapper à cette sensation affreuse, Jess attaqua un autre nacho. Elle n'allait pas s'avouer vaincue par une pauvre assiette de chips de maïs : elle se força à les manger sans relâche, comme un camion poubelle avalant ses sacs en plastique noir. Mais elle y prenait moins de plaisir. Fred continuait à parler, mais il ne s'adressait pas vraiment à elle. Jess reconnaissait cette expression qu'il prenait lorsqu'il bonimentait sans fin, par exemple pour embobiner un professeur quand il n'avait pas fait ses devoirs. Comment était-elle devenue l'équivalent d'un prof à ses yeux ? Où était passée leur précieuse complicité qui leur permettait de se comprendre sans effort ? Quelque chose clochait terriblement. La chanson arriva à son terme, finissant sur une montée en puissance dramatique.

– Écoute, lui dit Fred dans le silence soudain, si tu t'occupes de la musique et de la nourriture, j'écris notre script. Que dis-tu de ça ?

– Fred ! hurla Jess. Je n'arrête pas de te le dire ! Le Bal du Chaos pourrait très bien se passer de notre présentation, mais s'il n'y a pas de nourriture ni de musique, les gens vont péter les plombs et on sera célèbres pour notre fiasco jusqu'à la fin des temps ! Et puis on ne récoltera rien pour les enfants qui meurent de faim ! C'est la raison pour laquelle on voulait organiser ça au départ, tu te souviens ? Pour aider les pauvres petits enfants d'Afrique, où il n'y a littéralement pas de nourriture à cause d'une terrible sécheresse ! Alors écoute-moi : je n'arriverai jamais à tout organiser toute seule ! Tu ne m'aides pas et tu es pénible. La première chose que tu dois faire, c'est retrouver l'argent.

– J'ai regardé, je te jure, dit Fred précipitamment. Il n'est pas dans ma chambre, c'est sûr et certain.

– Il y est forcément ! s'énerva Jess. Cherche mieux !

– D'accord, d'accord ! (Fred avait l'air vraiment mal à l'aise.) Je chercherai de nouveau ! Et je m'occupe de la musique !

– T'as plutôt intérêt !

Jess se sentait vraiment mal, maintenant. Elle était à la fois furieuse contre Fred, et nauséeuse à cause des chips qu'elle avait englouties. Elle détestait la donneuse de leçons enquiquinante qu'elle était devenue, mais à l'idée que le Bal du Chaos puisse ne jamais aboutir, elle était paralysée d'effroi. Ce serait un fiasco cinq étoiles.

– J'y vais, annonça-t-elle soudain en se levant d'un pas mal assuré. Il faut que j'essaie de régler cette histoire de traiteur.

Elle était vaguement consciente du regard surpris de Fred. Pourtant, il ne se leva pas lorsqu'elle passa à côté de lui et se dirigea avec agacement vers la porte.

Dans la rue, des flocons de neige tourbillonnaient vers le bitume. Ça aurait pu être un moment enchanteur, mais le garçon qui l'aurait rendu magique était resté à l'intérieur, occupé à se goinfrer de panini, et visiblement il ne tenait pas assez à elle pour lui courir après et comprendre ce qui n'allait pas.

Et une cargaison de nachos arrosés d'un tonneau de soda, ça n'allait pas du tout. Jess s'arrêta pour se masser le ventre. *Buuuuurp!* Elle produisit un rot retentissant, juste au moment où deux étudiants passaient par là.

– Classe! lui lança le plus grand des deux.

Jess s'en fichait. Qu'est-ce que ça pouvait faire si les gens la trouvaient repoussante? Elle était remplie de choses toxiques, et elle ne voulait pas seulement parler des nachos, mais de tout ce qui lui était arrivé ce jour-là.

Jess fit semblant de fouiller dans son sac, se donnant une excuse pour traîner, juste au cas où Fred aurait avalé le reste de son panini et se dépêcherait de la rejoindre. Mais la porte du café demeura désespérément close.

Jess se lança dans une longue exploration du centre-ville. Elle écuma l'un après l'autre tous les restaurants (nombre d'entre eux étaient ouverts le dimanche midi) et tous les pubs, pour leur demander s'ils faisaient traiteurs à domicile. Elle n'eut aucun retour positif. Personne ne voulait s'occuper de sa réception. Chaque établissement avait déjà organisé sa propre soirée pour la Saint-Valentin. Depuis des mois. Après le treizième refus dédaigneux, Jess renonça et se retrouva sur le trottoir couvert de neige sale. Il ne neigeait plus et à la place une pluie fine et pénétrante tombait sans relâche. La galaxie tout entière semblait se liguer contre Jess.

Elle rentra chez elle d'un pas vif. C'était en partie pour se réchauffer, en partie pour s'empêcher de pleurer, et en partie pour que son ventre se remette en ordre. Sa digestion était quelque peu explosive, ce qui était déconcertant. Elle venait de vivre une des pires journées de sa vie, et elle souhaitait rallier son foyer sans vomir dans la rue. Si elle y parvenait, cela constituerait, en l'état des choses, un modeste triomphe.

. 15

Tandis qu'elle se traînait laborieusement dans l'allée de sa maison, Jess essaya de rassembler ses dernières énergies pour avoir l'air positive et confiante face à sa mère et à sa grand-mère. Elles ne devaient pas savoir dans quel pétrin elle s'était mise. Son esprit fourmillait de mille pensées contradictoires. Tantôt elle était furieuse contre Fred, tantôt elle trouvait que tout était de sa faute et qu'il était stupide d'attendre de Fred qu'il organise quoi que ce soit. Ses yeux s'emplirent de larmes. Elle était bien tentée de lâcher prise et de se laisser aller à une grosse crise de larmes. Sa mère et sa grand-mère seraient compatissantes, lui prépareraient de bons petits plats (sa grand-mère irait peut-être jusqu'à servir ses délicieux muffins aux airelles).

Mais lorsqu'elle ouvrit la porte, un bruit inattendu parvint aux oreilles de Jess : la voix d'un inconnu, un homme inconnu, s'échappait de la cuisine.

– Dix, et c'est un compte double, donc vingt, euh, quarante-six au total, je crois.

– Mazette !

Ça, c'était la voix de sa mère, mais elle n'était pas naturelle, on aurait dit qu'elle jouait dans une pièce de théâtre.

– Petit sournois ! Je gardais une certaine lettre pour ça !

– Un certain *Z*, je suppose ? Coup dur, *baby*.

Hein ? Ils jouaient au Scrabble, en faisant des accents bizarres ! Ça devait être le fameux Martin « presque canon ». Le cœur de Jess tomba en chute libre sur la moquette de l'entrée. Il ne manquait plus que ça. Elle rentrait chez elle, angoissée, traumatisée, et voilà qu'elle allait devoir se montrer polie envers un imbécile qui avait embobiné sa mère en son absence, et qui n'avait même pas la galanterie de perdre au Scrabble.

Du salon lui parvenaient les échos de la télévision. Jess en déduisit que sa grand-mère s'y trouvait, et après avoir fermé sans bruit la porte d'entrée, elle s'y rendit sur la pointe des pieds. Sa grand-mère dormait profondément devant une émission sur les antiquaires.

« Voici une jolie pièce assez merveilleuse, disait

un joaillier, dont on voyait les doigts en gros plan, légèrement tremblants, alors qu'il présentait une petite broche à la caméra. C'est toute une symbolique de l'amour. Un objet très romantique qui peut être offert à une jeune dame par son prétendant à l'occasion de leurs fiançailles ou de la Saint-Valentin. »

Cette omniprésence de la fête des amoureux était oppressante ! Les larmes se mirent à couler sur les joues de Jess qui courut s'enfermer dans la salle de bains. Elle ouvrit les robinets de la baignoire et retira ses vêtements. Quelques sanglots lui échappèrent, mais elle avait surtout hâte de se plonger dans un bon bain chaud et fumant pour une longue trempette bienfaisante. Mais quelque chose clochait. N'aurait-elle pas dû voir s'élever de sympathiques volutes de vapeur ? Prudemment, Jess tendit la main pour toucher l'eau : elle était glacée. Rhaa, pourquoi rien ne fonctionnait-il correctement dans cette maison ?

– Jess ?

Et voilà que sa mère venait l'embêter jusque sur le palier !

– Quoi ?

L'exaspération avait stoppé les larmes de Jess, qui était à présent d'humeur massacrante. À tout prendre, elle préférait.

– Que fais-tu, ma puce ?

– Eh bien j'aurais pris un bain si nous avions l'eau chaude dans cette foutue baraque, mais non, donc je me rhabille ! répondit-elle d'un ton brusque.

– Désolée, j'ai oublié d'allumer le chauffe-eau en rentrant. Qu'est-ce qui ne va pas, Jess ? Comment s'est passée ta journée ?

Elle brûlait de se confier à sa mère, de révéler dans quel pétrin puant elle s'était mise.

– Ça a été, mentit-elle.

Elle ne pouvait pas se laisser aller alors qu'il y avait ce Martin dans la maison.

– Oh, tant mieux. Descends donc dire bonjour à Martin. Il est adorable, tu vas l'apprécier.

Sa mère parlait d'un ton assuré que Jess trouvait particulièrement agaçant, même si elle savait qu'au fond elle aurait dû être heureuse que sa mère ait enfin rencontré un homme à demi humain.

– On t'a gardé une part de hachis parmentier dans le four, elle est encore chaude.

Après avoir donné cette alléchante information, la mère de Jess descendit l'escalier.

Jess s'assit sur le rebord de la baignoire pour remonter ses chaussettes et réfléchir. Tout à coup, elle ressentait l'appel irrésistible du hachis parmentier, tout chaud, savoureux, légèrement croustillant sur le dessus parce qu'il était resté dans le four.

Certains plats ne supportent pas d'être gardés ainsi, mais le hachis s'en trouvait bonifié, au contraire. Jess salivait déjà – ce qui était beaucoup mieux que tout à l'heure, lorsque c'étaient ses yeux qui se mouillaient. Elle se releva, remit ses bottines et ajusta son pull. Un coup d'œil rapide au miroir la rassura : bien que pâle et préoccupée, elle n'avait pas l'air bizarre ou folle. De toute façon, le fameux Martin pouvait bien être presque canon, elle se fichait pas mal qu'il la trouve bizarre.

Quelques instants plus tard, Jess entra donc dans la cuisine. Sa mère et Martin étaient installés à la table, autour d'un plateau de Scrabble. Martin se retourna pour regarder Jess. Il avait des cheveux bruns et courts, un large visage ouvert et sympathique et de grands yeux brillants.

– Martin, voici Jess.

Sa mère avait l'air contente qu'elle soit descendue. Martin se leva maladroitement et lui tendit la main. Il était grand et longiligne.

– Salut, lui dit-il avec un sourire amical. Je suis ravi de te rencontrer !

Il lui donna une vraie poignée de main ferme. Il donnait l'impression d'être quelqu'un d'énergique et de bienveillant. Jess eut soudain honte d'avoir envisagé de ne pas faire sa connaissance.

– Jess a passé sa journée à organiser une soirée

dansante, expliqua sa mère en se levant aussi. Pour une organisation caritative. Je vais te servir ton dîner, Jess.

– Une soirée dansante ? Ouah ! s'exclama Martin en poussant le plateau de jeu. Raconte-nous ça.

Jess était contrariée que sa mère ait mentionné le Bal du Chaos. Et le sourire sympathique et curieux de Martin n'arrangeait rien. Cependant, le fumet du hachis parmentier était divin et elle commença à se sentir affamée. Elle avait dû parcourir des kilomètres en sillonnant le centre-ville à la recherche d'un traiteur.

– Oh, ça n'a pas grand intérêt.

Jess prit une grande inspiration, attrapa sa cuillère et goûta une première bouchée de hachis parmentier. C'était délicieux.

– Maman, c'est super bon, merci.

– Jess aime bien organiser des événements, poursuivit sa mère en crânant effrontément (Si seulement elle savait...). À Noël dernier, son copain Fred et elle ont mis sur pied un spectacle comique absolument génial, et ils ont récolté une belle somme pour une bonne cause.

– Incroyable ! s'extasia Martin. Il est comment, ce Fred ?

– C'est un comique-né ! répondit la mère de Jess avec un grand sourire.

Jess était furieuse de voir sa mère se transformer en présidente du fan-club de Fred alors qu'elle-même était en colère contre lui.

– Il est drôle, admit-elle malgré tout.

Ce n'était pas le moment de se lancer dans une tirade contre Fred, elle devait ravaler son venin. Piquer une crise ne serait pas du tout approprié devant Martin.

– Il est plutôt timide, mais il le cache en faisant des blagues, lâcha-t-elle, les dents serrées. Le spectacle de Noël était son idée au départ. Il a tout écrit et mis en scène à partir de son imagination.

Il était fort mal venu de se rappeler à quel point Fred pouvait avoir du talent.

– C'est vrai ? s'étonna Martin en écarquillant les yeux de surprise et d'admiration mêlées. Ça devait être quelque chose ! Raconte-moi ça.

Aussi Jess lui parla-t-elle du spectacle de Noël tout en mangeant son hachis parmentier, et environ vingt minutes plus tard, bizarrement, elle se sentait à peu près dans un état normal. Martin était effectivement charmant. Il semblait s'intéresser réellement à tout, et il comprenait vraiment quel genre de personne était Fred. En fait, ce qu'il avait dit sur lui avait rappelé à Jess toute la sympathie qu'elle avait pour lui. Et elle commença à recouvrer sa confiance, se disant que tout finirait bien, après tout.

Peut-être sa mère avait-elle trouvé l'oiseau rare, cette fois. Elle ne le connaissait que depuis quelques heures, mais Jess se disait déjà que si elle devait avoir un beau-père, Martin était un modèle adorable et sympa.

C'est alors qu'on sonna à la porte.

Jess bondit, pensant que c'était Fred, et courut ouvrir, car elle avait hâte de le voir pour lui dire que tout allait bien, qu'elle le comprenait et qu'il n'y avait aucune raison de s'en faire. Elle ouvrit la porte à la volée. Là, sous la lumière embuée du réverbère, se tenait son père, accompagné de deux valises. Il posa sur Jess un regard triste, tragique et empli d'apitoiement pour lui-même.

– Ma vie est fichue, dit-il.

. 16

– Papa ! couina Jess, complètement prise de court. Qu'est-ce que tu fais ici ? Comment ça, ta vie est fichue ?

– Tu ne m'invites pas à entrer ? minauda-t-il. J'ai fait tout le trajet en bus depuis la Cornouailles parce que je n'avais pas les sous pour prendre un billet de train, et j'ai mal dormi toute la semaine, j'en ai presque des hallucinations.

– Entre, bien sûr !

Jess se mit sur le côté pour laisser passer son père, mais elle réfléchissait à toute allure. D'une minute à l'autre, il allait tomber sur sa mère qui jouait joyeusement au Scrabble avec un autre homme, dans son dos. D'accord, ses parents avaient divorcé depuis quatorze ans, mais cette situation pouvait malgré tout s'avérer une hallucination particulièrement bouleversante pour lui. Vu l'état dans lequel il se trouvait, ça risquait d'être la goutte d'eau qui fait déborder le vase.

Et pour sa mère et Martin ? Ils s'entendaient si bien et l'atmosphère était si enjouée que la mauvaise humeur de Jess s'était envolée. Pourquoi fallait-il que son père débarque là, tout paniqué et dépendant, au pire moment ?

Jess hésita.

– Peut-être que... Euh, mamy regarde la télévision, je crois...

Mais son père écarta d'emblée cette possibilité. Évidemment, il entendait Madeleine rire un peu nerveusement dans la cuisine.

– Mais ta mère est dans la cuisine, dit-il en se débarrassant de ses deux valises dans l'entrée avant de foncer droit au but.

Jess s'empressa de le suivre en se rongeant anxieusement les ongles. Elle aurait aimé pouvoir prévenir sa mère. Mais il était trop tard. Elle vit le moment où cette dernière leva les yeux de sa partie et essaya de comprendre pourquoi son ex s'était soudain mystérieusement matérialisé dans sa cuisine. Toute trace d'amusement la quitta, ainsi que ses couleurs. Tout reflua. L'instant d'avant, elle était rose de bonheur, et à présent, elle était pâle et ébahie comme quelqu'un qui a vu un fantôme.

– T-Tim ? bredouilla-t-elle. Que se passe-t-il ?

– Ma vie est fichue, répéta-t-il.

Jess s'agaça qu'il dise cela avant même d'être présenté à Martin. Certes, elle était désolée d'entendre qu'il était bouleversé, et elle l'aimait plus que tout, hormis sa mère, sa grand-mère et Fred, mais est-ce qu'il était vraiment obligé de se donner en spectacle devant un parfait inconnu ?

Martin le dévisageait, stupéfait.

– Désolé. (Sone père semblait enfin comprendre qu'il exagérait d'avoir fait une entrée si mélodramatique.) Je suis Tim Jordan.

Martin se leva et tendit la main.

– Tim est mon ex-mari, expliqua la mère de Jess en tentant de ne pas laisser transparaître l'exaspération dans sa voix – ainsi que les mille autres émotions qu'elle devait réprimer. Tim, voici Martin. Martin Davies.

– Ah ! dit Martin d'un ton léger, souhaitant visiblement éviter toute confrontation désagréable. Je pensais que tu vivais en Cornouailles.

– Je le pensais aussi, dit amèrement et tristement le père de Jess.

Il se laissa tomber sur la chaise la plus proche, qui était celle de sa fille jusque-là.

– Que s'est-il passé, Tim ? demanda la mère de Jess, battant en retraite vers la bouilloire. Tu veux que je te fasse un thé ?

– Je prendrais bien quelque chose de plus fort, dit-il en lorgnant les verres de vin.

Jess assistait à la scène, comme hypnotisée. De quoi s'agissait-il ? Ces dernières années, elle n'avait cessé de se vanter d'avoir un père gay et artiste qui menait grand train dans une merveilleuse demeure blanchie à la chaux, au bord de la mer à Saint-Ives, avec pour compagnon un designer nommé Phil, qui avait aussi des magasins et faisait du surf de compétition lorsqu'il ne portait pas des chaussettes en lamé or.

– Aide-nous à finir cette bouteille, alors, proposa la mère de Jess avec un soupçon d'irritation dans la voix.

Elle lui servit un verre de vin blanc.

Martin semblait hésiter à rester. Il se frotta le visage et regarda furtivement sa montre.

– Merci, merci, dit le père de Jess. Je n'aime pas demander ça, je n'aime pas me comporter ainsi. Je suis une petite nature, je sais, mais tu aurais quelque chose à manger ? Je n'ai rien avalé depuis le petit déjeuner.

Martin se leva brusquement.

– Euh, il est peut-être temps que je m'éclipse, murmura-t-il.

– Oh, ne pars pas maintenant, Martin ! s'exclama la mère de Jess, consternée. Tim ne va pas rester longtemps. Je vais te faire un sandwich au fromage, Tim, ajouta-t-elle d'un ton intraitable. Assieds-toi, Martin, reprends un verre de vin.

Martin obtempéra.

– Qu'est-ce qui s'est passé, papa ? demanda Jess.

– Eh bien, soupira-t-il avant de tremper les lèvres dans son vin. C'est que... Phil a décidé de s'installer à Barcelone. Ses affaires ne vont pas très fort depuis le début de la crise, vous savez.

– Oh ! là, là, murmura anxieusement la mère de Jess.

– Alors il a décidé de vendre ses magasins, et la maison bien sûr. Et vous n'allez pas le croire, mais quelqu'un a acheté la maison dès la première semaine de sa mise sur le marché.

– Non ! cria Jess d'une voix étranglée.

Cette belle maison ! Ses murs blancs, ses carreaux bleus et les cris des mouettes qui tournoyaient dans le vent ! Son refuge préféré en dehors de chez elle ! Son père la regarda d'un air coupable.

– Désolé, ma puce.

– Et à combien s'élève ta part ? demanda la mère de Jess, dont la voix était maintenant crispée et froide.

Elle détestait que la situation lui échappe. Ces derniers temps, elle s'était déridée et la joie était revenue peu à peu dans sa vie, mais l'arrivée dramatique du père de Jess semblait l'avoir obligée à reprendre son armure, comme un chevalier partant au combat.

– Ma part ? Rien du tout, répondit-il. Enfin, pratiquement rien. Ça a toujours été la maison de Phil. C'est un homme d'affaires prospère, tandis que moi je suis un artiste maudit, vous le savez bien, dit-il en esquissant un petit haussement d'épaules. Je ne voulais pas partir pour Barcelone. Surtout à cause de Jess, bien sûr. (Celle-ci se sentit tout à coup étrangement coupable d'exister.) Mais il y avait d'autres problèmes aussi... C'est difficile d'être financièrement dépendant de quelqu'un... Au début, ça allait, mais depuis quelque temps...

Jess se souvint soudain que Phil avait l'air préoccupé la dernière fois qu'elle l'avait eu au téléphone. Il n'avait pas été aussi sympathique que d'habitude. Peut-être son père et lui s'étaient-ils disputés ce soir-là.

– Alors... c'est fini, je le crains. Rideau.

Sa voix devint inaudible alors que la bouilloire se mettait à siffler, et Martin sembla prendre une décision. Il se leva d'un coup et prit son manteau.

– Je crois que je vais partir, dit-il d'un ton gêné. (Jess avait pitié de lui.) Vous devez avoir beaucoup de choses à vous dire. Ravi de vous avoir rencontrés, Jess, Tim. Tu salueras ta mère de ma part, Madeleine...

Il eut une hésitation, et pendant ce moment horrible, tous attendirent de voir s'il allait embrasser la mère de Jess pour lui dire au revoir. Même une innocente bise sur la joue aurait été terriblement malvenue dans ces circonstances. Heureusement, Martin sut se tenir et battit rapidement en retraite vers la porte en distribuant à la ronde des sourires chaleureux et gênés.

– Je trouverai la sortie, dit-il.

Pendant tout ce temps, la mère de Jess resta figée, la bouilloire au bout du bras, changée en statue comme dans un conte de fées. De petites volutes de vapeur s'échappaient du bec de la bouilloire et agitaient légèrement les cheveux autour de son front, comme s'ils faisaient des signes d'adieu.

– Bravo, papa ! le rabroua Jess dès que la porte d'entrée claqua. Tu viens de gâcher le premier rendez-vous potable que maman ait eu depuis... depuis des siècles.

Mieux valait ne pas mentionner l'homme-objet japonais de l'an passé.

– Quoi ? (Son père semblait perdu dans le brouillard.) Qui... c'était qui, déjà ?

– Le rencard de maman, répéta Jess d'un ton sévère. Un type charmant nommé Martin.

– Oh, mon Dieu ! s'exclama-t-il en mettant une main sur sa bouche comme un petit garçon qui a dit un gros mot. Je suis désolé, Madeleine !

– Ne t'en fais pas, ce n'est rien. Et puis ce n'était pas vraiment un rendez-vous de toute façon, démentit la mère de Jess d'une voix agacée, tout en manipulant le pain et le fromage avec brusquerie.

Elle faisait son possible pour donner le change, mais il était évident que ce n'était pas « rien ».

– Mais je suis arrivé ici comme si, comme si...

– Non, pas du tout, protesta-t-elle d'un ton morne. Comme si rien du tout.

– Mais je t'ai tout gâché ! se lamenta-t-il. Encore une fois !

– Tais-toi, ne dis pas de bêtises. Je vais prendre un café. Tu en veux un ? Un déca ?

– Merci, non. Enfin, si. Je ne sais pas, dit-il, découragé, en se prenant la tête entre les mains.

– Prends un café, décida la mère de Jess en flanquant son sandwich devant lui comme un patron de café pressé de fermer boutique. Ça te calera le temps d'arriver à destination. Tu loges où, d'ailleurs ?

Le père de Jess hésita un instant, tout pâle, l'air tragique et un peu contrit.

– Euuuh, je n'ai nulle part où aller, murmura-t-il d'un ton d'excuse. Je suis terriblement désolé, Madeleine... est-ce que je pourrais dormir sur le sofa cette nuit ?

Elle posa sur lui un regard vide, puis elle sembla se ressaisir.

– Bien sûr, répondit-elle sèchement, mais Jess voyait bien qu'elle était furieuse. Mais tu ne peux pas dormir sur notre sofa. Tu peux avoir la chambre de Jess, qui viendra dans la mienne.

Jess éprouva un léger ressentiment. Pourquoi devait-elle prêter sa chambre ? Pourquoi ne pouvait-il pas dormir sur le sofa ? Il se comportait un peu comme un ado, il pouvait bien dormir comme un ado, non ? Elle fut tentée de protester, mais elle voyait bien qu'elle ne ferait qu'envenimer les choses, et elle était désolée pour sa mère, dont les beaux espoirs avaient été réduits à néant en l'espace d'un petit quart d'heure.

Ils entendirent que quelqu'un arrivait par le couloir. C'était la grand-mère de Jess, qui avait dormi pendant tout ce drame. Elle entra dans la cuisine et plissa les yeux. Il faisait sombre dans le salon où elle s'était endormie, à la lueur des lampes d'ambiance et de l'écran changeant de la télé.

– J'ai entendu la porte d'entrée, Madeleine, marmonna-t-elle d'une voix ensommeillée. Est-ce que Jess est bien rentrée ? Comment ça se passe cette partie de Scrabble avec Martin ? Oh ! Mais ce n'est pas Martin ! Oh, mon Dieu, c'est Tim !

La grand-mère de Jess était soudain bien réveillée – on l'aurait été à moins !

À l'heure du coucher, Jess reçut un SMS de Fred :

PB DU GROUPE RÉGLÉ : FRÉNÉTIQUE. C LEUR NOM, ET AUSSI MON HUMEUR. DSL D'AVOIR ÉTÉ ZARBI AU CAFÉ : HYPOGLYCÉMIE.

Jess poussa un énorme soupir. Ils avaient la musique ! Les choses s'arrangeaient. Enfin, une au moins. La priorité était à présent de retrouver l'argent. Elle lui envoya tout de suite une réponse :

BRAVO POUR FRÉNÉTIQUE ! ET LE FRIC ?? T'AS REGARDÉ SOUS TON LIT ??

. 17

Le lendemain, sur le chemin du lycée, Jess mit Flora au courant de l'arrivée inopinée de son incapable de père.

– En gros, je pense qu'il a gâché la meilleure chance de trouver un type vraiment bien qu'avait ma mère, conclut-elle. Martin est sympa, mais il ne voudra jamais entamer une relation sérieuse avec une femme dont l'ex débarque et squatte chez elle, si ?

– Qui sait ? dit Flora d'un ton incertain. S'il l'aime vraiment bien, il essaiera au moins de savoir où ça en est entre ton père et ta mère. Je veux dire, il n'y a pas vraiment de flamme à rallumer, si ?

– Non, admit Jess. Même quand ils étaient jeunes, ils auraient pu gagner le prix Nobel du couple le moins passionné. Mais ça, Martin n'en sait rien.

– Peut-être que si, dit pensivement Flora. Ta mère le lui a peut-être dit.

Elles approchaient maintenant du portail et l'attention de Jess commença à s'éloigner de cette saga parentale, pour se tourner vers un problème bien plus urgent : où était Fred, et avait-il trouvé le magot ? S'il persistait à affirmer qu'il n'en avait pas la moindre idée, elle ne pouvait qu'espérer garder son sourire et ses bonnes manières... en lui arrachant la tête pour la balancer par-dessus le bâtiment des sciences !

Ah, il était là ! Une petite explosion d'espoir pétilla dans la cage thoracique de Jess et monta jusqu'à sa tête, lui faisant vibrer les lobes d'oreille. Fred était parmi un groupe qui comprenait Jodie, Ben Jones, Mackenzie, Tiffany, ainsi que Zoe Morris et Chloé Machinchose, qui étaient plus jeunes. Il était un peu à l'écart des autres, mais à part ça, elle n'arrivait pas à déduire de sa démarche l'état d'esprit dans lequel il se trouvait.

Évidemment, elle ne pouvait pas mentionner l'argent devant tout le monde. Peut-être faisait-il exprès de se fondre dans la masse parce qu'il savait qu'elle ne pouvait pas l'affronter en public. Un vrai poltron. Fred semblait très absorbé par ce que disait Mackenzie, mais Jodie fit signe aux deux amies, avec un sourire contagieux.

– Jess ! Flo ! Venez, Mackenzie fait des imitations de footballeurs ! beugla-t-elle.

Fred se tourna vers Jess et elle attendit qu'il lui fasse un signe indiquant que tout allait bien. Mais, bizarrement, il sembla arrêter son regard fuyant sur Flora, la bouche entrouverte et les sourcils levés, comme s'il hésitait à dire quelque chose.

À cet instant, la sonnerie retentit et ils mirent le cap vers les salles de cours. Jess arriva à se mettre à côté de Fred. Ils n'étaient pas seuls, mais c'était déjà pas mal.

– Super pour le groupe ! lui chuchota-t-elle. Mais tu as trouvé le fric ?

– Je n'arrête pas de te le répéter : c'était toi qui l'avais !

En disant cela, Fred s'était tourné vers elle et l'avait regardée bien en face une fraction de seconde, de ses grands yeux paniqués.

– Mais j'ai mis ma chambre à l'envers pour le trouver ! insista Jess, le cœur battant. Il n'y en a pas la moindre trace ! Je sais que j'avais l'argent pendant les premières semaines, mais après tu l'as pris. J'en suis sûre.

– J'en ai gardé une partie un moment, admit-il. Mais après je te l'ai rendu avec toute la paperasse, tu ne te rappelles pas ?

Il avait quand même l'air nerveux. Jess se sentait

happée par la spirale de la panique. Son cœur cognait comme un fou. Et s'ils ne retrouvaient jamais l'argent ? Ils seraient obligés de tout annuler et de passer le reste de leurs jours à travailler pour rembourser les gens. Oh, non, pitié, jamais plus on ne la reprendrait à organiser quoi que ce soit ! C'était une pure galère.

En comparaison, le contrôle de français était une promenade champêtre. De toute la journée, Jess n'eut quasiment pas le temps de parler à Fred. À la pause, elle était punie (les devoirs d'histoire avaient fini par prendre leur revanche sur elle), au déjeuner, Fred avait encore un de ses foutus entraînements aux échecs, et après les cours, il partait avec Mr Dickson et les autres joueurs pour le grand tournoi d'échecs au lycée Saint-Benedict. Non, mais sérieux ! Pourquoi ne revoyait-il pas ses priorités pour faire passer le Bal du Chaos avant tout le reste, ne serait-ce que pour quelques jours ? Jess n'avait pas eu une seule occasion de partager avec lui une brève hystérie commune.

Elle remballa son sac et son cœur lourd (pas littéralement – elle n'aimait pas les abats) et s'enroula autour du cou son écharpe préférée, celle à rayures. C'était encore un après-midi sombre et glacial.

– Tiens, dit Flora, allons chez Jack.

Ce dernier avait quitté l'établissement plus tôt, car il avait rendez-vous chez le dentiste.

– Il m'a envoyé un SMS pour me dire que son visage est tout engourdi et qu'il a besoin de réconfort.

– Les mecs sont de vraies mauviettes, soupira Jess. Mais je dois rentrer chez moi de toute façon.

– Allez, quelques minutes, la pressa Flora. C'est sur ton chemin. Tu vas adorer la maison de Jack. Elle est fantastique, mais de manière inhabituelle. Et ce serait bien que tu rencontres sa mère avant d'aller dans le Dorset.

– D'accord, céda Jess, qui se souciait encore de la politesse, même au cœur du pire des tourments.

Et puis, elle n'avait pas très envie de rentrer tout de suite. Depuis l'arrivée de son père, une drôle d'atmosphère planait dans la maison. Il n'avait pas révélé quels étaient ses plans pour la suite, et tout laissait penser qu'il allait camper dans sa chambre pendant un certain temps.

Normalement, Jess rentrait chez elle, courait à l'étage, se réfugiait dans le chaos réconfortant de son antre, jetait son sac dans un coin et sautait sur le lit avec son nounours et son ordinateur portable. Ne pas avoir sa propre chambre lui donnait l'impression d'être une réfugiée. Elle ne pourrait pas échapper à sa mère et à sa grand-mère. Et elle avait beau les adorer, avoir un espace à soi était essentiel à sa santé mentale.

– Alors, tu as pu parler à Fred? demanda gentiment Flora alors qu'elles avançaient dans les rues étincelantes de givre. Est-ce qu'il a réglé le problème du groupe de musique?

– Eh ben, dit prudemment Jess, il dit qu'il en a enfin trouvé un. Frénétique, ça s'appelle.

Elle n'avait toujours rien dit à Flora à propos de l'argent qu'ils ne trouvaient plus, parce que c'était carrément nul.

– Oh, super, se réjouit son amie. Je suis sûre qu'ils vont déchirer! Et puis il y aura aussi le DJ qui fera passer des morceaux. Souris, ma belle, ça va être une soirée géniale!

– Je sais, je sais! dit Jess en essayant d'oublier l'inquiétude qui la rongeait. Désolée de faire ma vache triste.

– La Vache Triste! répéta Flora avec un grand sourire nerveux et forcé. On dirait un nom de taverne. Peut-être qu'on devrait ouvrir une taverne après nos études!

– C'est une idée, répondit mollement Jess.

Son anxiété l'empêchait d'entrer dans le délire de son amie. Elle avait l'impression d'avoir avalé un tonneau d'eau glacée.

– La maison de Jack est par ici, lui indiqua Flora

en tournant dans une rue bordée de grosses maisons géorgiennes, un décor digne d'un film inspiré d'un roman de Jane Austen. La porte était vert foncé, avec pour heurtoir un ananas en bronze brillant.

– Je préfère ne pas entrer, dit Jess en commençant à reculer.

Mais une femme blonde d'âge moyen – la mère de Jack, sûrement – ouvrit la porte et leur tendit les bras.

– Flora ! s'écria-t-elle en l'enlaçant.

– Voici Jess, dit timidement Flora.

– Jess ! Ravie de te rencontrer ! Je suis heureuse que tu viennes dans le Dorset avec nous le week-end prochain ! Entrez ! Entrez donc ! Venez prendre le thé, proposa-t-elle en les entraînant dans la maison. Jack ! cria-t-elle en direction de l'étage. Jack ! Flora et Jess sont ici !

Une réponse étouffée leur parvint.

– Venez vous réchauffer dans la cuisine ! poursuivit Mme Stevens. Alfred sera fou de joie en vous voyant.

Jess se demanda qui était cet Alfred. La famille de Jack semblait incroyablement riche, mais au point d'avoir un majordome... ?

La cuisine était une grande pièce qui semblait rajoutée à l'arrière de la maison. Il y avait une énorme cuisinière couleur crème à laquelle étaient suspendus des torchons décorés ; des baies vitrées donnaient sur un jardin d'hiver composé de topiaires à feuillage persistant, avec un arbre majestueux qui était encore en fleur en plein mois de janvier. Il y avait aussi une table gigantesque jonchée de restes de repas. Au-dessus de la table, une grande fenêtre de toit laissait voir le ciel.

Un petit Jack Russell bondit de son panier en poussant des jappements et des grognements d'excitation, pour se précipiter à la rencontre des nouvelles venues qu'il accueillit en sautillant et en agitant la queue. Jack arriva sur ces entrefaites.

– Falut, Jeff, dit-il à Jess avec un sourire tordu. Je ne peux pas parler normalement, du coup tu vas devoir être affublée d'un changement de fexe.

– Coucou, Alfred ! s'exclama Flora en soulevant le chien qui se mit à agiter frénétiquement la queue et à lui lécher le visage. Du calme, vilain toutou ! dit-elle en suffoquant sous les chatouilles. Oh ! Mon mascara !

Elle passa le chien à Jack en gloussant.

– C'est un joli nom, Alfred, commenta Jess en grattant le ventre du chiot. Je crois qu'un jour je serai une vieille fille avec son terrier et son tricot.

– Tu ne finiras pas vieille fille ! lui assura Mrs Stevens avec un grand sourire. Les hommes vont se battre pour toi, jeune fille ! Et comment va ce cher Fred ? J'ai tellement hâte de le rencontrer.

– Ce cher Fred est à un tournoi d'échecs, répondit-elle d'un air détaché, car elle ne tenait pas à raconter par le menu la vie de rêve qu'elle menait. Votre cuisine est charmante... tellement chaleureuse !

– C'est une belle pièce pour faire la fête, admit Mrs Stevens. Mais pas autant que notre maison dans le Dorset. En fait, nous ferons un déjeuner de fête dimanche prochain. Pour notre anniversaire de mariage. Rien de grandiose, juste un rosbif, une tarte aux pommes et des jeux de société autour d'une bonne flambée. J'ai entendu dire que vous êtes des pros du Time's up, Fred et toi ? J'ai hâte de vous voir en action !

. 18

En arrivant chez elle, Jess entendit que sa mère s'activait dans la cuisine, et elle sut tout de suite – au bruit qu'elle faisait en manipulant les assiettes – qu'elle était de mauvaise humeur.

Avait-elle eu des nouvelles de Martin ? Ou s'était-il volatilisé au premier obstacle en vue ? Est-ce que le père de Jess allait venir habiter durablement chez elles ? Jess espérait que non. Les choses étaient très bien comme elles l'étaient jusque-là. Ce changement était perturbant. Et cela avait été un choc de comprendre que la belle maison de son père ne lui appartenait pas, en fait.

Son père passa la tête par la porte de la cuisine et fit un sourire ravi en la voyant. Il vint la serrer dans ses bras.

– J'ai fait du gratin de poisson ! claironna-t-il.

Évidemment la fraîcheur du poisson n'a rien à voir avec ce que je trouvais à Saint-Ives, mais j'ai fait de mon mieux.

– Je suis sûre que ça va être un délice ! lui assura-t-elle. Ça sent super bon.

– À Saint-Ives, on achète le poisson quelques heures après qu'il a été pêché, raconta-t-il d'un ton rêveur, le regard perdu... à quelque trois cents kilomètres de là. On ne peut pas trouver plus frais.

– Oh, tu peux arrêter de faire ton dépliant touristique ! le taquina Jess en se dirigeant vers la cuisine.

Son père resta un moment dans le couloir, se remémorant avec émotion une murène qu'il avait achetée un jour.

Sa mère vidait le lave-vaisselle d'un air renfrogné. Jess s'empressa de venir lui faire un câlin et un bisou.

– Martin t'a donné de ses nouvelles ? chuchota-t-elle.

– Non, répondit sa mère comme si cette éventualité ne l'avait même pas effleurée.

– Le gratin sent vraiment bon, dit Jess pour essayer de lui remonter le moral.

– Je n'aime pas trop le gratin de poisson, rétorqua-t-elle avec un regard de merlan frit.

– OK, oublie. Je monte me changer, annonça Jess qui rêvait déjà d'un jogging doux et chaud pour remplacer son uniforme. Et peut-être faire mes devoirs.

– Pas le temps de faire tes devoirs.

Jess dévisagea sa mère. C'était la première, et sans doute la dernière fois, que cette phrase voyait le jour dans la bouche de Madeleine Jordan.

– Il paraît que ce gratin au poisson doit être mangé tout de suite, sinon il sera raté.

Elle avait l'air exaspérée. Jess la comprenait, mais elle espérait qu'elle parviendrait à rester positive. Son père partirait sans doute dans un jour ou deux.

– Bon, je vais au moins me changer, dit-elle. Je suis d'humeur pyjama, ou pantalon d'intérieur.

Elle fila à l'étage, mais en entrant dans sa chambre, elle eut un choc. Son père avait tout rangé ! Son bureau avait été débarrassé de tous les papiers qui le jonchaient, il était maintenant tout propre et organisé. Où étaient passées ses précieuses paperasses ? (Parmi lesquelles on pouvait trouver une caricature du prof d'anglais, Mr Fothergill, se changeant en éléphant, un dialogue comique entre des pieuvres qui font l'amour – discrètement composé par Flora et elle en cours d'anglais, à la place de leur exercice de version.) Et le sol... était visible ! Tous ses vêtements avaient été ramassés, suspendus dans la penderie, voire pliés et rangés dans les tiroirs, qui sait ? Jamais elle ne retrouverait ses affaires !

Comme si ça ne suffisait pas que son père sans domicile fixe s'installe dans sa chambre, l'oblige à dormir dans celle de sa mère (qui lisait des romans toute la nuit, soit dit en passant, ce qui empêchait Jess de dormir), et ne montre aucun signe de départ imminent... il fallait en plus qu'il range sa chambre dans son dos ! C'était un crime contre l'humanité ! Jess enrageait.

Il avait eu toute la journée pour fouiller son espace intime, lire ses écrits secrets peut-être – le cœur de Jess fit des bonds de kangourou – ou lire son journal, qu'elle repéra, soigneusement posé sur sa table de nuit. C'était sûr, il l'avait touché ; d'habitude elle le mettait sous son oreiller. Oh, pitié !

Outrée, elle sortit de sa chambre comme un boulet de canon, dévala l'escalier et fit irruption dans la cuisine, écumant de rage. Son père égouttait des petits pois et sa mère mettait le couvert. Ils levèrent tous deux la tête, alarmés par l'entrée dramatique de leur fille.

– Papa ! cria-t-elle. Tu as rangé ma chambre ! Tu as fouillé dans mes affaires personnelles ! C'est totalement inacceptable ! Comment as-tu pu faire une chose pareille ?

Le visage de son père refléta alors une succession rapide d'émotions étranges. Il jeta un bref coup d'œil à la mère de Jess.

– Désolé, dit-il d'un ton étonnamment léger. Mais tu devrais trouver un endroit plus sûr pour ceci.

Il attrapa une enveloppe remplie à craquer sur le buffet, et la lui tendit. Jess se sentit défaillir. Elle la lui arracha des mains et regarda ce qu'il y avait à l'intérieur. L'argent ! Une belle liasse de chèques et des tas de billets ! Elle se jeta dans les bras de son père, éternellement reconnaissante.

– Oh, papa ! Tu es mon héros ! Désolée pour mon craquage à propos du rangement ! Où as-tu trouvé ça ?

– Derrière ton bureau, entre le dos du meuble et le mur, expliqua-t-il. Je ne savais pas trop si tu l'avais rangé là délibérément ou si ça avait glissé.

– Il faut absolument que tu ouvres un compte à la banque, la sermonna sa mère. Comment as-tu fait pour régler toutes les factures ?

– T'inquiète, maman, je gère ! pépia Jess.

L'enveloppe magique serrée contre son cœur, elle repartit en courant vers sa chambre.

Elle hésita un instant sur le palier. Devait-elle envoyer un message à Fred pour lui communiquer la bonne nouvelle ? Le problème, c'était qu'elle lui avait bien mis la pression, persuadée qu'il avait l'argent, alors que depuis tout ce temps le magot prenait la poussière dans sa chambre. En même temps, Fred s'était montré incorrigiblement désinvolte à propos de toute cette affaire... Elle décida de le laisser mariner encore un peu.

Elle plaça soigneusement l'enveloppe sur la coiffeuse de sa mère, puisqu'elle était réduite à loger dans sa chambre. Ce n'était pas vraiment la vie stylée dont rêvait une jeune fille de seize ans, mais l'argent retrouvé avait donné à Jess une bonne humeur à toute épreuve. Elle retira son uniforme et se mit en devoir de fouiller la collection de vêtements larges, confortables et douillets de sa mère. Enfin, elle allait pouvoir se détendre !

Elle choisit un pantalon de jogging gris qui avait dû être utilisé lors d'un stage pour obèses, une chemise d'homme à carreaux décolorée et une polaire très vieille mais rassurante dont la fermeture était à moitié décousue. La tenue idéale pour cette soirée de cocooning festif en famille. (Elle n'avait pas encore trouvé de solution pour le buffet, mais elle était bien décidée à reléguer ce problème dans un coin perdu de son cerveau pendant quelques heures. Elle était désespérée au point de se dire que, dans le pire des cas, ils pouvaient toujours faire une commande gargantuesque de plats préparés au supermarché.)

Arrivée au milieu de l'escalier, elle trouva une crotte de nez bien sèche et attirante dans sa narine gauche. Un doigt enfoncé jusqu'à la phalange dans le nez, elle descendait d'un pas guilleret dans son accoutrement disgracieux au possible – elle aurait pu jouer dans un film d'horreur – lorsque la porte d'entrée s'ouvrit sur sa grand-mère. En ce moment, elle rendait souvent visite à son amie Deborah. Peut-être pourrait-elle aller vivre chez elle le temps que le père de Jess trouve un toit. Et du coup, il pourrait loger dans la chambre de mamy...

Cette dernière se retourna et dit :

– Entre donc, mon petit. Jess sera ravie de te voir !

Jess s'immobilisa et recula de quelques marches en grimaçant. Personne ne devait la voir ainsi vêtue ! Elle n'avait jamais été si repoussante. Qui est-ce que ça pouvait bien... ?

Sa grand-mère leva la tête.

– Ah, bonsoir, ma puce ! roucoula-t-elle. Devine qui j'ai trouvé à la porte ?

Jess retint son souffle, pétrie d'horreur à l'idée que quiconque la voie ainsi tirée à quatre épingles dans les frusques les moins seyantes que possédait sa mère. L'intrus apparut lentement dans l'entrée. C'était Fred.

Il leva les yeux, avec moins d'ébahissement amoureux que Roméo contemplant le balcon de Juliette. Elle eut l'impression d'être une vieille chaussette puante épinglée au tableau d'affichage. Le jogging de gros devait faire un effet particulièrement éléphantesque, vu en contre-plongée.

– Oh, salut ! dit-elle d'une voix qu'elle essaya de garder naturelle et élégante. Comment s'est passé ton tournoi d'échecs ?

– Oh... salut, répondit Fred. Bien. On a perdu.

À cet instant, le père de Jess sortit de la cuisine avec grand enthousiasme.

– Fred ! s'exclama-t-il en se précipitant bras tendu sur le pauvre garçon auquel il infligea une poignée de main fougueuse. Il faut que tu restes manger ! Je viens de préparer mon plat fétiche, un gratin de poisson ! Téléphone chez toi pour prévenir !

Jess se demandait pourquoi Fred était là. Sans doute au sujet du chaotique Bal du Chaos. Elle savait qu'il ne piperait mot devant « les parents » du pétrin inextricable dans lequel ils s'étaient mis. Elle devait se débrouiller pour lui dire un mot en privé, elle avait tellement hâte de lui apprendre que son père avait retrouvé les sous ! Sans compter qu'elle lui devait des excuses appuyées pour les soupçons qu'elle avait nourris à son égard.

Fred et le père de Jess étaient en pleine hystérie de retrouvailles : son père sautillait, excité comme si Fred était son propre fils, ou son beau-fils, ou son... gendre. Fred, fidèle à lui-même, faisait son grand dadais maladroit, mais on l'avait déjà convaincu de retirer son manteau.

– Bon, euh, d'accord... euh, merci, marmonna-t-il d'un air ravi et gauche.

Cher Fred... Si seulement elle n'avait pas été fagotée comme un clochard ! Jess franchit les dernières marches avec ce qu'elle espérait être une prestance royale, mais c'était sans compter sur la manche de sa chemise d'homme, qui se coinça en bas de la rampe et la tira en arrière comme si elle était un chien en laisse mal éduqué. Elle tenta alors de camoufler l'incident en faisant semblant de tituber comme un clown ivre, avant de remarquer en levant les yeux que Fred avait suivi son père dans la cuisine, et qu'elle avait fait son petit numéro pour l'homme invisible.

. 19

– Viens, Fred, installe-toi ici !

Le père de Jess, transformé en maître de cérémonie exalté, avait placé Fred en face de Jess, et sorti un couvert supplémentaire.

– Bonsoir, Mrs Jordan, salua Fred d'un ton hésitant.

La mère de Jess lui répondit d'un signe de tête et d'un petit sourire tendu. On voyait clairement qu'elle n'aimait pas du tout la tournure que prenait ce petit dîner promu en gala. Elle était fatiguée (Jess le remarquait toujours aux ombres qui apparaissaient au coin de ses paupières). Elle avait sans doute dû subir des maniaques gueulards à la bibliothèque.

– Bon ! claironna Tim en prenant des airs de prestidigitateur. Madeleine, passe-moi les gants de four magiques !

Celle-ci se prêta au jeu d'un air las.

– Oh, comme c'est charmant, s'exclama la grand-mère de Jess en se frottant les mains. J'adore le gratin de poisson ! Il y a pas de crevettes, Tim ?

– Il *n'y* a pas, la corrigea Madeleine.

D'habitude elle ne reprenait pas mamy sur sa grammaire. C'était un signe d'agacement profond.

– Pas de crevettes, ni de requin, ni de baleine, et certainement pas de dauphin ! promit le père de Jess.

Il ouvrit la porte du four avec panache, se pencha et en sortit le gratin, qui était d'une belle teinte dorée et bouillonnait légèrement sur les bords.

– Il y a du fromage sur le dessus ? demanda la grand-mère de Jess.

– Fromage sur le dessus il y a ! annonça-t-il fièrement.

Et c'est alors qu'il se mit à chanter sur un air d'opéra ridicule :

– Gratin au poisson ! Gratin au poisson ! Gratin au poisson ! Y a-t-il du fromage sur le dessus ? Fromage sur le dessus ? Le dessus ? Oh oui, oui, oui, oui, oui, oui ! Lalalala !

Il essayait – beaucoup trop – de contrebalancer l'humeur maussade de la mère de Jess. Ah, si seulement ils étaient simplement normaux et barbants comme les autres parents ! Le père de Fred, par exemple, aurait préféré mourir plutôt que chanter.

Horriblement gênée, Jess fit la grimace, tout en essayant de se glisser sous la table.

Son père saisit la cuillère de service et sa mère apporta la pile d'assiettes. Il avait pris la place en bout de table, là où la mère de Jess s'installait d'habitude. Jess sentait que c'était une erreur. Mais c'était le cadet de ses soucis... Premièrement, elle était vêtue de manière grotesque avec ce jogging et cette polaire miteuse. Deuxièmement, dans moins de deux semaines, elle devrait nourrir une centaine de personnes. Non, non, elle s'était promis de ne pas penser à ça de la soirée !

– Comme accompagnement, j'ai fait de la salade, dit sa mère, puisque le gratin de poisson est un plat assez gras.

Jess se demanda si elle pouvait convaincre ses parents de préparer un gratin au poisson taille lit double, et une salade grande comme un jardinet, pour nourrir quatre-vingt-douze personnes, d'ici le samedi de la semaine suivante.

– Mais ne t'en fais pas pour le gras, Mad ! la rassura-t-il.

Il l'appelait souvent Mad*, ce qui était le comble de l'ironie, car la mère de Jess lui avait confié que vivre avec Tim avait bien failli la rendre folle à lier.

---

* En anglais, *mad* veut dire « fou, folle ». (*NDT*)

– L'huile de poisson, c'est du bon gras. Des oméga 3 ou 5 ou 12. Bref, ça protège le cœur !

Il se tapota nerveusement la poitrine.

– Oui, et le fromage ? lâcha-t-elle d'un ton caustique.

– Eh bien, tu peux retirer la croûte et la donner à Fred ! proposa-t-il tout en faisant le service.

Même si Jess était un peu en surpoids (elle avait calculé son IMC sur Internet), elle était vexée que son père ait spontanément proposé que Fred hérite du fromage, et pas elle. C'était le père de qui, au juste ?

– Est-ce que tu veux mon fromage, Fred ? demanda la mère de Jess.

Il hocha la tête avec convoitise.

– S'il vous plaît !

– Juste une petite part pour moi, s'il te plaît, papa ! demanda Jess, mais trop tard pour empêcher qu'une grosse portion atterrisse dans son assiette.

– Tu n'es pas trop grosse, ma chouquette ! affirma son père avec un large sourire charismatique, tout en chassant une longue mèche de ses yeux. Tu es parfaite. N'est-ce pas, Fred ?

Pris au dépourvu, Fred évita le regard de Jess.

– Oh, carrément, répondit-il d'une voix à peine audible, et visiblement gêné.

– Alors, Fred, qu'est-ce que vous faites pour la Saint-Valentin, mes petits tourtereaux ? demanda la grand-mère de Jess.

La question provoqua chez Fred un tic nerveux – sûrement à l'idée d'être impliqué dans une situation de « tourtereaux », mais il arriva à ne pas s'étrangler en évitant soigneusement de regarder la montagne puante de cellulite, de pellicules et de crottes de nez qu'était sa petite amie adorée.

– Il y a, euh, ce dîner dansant, grommela-t-il, comme pour bien marquer son indifférence totale concernant cet événement voué à l'échec.

– Ah oui, bien sûr ! Papy m'emmenait à des dîners dansants à l'*Hôtel royal* du roi Georges. Ils servaient des buffets fantastiques, avec sept sortes de salade différentes !

– Ouah, mamy ! s'exclama Jess. Tu portais quoi comme robe ?

Elle devait à tout prix éloigner la conversation du sujet de la nourriture ! En son for intérieur, Jess était affligée d'apprendre qu'il pouvait y avoir sept sortes de salade différentes, et se demanda combien d'entrées ses clients s'attendaient à se voir proposer.

Alors que le dîner tirait à sa fin, la sonnette d'entrée retentit.

– Tu veux bien ouvrir, ma puce ? demanda sa mère.

Jess fit la grimace.

– Maman, je suis affreuse ! protesta-t-elle en tirant sur son pantalon d'un air de dégoût.

– Si ça ne dérange pas Fred, qui ça dérangera ? objecta fort à propos sa grand-mère, avec un clin d'œil coquin.

Le cœur gros, Jess se traîna avec appréhension vers la porte, tirant sur sa polaire pour cacher tant bien que mal... toute sa personne. Elle ouvrit prudemment la porte.

– Martin !

L'arrivée imprévue de Martin la réjouit. Cela signifiait que sa mère l'intéressait toujours. Cependant, il arrivait en plein dîner de famille, et il verrait que le père de Jess occupait de nouveau sa place.

– Entrez !

Une vraie tempête faisait rage sous le crâne de Jess : des grondements de frayeur brièvement ponctués d'idées lumineuses et désespérées.

– Nous fêtions justement le départ de papa avec un petit dîner ! Il part pour Barcelone demain matin pour rejoindre son copain. Il est homo, vous êtes au courant, non ?

Jess faisait de son mieux pour le mettre en confiance.

Martin acquiesça d'un air gêné et entra.

– Comment va Fred ? demanda-t-il en posant sur elle un regard amical.

C'était vraiment gentil de sa part de se souvenir de son prénom.

– Il est ici, vous allez pouvoir le rencontrer !

En retirant son manteau, Martin jeta un coup d'œil en direction de la cuisine, les sourcils froncés. Jess se demanda s'il craignait que ses parents se remettent ensemble. Bon, elle avait fait de son mieux en inventant cette réconciliation avec Phil et ce départ pour Barcelone.

. 20

– Martin ! s'écria le père de Jess en se levant avec une espèce de salut.

Jess foudroya son père du regard. Martin était l'ami de sa mère, son père aurait dû rester sagement assis au lieu de faire comme s'il était le chef.

– Tu n'as pas encore rencontré Fred, si ? poursuivit-il.

Martin fit un signe de tête et un sourire, tandis que Fred répondait d'un tic nerveux.

– Bonsoir, Fred ! J'ai beaucoup entendu parler de toi.

Puis il sourit à la grand-mère de Jess, qui l'accueillit poliment, mais pas très chaleureusement. Misère ! Mamy s'était peut-être mis en tête que les parents de Jess allaient se réconcilier, et dans ce cas, Martin lui apparaissait comme un intrus dangereux.

– Alors, Madeleine, comment ça s'est passé à la bibliothèque aujourd'hui ?

Martin semblait un peu nerveux, remarqua Jess.

– Quelqu'un est mort ce matin, répondit-elle avec un haussement d'épaules fatigué. Sinon, ça a été.

– Tu ne m'avais pas dit que quelqu'un était mort, Madeleine ! lui reprocha mamy (en tant que grande fan de meurtres, elle se sentait injustement exclue de cette nouvelle capitale). Était-ce une mort naturelle ?

– Non. Une femme a tabassé à mort son mari avec une encyclopédie.

La mère de Jess avait une étrange lueur de folie dans l'œil, comme si elle avait prévu de faire quelque chose de ce genre avant d'aller se coucher.

– Oh, Madeleine, tu es impossible ! soupira la grand-mère de Jess avant de se tourner vers Martin d'un air manipulateur. Elle racontait déjà des craques quand elle était petite... On ne sait jamais si c'est du lard ou du cochon, avec Madeleine ! Tim a réussi à s'y faire, à force, mais je ne sais pas comment il y arrive. C'est un héros.

Oh, non, non, non. Elle essayait bel et bien de faire fuir Martin !

Incrédule, Jess dévisagea sa grand-mère : comment une petite vieille comme elle était-elle capable de débiter autant de mensonges en si peu de mots ? Sa mère n'était pas du tout mytho ! Cette histoire de meurtre à coups d'encyclopédie était bien évidemment une blague. On savait toujours où on en était avec elle, et son père ne s'y était jamais fait. En plus, cette phrase laissait penser qu'il avait été avec elles pendant toutes ces années, alors qu'elles le voyaient au mieux tous les trois mois. Et enfin, il n'y avait pas plus antihéroïque que son père.

– C'est une personne de la rue qui est décédée ? demanda ce dernier en regardant Madeleine avec effroi.

Il n'aurait jamais été capable de garder son sang-froid devant un macchabée. Il courait s'enfermer dans les cabinets en hurlant s'il y avait ne serait-ce qu'une souris morte derrière le réfrigérateur.

– Non, c'était une petite vieille, dit-elle. Elle a fait un malaise dans la salle des usuels, et elle n'a pas repris connaissance. On l'a mise en position latérale, mais ça n'a pas marché.

Il y eut un silence horrible et déprimant. Fred fixait passionnément la table. Lui qui était si souvent plein d'esprit, ne pouvait-il trouver quelque chose de marrant ou de réconfortant à dire ? Ou au moins croiser le regard de Jess pour lui témoigner sa complicité ?

– Je m'endors toujours en position latérale de

sécurité, confia mamy à Martin. Au cas où je m'évanouirais dans mon sommeil.

Martin sembla impressionné.

– C'est sûrement une bonne idée, approuva-t-il. Je devrais m'y mettre.

– Tu veux un café, Martin? demanda enfin la mère de Jess.

Elle s'y prenait tellement mal! Elle aurait dû lui proposer aussi du dessert. Il y avait un gâteau à l'orange sur le réfrigérateur, et le radar à gourmandise de Jess détectait aussi de la chantilly.

– Non merci, déclina-t-il, mal à l'aise.

– Du thé, alors! intervint Jess, puisque les adultes se débrouillaient si mal avec l'hospitalité (Martin n'était même pas encore assis). Ou une tisane!

Elle se précipita vers le réfrigérateur et attrapa délicatement le gâteau, qu'elle déposa au centre de la table.

– Attends qu'on ait débarrassé les assiettes, Jess, lui reprocha sa mère en s'affairant. Assieds-toi, Martin!

Ah, quand même! N'importe quel observateur aurait déduit de cette scène qu'elle détestait ce type, alors qu'elle avait avoué à Jess qu'elle le trouvait presque canon.

– Tu as raté un super gratin de poisson, lui signala le père de Jess en se frottant le ventre d'un air satisfait. Enfin, c'est moi qui le dis.

– Ce n'est pas grave, murmura Martin, mal assis sur le rebord d'une des chaises d'appoint, comme s'il cherchait à se faire tout petit. J'ai déjà mangé.

– Du thé nature ou de la tisane, Martin ? demanda poliment Jess.

Elle était bien décidée à l'obliger à rester là. Il ne fallait pas qu'il s'enfuie encore une fois. Il devait comprendre que c'était lui qui faisait le bonheur de sa mère, et non son père. Elle jeta un coup d'œil désespéré à Fred, espérant en vain un signe de son soutien. Il examinait ses doigts. Quand ils étaient seuls, Fred était à mourir de rire, mais parfois, avec les adultes, il se fermait et devenait une sorte de fantôme. Ce n'était que de la timidité, en fait. Jess ressentit un élan de compassion pour lui, et en même temps elle brûlait de lui mettre un coup de pied aux fesses.

– Du thé ordinaire, s'il te plaît, Jess, répondit Martin, toujours un peu crispé, essayant sans doute de comprendre la situation familiale.

– Tu veux une part de gâteau ?

La mère de Jess était un peu plus assurée et animée maintenant qu'elle s'occupait des assiettes à dessert.

– Eh bien, d'accord, merci, fit Martin. Ça a l'air délicieux ! ajouta-t-il avec un sourire pour la grand-mère de Jess, essayant visiblement d'entrer dans ses bonnes grâces.

– C'est un gâteau de mon amie Deborah.

Elle se lança alors dans un long discours sur ladite Deborah, qui avait un eczéma étrange qui se manifestait chaque fois qu'elle était en présence de fibres Lycra. Le simple fait de regarder le Tour de France à la télé lui donnait des démangeaisons. Pendant ce temps-là, les autres mangeaient leur gâteau en buvant du thé, espérant échapper un jour à l'assommant monologue de l'aïeule. Une coupure d'électricité aurait été bienvenue. Enfin, la grand-mère de Jess fit une pause pour roter discrètement, et Fred sauta sur l'occasion pour se lever.

– Je... euh, il faut que j'y aille, expliqua-t-il. (Jess se leva aussi). Je n'ai pas encore fait mes devoirs, ajouta-t-il avec un sourire angélique.

Mais elle savait bien qu'il faisait rarement ses devoirs avant onze heures du soir.

– Je vais te raccompagner à la porte, murmura-t-elle.

Une fois que Fred eut réussi à distribuer remerciements et adieux, qu'il eut enfilé sa parka sans renverser de meubles (c'était une première !), ils se retrouvèrent dans l'entrée, enfin seuls.

– Tu sais quoi ? lui dit Jess, tout excitée. Mon père a trouvé l'argent du Chaos ! L'enveloppe avait glissé derrière mon bureau ! Je suis trop trop désolée, Fred. Je croyais que c'était toi qui l'avais parce que je me suis embrouillée avec la fois où tu l'as eue, et que j'avais cherché partout. Je t'ai dit des choses horribles, je suis vraiment désolée.

Elle le prit dans ses bras et le serra fort. Mais elle sentit qu'il restait tout raide. Elle recula et le regarda.

– Qu'est-ce qui ne va pas ?

Il avait l'air penaud et se mit à donner des coups de pied dans le vide.

– Ouais, alors, euh... si je suis passé, c'est que... commença-t-il, alors que son regard errait sur les murs, la porte d'entrée, le paillasson, le radiateur... C'est que, euh... oh, c'est gênant, mais, euh... Frénétique m'a laissé tomber.

– Qu'est-ce que tu veux dire ?

Jess se sentait mal. Juste au moment où ils avaient mis la main sur l'argent et que l'organisation pouvait enfin suivre son cours, le groupe de musique faisait faux bond à Fred ?

– Ils... euh, ils ne peuvent pas venir finalement, marmonna-t-il.

– Mais ils avaient promis ! protesta Jess, indignée. Tu m'avais dit qu'ils avaient promis ! C'est qui, d'abord ? Je vais les appeler sur-le-champ !

– Tu ne peux pas faire ça, dit Fred avec agitation. Ils, euh, ils viennent de signer un contrat en... en Allemagne.

Quelque chose dans l'attitude de Fred attira les soupçons de Jess. Elle le dévisagea avec méfiance.

– Fred, est-ce que tu es honnête avec moi ? C'est la vérité vraie tout ça ? Tu mens, non ?

– Non, non ! lui assura-t-il en redoublant d'ardeur pour cogner dans le vide.

Il rougissait, ce qui prouvait sa culpabilité.

– Eh bien donne-moi leur numéro alors, je vais les appeler ! exigea Jess.

Fred poussa un gros soupir. Elle savait ce qui allait suivre. La vérité. Elle se prépara au pire.

– En fait, dit-il d'un ton tragique en contemplant le paillasson, il n'y a pas de Frénétique.

– Quoi ?

– Je les ai inventés.

– Tu... quoi ?!

– Je les ai inventés.

– Mais pourquoi, bon sang ?

– Parce que tout partait en sucette, bredouilla-t-il en agitant les bras. Tu me harcelais...

– J'essayais d'organiser les choses, Fred. Il faut bien que quelqu'un le fasse !

– Je sais, je sais. Il y avait un groupe du nom de Frénétique, et Mackenzie m'a dit qu'il connaissait le frère du batteur, et qu'il se débrouillerait pour les faire venir, mais on a appris qu'ils s'étaient séparés avant Noël. Je ne les ai pas inventés de toutes pièces.

– Mais tu m'as dit qu'ils joueraient pour notre dîner dansant !

– Oui, c'était juste pour gagner du temps. Je savais que tu stressais, je voulais que tu penses que cet aspect-là était réglé.

– Ah oui ? (Jess n'y croyait pas tellement.) Ou c'était juste pour que je te fiche la paix ?

Fred secoua la tête sans rien dire, puis se contenta de regarder le radiateur d'un air tragique.

– Je vais trouver quelque chose, je te le promets, dit-il en la regardant enfin droit dans les yeux. Je ne supporte pas de te laisser tomber. Je vais trouver un groupe, quelque part. Pour de vrai. Laisse-moi juste le temps.

Puis il disparut dans la nuit.

Les jours suivants passèrent à la vitesse de l'éclair. L'argent était enfin en sécurité à la banque, et Jess passa des heures au supermarché à noter le prix des salades composées, des assortiments de charcuterie et des quiches. Mais combien en fallait-il pour nourrir une centaine de personnes ?

Le vendredi arriva. Jess était entrée dans une sorte de transe. À une semaine du grand événement, il ne lui restait plus qu'à espérer qu'un buffet froid ferait l'affaire, même en février. Il faudrait qu'elle demande à Flora de l'aider à déterminer la taille des portions, le coût, etc. ; à sa mère de tout transporter dans son vieux *break* pourri ; et à ses amis de donner un coup de main… Combien de fois allait-elle devoir demander de l'aide ? C'était un cauchemar sans fin.

Quant au problème de la musique, Fred refusait purement et simplement d'en parler. Apparemment, il passait des heures au téléphone avec des gens, et il avait laissé entendre que les négociations étaient relancées avec Boucle d'Or. Lorsque Jess lui demandait où ça en était, il répétait toujours la même rengaine : « Fais-moi confiance ! » Le problème, c'était que Jess ne lui faisait plus confiance. En tant que comédien, oui, mais comme organisateur événementiel ? Pas vraiment, non.

Le week-end dans le Dorset ne lui apparaissait plus comme un obstacle, mais comme une merveilleuse pause dans le mauvais rêve qu'elle vivait. En fait, son imagination enfiévrée lui soufflait de fuir dans la campagne du Dorset, de s'inventer une nouvelle identité – Tess la bergère – et de ne plus jamais rentrer chez elle.

21

– Bon, Mrs Stevens vient vous chercher à Weymouth, lui rappela sa mère en les conduisant à la gare le vendredi après-midi, après les cours.

Jess et Fred, assis tous les deux à l'arrière, comme dans un taxi, échangèrent un regard amusé, et Jess leva les yeux au ciel et lui serra la main. Ils allaient dans le Dorset en train, car le radiateur de la voiture de Jack fuyait et dans le monospace des Stevens, il n'y avait de la place que pour les parents, Jack, Flora, Georges le frère de Jack, et ses potes d'université.

– Prenez une place dans une voiture de milieu de train ! leur conseilla sa mère.

– Pourquoi ? s'enquit Jess en essayant de ne pas trop s'énerver.

– Parce qu'en cas de collision, celles de tête et de queue sont les plus touchées.

Oh! là, là, maman est vraiment parano avec les accidents.

– J'ai toujours adoré les trains, dit Fred, essayant de donner un tour plus positif à la conversation. J'étais peut-être un ferrovipathe dans une vie antérieure! Je me souviens vaguement d'avoir traîné dans des gares en anorak pour voir le duc de Cumberland passer en trombe dans un nuage d'étincelles et de fumée. J'étais assez intéressé par les trains, aussi.

– N'oubliez surtout pas d'aider pour la vaisselle!

La mère de Jess continuait son sermon sans tenir compte des bêtises que racontait Fred.

– Et ne restez pas à bavarder toute la nuit alors que Mr et Mrs Stevens essaient de dormir.

– Comme si c'était notre genre... soupira Jess en imaginant le rugissement de furie avec lequel elle aurait secrètement prévu de réveiller les Stevens à trois heures du matin.

– Et occupez-vous de préparer les repas, ajouta sa mère en scrutant la nuit dans laquelle les lumières de la gare approchaient. Et mettez la table! Et ne faites pas de jeux stupides au bord des falaises dans le noir. Promettez-moi de ne pas vous approcher du bord des falaises. Fred, promets-moi que tu ne la laisseras pas s'approcher du bord des falaises!

– Promis, dit-il. Je ne la laisserai même pas s'approcher du blender.

– Ce serait une mort encore plus horrible, d'ailleurs, fit remarquer Jess. Mais certains trouveraient peut-être qu'il y aurait une certaine justice poétique si je finissais en hamburger.

L'idée de changer d'air, ne serait-ce que pour le week-end, rendait Jess folle de joie et de soulagement.

Ils descendirent de voiture et prirent leurs sacs dans le coffre. La mère de Jess les observait avec une mine sinistre et inquiète, comme s'ils se rendaient dans une zone de conflit armé. Elle se jeta sur Jess et la serra si fort qu'on entendit un léger craquement. Elle savait que sa mère était persuadée qu'elles ne se reverraient jamais. Pas dans cette vie, du moins.

– Passe un bon week-end, maman, dit-elle en détachant les doigts qui lui agrippaient fermement le bras. Tu vas voir Martin ?

– Oh, je n'en sais rien, répondit sa mère avec irritation. Ne t'occupe pas de moi. Fais attention à toi, c'est tout.

Le train était bondé, et ils durent rester debout dans le wagon-restaurant.

– J'adore les trains, dit Jess avec un grand sourire en se cramponnant à sa limonade tandis que le train oscillait dans la nuit. Si seulement on pouvait y rester toute la nuit et se retrouver à Moscou par exemple.

– Il faudrait qu'on fasse un de ces trajets mythiques en train un jour, proposa Fred. Tu sais, à travers les plaines de Mongolie, ce genre de truc. Jusqu'en Inde, ou en Chine. Eh, attends ! Et si on faisait semblant de ne pas se connaître ? Je vais aller aux toilettes et quand je reviendrai nous serons des étrangers l'un pour l'autre, à bord du Vladivostok Express.

Jess s'appuya au comptoir avec l'expression d'ennui seyant à une héroïne de film mélancolique noir et blanc des années 40. Fred ressortit des toilettes avec son col relevé. Quel imbécile. Jess ignora superbement sa présence. Il lui marcha lourdement sur les orteils.

– Oh, veuillez m'excuser ! dit-il d'une voix grave avec une sorte d'accent russe. Je suis désolé. Le train fait de telles embardées chaque fois que nous heurtons un moujik. Votre pied est-il blessé ?

– Ça ira, l'informa Jess d'une voix rauque et vénéneuse. Mon pied droit est en fer. Je l'ai perdu lors du soulèvement d'Omsk.

– Vous avez été blessée par les bolcheviques ?

Fred adorait l'histoire, mais Jess avait du mal à se souvenir qui étaient les bolcheviques.

– Non. Par une paire de chaussures très

inconfortables. C'était à un bal avec le prince Obergurgle. Nous avions dansé toute la nuit et au matin mon pied tomba. Et puis après ? De toute façon, je ne l'aimais pas.

Elle haussa les épaules.

– S'agirait-il du prince Obergurgle que les bolcheviques fusillèrent ? demanda Fred, visiblement impressionné.

– Peut-être bien, fit Jess avec un haussement d'épaules stylé. Qui s'en soucie ? Mon amant suivant était un laboureur. Il était bien plus drôle que le prince.

– Vous êtes une femme très séduisante, si je puis dire, lui susurra Fred à l'oreille. J'aimerais vous proposer de travailler pour mon réseau d'espionnage.

– Je suis déjà agent double, répondit Jess d'un air prétentieux. Mais je pourrais peut-être vous caser le jeudi après-midi.

Fred éclata de rire, son visage se départit soudain de son expression d'espion russe – il était redevenu Fred.

– On pourrait annuler, dit-il, très sérieux tout à coup. On pourrait dire que c'est à cause de circonstances imprévues. Ça arrive tout le temps, les annulations. On a mis tout l'argent à l'abri, donc on pourrait rembourser tout le monde.

– Mais tout le monde trouverait qu'on est des

ratés ! protesta Jess. Et ils auraient raison ! Et puis Oxfam, on ne peut pas les laisser tomber !

Fred secoua la tête.

– D'ici Pâques, tout ça sera oublié.

– Je ne sais pas... hésita Jess. Je ne supporte pas l'idée d'annuler. Pas pour l'instant en tout cas. Il y a sûrement un moyen de trouver de la nourriture et un groupe de musique.

– Hum, fit Fred d'un air dubitatif.

– Fred, on parlera de ça plus tard, décida Jess. J'ai juste envie de me détendre et de m'amuser ce soir, d'accord ? On en parlera demain matin. Retournons dans le Vladivostok Express.

Mais ils n'étaient plus d'humeur, le monde des espions russes s'était envolé.

À leur arrivée, Weymouth semblait aussi sombre et brumeux que la Mongolie-Extérieure, mais à travers le brouillard givrant, Jess repéra Flora sur le quai, emmitouflée dans sa parka. Sa respiration créait des volutes dans l'air froid nocturne.

– Mon Dieu, c'est merveilleux ! (Flora la serra comme si elles ne s'étaient pas vues depuis des années, et non quelques heures.) Attends, quand tu vas voir la maison... ! Dommage qu'il fasse nuit, mais apparemment demain matin, on sera soufflés par la vue ! La mère de Jack est garée dehors... Au fait, elle porte Épices d'hiver comme parfum.

– Moi c'est Chien mouillé, murmura Fred.

Jess lui donna un petit coup affectueux.

– Alfred est juste génial ! On l'a emmené sur la plage dans le noir, et il avait peur de la mer ! Il aboyait sur les vagues pour les chasser ! Ah, c'était trop drôle !

Mrs Stevens qui les attendait dans le monospace était enveloppée d'une étole en cachemire et d'un nuage d'Épices d'hiver. Elle leur fit un grand sourire dévoilant des dents parfaites.

– Bonsoir ! Enchantée de faire ta connaissance, Fred. Tu es ravissante, Jess. Comment s'est passé le voyage ? demanda-t-elle d'une voix voilée.

– Très bien, merci, répondit poliment Jess. Et le vôtre ?

Elle était particulièrement fière de cette démonstration de politesse extrême et se souviendrait de s'en vanter auprès de sa mère à son retour.

– Oh, ça a été, merci, Jess, mais il y a toujours un peu de monde sur la route le vendredi soir. Même en hiver. J'espère que Charles a bien chauffé la maison. Les garçons ont coupé du bois. Nous avons une grande cheminée, vous allez pouvoir vous rôtir les fesses toute la soirée !

Mrs Stevens sortit de la ville avec panache et bientôt ils roulaient sur de petites routes de campagne, dans le noir.

– Dommage qu'on ne voie pas la mer ! soupira Jess.

– Oh, attends demain matin, tu ne vas pas être déçue ! Sauf s'il y a du brouillard.

Enfin, ils quittèrent la route pour emprunter un petit sentier, puis, presque aussitôt, une allée de sable qui montait en zigzag. Ils montaient, encore et encore, si bien que les oreilles de Jess se bouchèrent. Une grande maison apparut à la lumière des phares, et Mrs Stevens se gara.

– Bienvenue aux *Embruns*, annonça-t-elle en rejetant en arrière sa crinière blonde, d'un geste élégant et naturel que jamais la mère de Jess n'arriverait à maîtriser.

– On vous a gardé une part du dîner, vous devez être affamés !

– Oh, merci beaucoup ! répondit Jess, toute contente.

Ils entrèrent par la cuisine, qui était à l'arrière de la maison, puis traversèrent un salon immense, où les garçons s'étaient massés autour de la cheminée. Un homme chauve, sans doute Mr Stevens, somnolait dans un fauteuil. Jack se leva à leur entrée et vint vers eux en souriant, accompagné du chiot qui bondissait joyeusement.

– Salut, Jess, salut, Fred ! C'était comment le train ? On a allumé le feu pour vous. Euh, je crois que vous ne connaissez pas mon frangin...

Un Jack en modèle réduit et un peu plus enrobé leur fit signe. Il ressemblait un peu à un empereur romain, avec ses cheveux noirs frisés et son nez fort.

– Et voici Tom et Humphrey.

Tom était grand, portait des lunettes et avait un sourire démesuré. Humphrey, un maigre tout pâlichon, était agenouillé près du feu qu'il tisonnait.

– Il y a tellement de garçons ici qu'on pourrait presque faire une équipe de foot ! pépia Mrs Stevens de la cuisine. Il reste du poulet en cocotte et des pommes de terre au four, ça vous va, Jess ?

– Oh, c'est super, oui, merci beaucoup ! remercia-t-elle en retournant à la cuisine, suivie de Fred.

Alfred leur gambadait entre les jambes en agitant la queue. Il semblait particulièrement content de voir Jess, et ce sentiment était partagé. Elle avait toujours rêvé d'avoir un chien et avait harcelé sa mère à ce sujet pendant des années.

– Asseyez-vous, proposa Flora. Vous voulez boire quoi ? Du jus d'orange ou de cranberry ?

– Juste de l'eau, s'il te plaît.

Jess était douloureusement consciente de son jean trop serré, et pourtant elle n'avait pas encore attaqué les pommes de terre.

– Quand vous aurez mangé, dit Mrs Stevens, nous allons nous rassembler autour du feu et faire un jeu de mime jusqu'à tomber de fatigue. C'est la tradition, aux *Embruns* !

– Super ! s'écria Jess en applaudissant. On adore les jeux de mime, hein Fred ?

– Je ne sais pas si je pourrai jouer, dit-il. Je me suis foulé l'imagination.

Mrs Stevens le regarda d'un air interloqué, puis éclata d'un rire tonitruant.

– Oh, Fred ! Flora m'avait prévenue que tu étais un sacré blagueur ! Foulé l'imagination ! Hahaha !

Jess était rassurée que Mrs Stevens ait trouvé Fred drôle, mais elle savait que son comportement pouvait parfois sembler bizarre. Elle espérait qu'il arriverait à se détendre et s'abstiendrait d'en faire des tonnes.

. 22

Après avoir englouti le bon dîner, remercié abondamment leurs hôtes et insisté pour laver leurs assiettes (jackpot de bons points politesse, la mère de Jess serait fière d'elle), Jess et Fred se rendirent dans le salon. Mr Stevens était toujours endormi dans son fauteuil. Alfred s'était roulé en boule sur le canapé à côté de Flora, tandis que Jack, Georges, Tom et Humphrey étaient étendus par terre et se disputaient. Il y avait des fauteuils partout, et trois canapés – la pièce était gigantesque. Fred et Jess s'installèrent, un peu gauchement, sur un petit sofa.

– Mais il faut que je trouve ce téléphone ! disait Humphrey en se passant la main dans ses cheveux blonds et mous.

Il regardait chaque personne tour à tour de ses grands yeux verts paniqués.

– Humphrey a perdu son portable dans la soirée, leur expliqua Jack avec un sourire amusé. On est allés se balader sur la plage, et il pense qu'il a dû le faire tomber sur le chemin.

– Et s'il pleut ? gémit Humphrey.

Il avait l'air d'avoir un caractère de diva.

– Oh, tu n'auras qu'à le mettre dans le micro-ondes pour le faire sécher, suggéra Jack en glissant un sourire à son frère Georges.

– On peut faire ça ? (Humphrey semblait avoir un doute.) Ça me paraît un peu risqué.

– Noon, t'inquiète, lui assura Georges en souriant paresseusement.

Il s'allongea sur le dos et regarda le plafond en se grattant le visage.

– On pourra y mettre le chien aussi, s'il se mouille dans la mer.

– Nooon ! cria Flora en riant. Ne t'avise pas de toucher à mon Alfred adoré !

– Une fois à une fête, une fille m'a dit ça, raconta Georges d'un air goguenard, mais j'étais trop bourré pour suivre son conseil, et son petit copain m'a mis une raclée.

Mrs Stevens apparut à l'entrée de la pièce, les mains couvertes de farine. Elle leur avait déjà avoué qu'elle était maniaque de cuisine – ce qui est un défaut appréciable chez un parent.

– Et si vous faisiez un jeu ? proposa-t-elle. Autour du feu, c'est tellement agréable !

– Plus tard, maman, dit Georges, refusant totalement son invitation.

– Moi j'aimerais bien jouer à Time's up, dit Jess, sachant que Fred et elle s'amuseraient bien.

Fred était très fort. Jamais elle n'oublierait la fois où il avait mimé *Mamma Mia* ! C'était tout un concept.

– Moi aussi, renchérit Flora. Même si je suis trop nulle.

– Allons d'abord à la plage ! décida Jack.

Il adressa à Flora un regard de connivence secrète, et Jess vit que Georges l'avait remarqué aussi. Elle devina qu'il se tramait quelque chose.

Tom, le binoclard qui ne parlait pas beaucoup mais souriait tout le temps, se leva pesamment.

– On retrouvera peut-être le téléphone de Humphrey, dit-il.

Jess sentit que lui aussi était au courant de la blague mystérieuse.

– Ouais, fit Georges en se levant. Eh, on pourra appeler ton téléphone sur le chemin, et on entendra peut-être la sonnerie !

– Mais la batterie est à plat ! se lamenta Humphrey. J'ai oublié de prendre mon chargeur ! Il faudrait que j'aille à Weymouth en stop demain pour acheter un chargeur, mais je suis fauché. Je pourrais te taxer dix balles, Georges ?

– J'ai très envie d'aller à la plage, pas toi, Fred ? dit Jess en courant mettre son manteau.

– Faites attention sur ce chemin, leur recommanda Mrs Stevens.

– Oh, j'ai juré à ma mère de courir à ma perte à la première occasion, lui assura Jess. Alors pas de souci ! Non, sérieusement, ne vous inquiétez pas, je suis la personne la plus prudente du monde !

– Il y a toute une collection de bottes en caoutchouc sous le porche, leur indiqua Mrs Stevens. Vous trouverez forcément une paire à votre taille. C'est mieux pour marcher sur le sable humide.

– Oui, tout le monde enfile ses bottes ! cria Georges alors qu'ils franchissaient en file indienne la porte donnant sur le porche.

Jess perçut le bruit du ressac en contrebas.

– Voilà les tiennes, Tom, dit Georges en fouillant parmi les bottes alignées en rang d'oignons (il avait l'air d'être assez commandeur). Tom O'Connell, pointure quarante-sept ! Le cerveau d'un pygmée dans un corps de géant. Tiens, frangin.

Il lança une paire à Jack, qui gloussa pour une raison mystérieuse.

– Et les tiennes, Humphrey !

Georges tendit les bottes à son ami, qui avait

coincé la fermeture de son anorak. Lui, c'était plutôt le tête en l'air de service.

– Merci, dit-il, abandonnant la lutte avec son vêtement pour enfiler ses bottes. Eh ! cria-t-il d'un air surpris en sautant à cloche-pied. Il y a... il y a quelque chose dans ma botte !

Il ressortit son pied, regarda dans la botte à la lumière du porche et eut un mouvement de recul.

– Beurk ! De la merde de chien !! C'est dégueu, les mecs ! Punaise, ça pue !

– Oh ! là, là, on a encore du travail à faire pour dresser Alfred, dit Jack en riant. Il s'entête à chier dans les bottes. Désolé, mon vieux.

Les garçons étaient écroulés de rire. Georges s'effondra sur un banc, terrassé par le fou rire, tandis que le pauvre Humphrey se lamentait en boitant.

– J'en ai plein ma chaussette ! C'est immonde ! Il faut que je l'enlève, mais j'ai pas de paire de rechange. Tu peux me passer une chaussette, Georges, espèce de sadique ?

Mais ce dernier n'était pas en état de répondre, il était secoué d'un rire interminable. Jess sourit poliment à cette bonne blague. Ce n'était pas le genre d'humour qu'elle appréciait. Mais apparemment, c'était ainsi que ces gars-là s'amusaient tout le temps. Ça ressemblait à cette émission de cascades américaine, *Jackass*. Jess lança un regard en coin à Fred. Il observait la scène avec un petit sourire ironique, mais il donnait une impression de vulnérabilité. Sa meilleure arme était son esprit vif. Il n'était pas à l'aise avec les farces potaches de rugbymen.

Ils s'engagèrent finalement sur le sentier qui descendait de la falaise, Georges en tête. Il tenait une lampe-torche derrière lui, un peu comme une ouvreuse au théâtre. Humphrey avait changé de bottes et n'avait qu'une chaussette, et il ne cessait jamais de parler. Soit il se plaignait de son pied nu, soit il pleurait la perte de son téléphone.

– Je suis sûre qu'on le retrouvera demain matin, dès qu'il fera jour, essayait de le réconforter Flora.

– Oui, mais quelqu'un pourrait le voler ! s'inquiétait-il d'une voix geignarde et haut perchée. Ou peut-être qu'une mouette va le prendre !

– Les mouettes ne piquent pas les objets métalliques, lui dit le grand Tom en souriant. Ce ne sont pas des pies. C'est après les miches de pain qu'elles en ont.

– Ouais, ricana Georges. Attention à vos miches, les gars !

Le chemin, bien qu'un peu raide et accidenté, ne semblait pas très dangereux, car du côté donnant sur la mer, il y avait un muret herbeux.

– Heureusement que papa interdit l'alcool à la maison ! s'exclama Georges. Si j'étais bourré, je ferais la culbute jusqu'aux rochers !

Ils finirent par atteindre la plage – sans trouver le portable de Humphrey – et se mirent à courir partout en poussant des cris, comme n'importe qui se trouvant au bord de la mer par une nuit d'hiver. Les vagues se brisaient sur le rivage, blanches et noires, puissantes, si proches qu'on sentait les embruns.

– Si on était en été, on aurait pu se baigner, dit Georges, mais honnêtement, là, je préfère ne pas me geler les miches !

Flora et Jess, bras dessus bras dessous, contemplaient la mer, saisies d'émerveillement, pendant que les garçons gambadaient en projetant du sable partout. À un moment, ils soulevèrent Humphrey et coururent vers la mer en faisant mine de vouloir le jeter dedans. Ils changèrent de direction à la dernière minute et le lancèrent sur le sable à la place.

– Oh ! là, là, Humphrey me fait pitié, dit Jess.

– Oh, ne t'en fais pas ! la rassura Flora. Ils sont tout le temps comme ça, je crois qu'il aime ça.

Fred traînait à côté d'elle, le col remonté pour se protéger du vent froid.

– Pourquoi tu ne vas pas chahuter avec les autres, Fred ? demanda Jess, mal à l'aise.

– Je préférerais avoir droit au titre de membre

honoraire du groupe des filles, pour l'instant, si vous n'y voyez pas d'inconvénient, murmura-t-il. Je suis un être fragile, s'ils essayaient de me jeter dans la mer, à tous les coups je me casserais une jambe.

– C'est carrément génial cet endroit, soupira Jess en contemplant les étoiles au son du ressac. Sérieux, Flo, c'est trop gentil qu'ils nous aient invités, Fred et moi.

– Oh, t'inquiète, lui dit-elle avec un sourire joyeux. Mrs Stevens adore recevoir, et comme je parle tout le temps de vous deux... Et puis, je crois que vous aviez bien besoin de faire un break, avec tout ce stress pour l'organisation du Bal du Chaos...

– Ah, l'événement dont on ne doit pas dire le nom ! s'écria Jess en frémissant. Je ne veux pas y penser, ce soir. Demain, on trouvera un plan d'attaque, Fred !

– Tu crois ? répondit-il en haussant les épaules. Ce n'est pas la seule solution.

– Dans le train, Fred me disait qu'il trouve qu'on devrait tout annuler et rembourser les places, expliqua Jess.

Flora ne répondit pas tout de suite.

– Je n'écarterais pas cette possibilité, ma belle, dit-elle enfin d'une voix hésitante. Ce ne serait pas la fin du monde. Ça arrive tout le temps, les annulations.

– Exactement ce que je lui ai dit, appuya aussitôt Fred.

– Mais ce serait juste horrible ! gémit Jess. Abandonner ? J'ai horreur de jeter l'éponge ! Les gens nous trouveraient nuls, et ils auraient bien raison !

– Mais non, dit Flora. Ils comprendraient.

– Mais ils seraient déçus ! Tout le monde attend cette soirée ! On nous a fait confiance pour l'organiser !

– Mais le stress de l'organisation te rend dingue, Jess ! insista Flora avec douceur. Tu l'as dit toi-même ce matin. Si tu décidais de tout annuler, dès maintenant... tu pourrais te détendre et profiter vraiment du week-end. Ça te soulagerait tellement.

Jess garda le silence un moment. L'idée d'annuler la soirée était diablement attirante. Plus d'histoire de traiteur à régler, plus de groupe de musique à dénicher, plus d'angoisse étouffante... plus le moindre souci, à part signer des chèques de remboursement. Jess tremblait. La tentation était forte.

– Je vais y réfléchir, promit-elle. Mais je ne veux plus qu'on en parle de toute la soirée, d'accord ?

Fred et Flora se regardèrent d'un air dubitatif, puis acquiescèrent. Flora passa son bras autour des épaules de son amie.

– N'oublie pas, ma belle, personne ne te demande d'être Wonder Woman.

À cet instant, les garçons passèrent à côté d'elles en courant, portant Humphrey sur leurs épaules comme un lance-fusées. Ils poussaient des cris de joie et le pauvre Humphrey hurlait.

– Pfff, les jeux virils, marmonna Fred. Je devrais sympathiser avec eux mais, je ne sais pas pourquoi, j'aimerais encore mieux dévorer un cheval vivant.

– Oui, ben tu vas devoir dormir avec eux dans le dortoir ce soir, lui rappela Flora d'un ton sinistre, alors je te conseille de bien regarder dans ton lit avant de te coucher.

– Je n'y manquerai pas !

Il avait l'air vaguement inquiet.

. 23

– Jess, réveille-toi, viens voir cette vue de dingues !

Le visage de Flora surgit d'un trou dans le rêve de Jess.

– Allez, bouge-toi ! Viens voir la mer ! On voit la côte jusqu'à Weymouth !

Jess bâilla, s'étira et s'extirpa du lit.

– Enfile ton pull ! la pressa Flora. Viens sous le porche !

Elle portait déjà sa parka.

Leur petite chambre était au rez-de-chaussée, mais sur le pignon, et l'unique fenêtre donnait sur un petit appentis dans lequel était entreposé le bois de chauffage. Lorsque Jess eut péniblement enfilé ses vêtements, elles se rendirent au salon, puis sortirent sous le porche par les portes-fenêtres. Là, la vue était grandiose. La maison était perchée au sommet d'une falaise, apparemment sans voisinage, et donnait l'impression d'être encerclée par la mer en contrebas. Le littoral décrivait une courbe au loin, comme un fin trait gris dessiné au crayon, et on distinguait vaguement quelques toits et des bâtiments.

– C'est Weymouth ! chuchota Flora, impressionnée. Oh, c'est magique ! Quelle chance qu'il y ait du soleil ! La mer est d'un tel bleu !

– Elle est un peu dorée aussi, ajouta Jess.

Une mer d'huile s'étendait en aplats brillants comme du verre jusqu'à l'horizon, ses couleurs variant au rythme des nuages qui passaient devant le soleil.

– Il faut que Fred voie ça !

Elle fit demi-tour.

Un brouhaha de voix masculines s'échappait de la cuisine, où elles trouvèrent les garçons attablés à l'immense table. Ils prenaient le petit déjeuner : Jack et Georges dévoraient du bacon et des œufs, Tom engloutissait des pelletées de muesli dans sa grande bouche, et Humphrey faisait des histoires à propos de son œuf mollet dont le jaune était trop coulant – il s'en était mis plein les doigts et jurait. Nulle trace de Fred.

– Servez-vous, mesdames ! les invita Georges avec un grand sourire.

Il présidait la tablée comme un empereur romain.

– Les parents ont l'habitude de faire la grasse matinée pour échapper au spectacle immonde de notre petit déjeuner.

– Où est Fred ? demanda Jess.

Un inquiétant sourire apparut sur le visage des trois garçons. Il s'était passé quelque chose. Le cœur de Jess bondit dans sa poitrine.

– Oh, lui aussi fait la grasse mat', expliqua Georges. Pauvre Fredianus ! Je crois qu'il n'a pas très bien dormi.

– Vous ne lui avez pas fait de sales blagues, hein ? demanda Flora.

Jack et Georges jouèrent effrontément les innocents.

– Qui, nous ? On est plus inoffensifs que des chatons ! Envoie la confiture, Humphrey, tu sers à rien !

Il était clair que les garçons cachaient quelque chose, mais ils se montraient très pince-sans-rire et prétendaient qu'il ne s'était rien passé. Jess n'avait pas envie de faire sa rabat-joie, même si elle se faisait du souci.

– Qu'est-ce que tu veux pour ton petit dej', Jess ? demanda Flora.

Elle était compatissante et gênée. Elle se doutait que Jess s'inquiétait pour Fred, mais en tant qu'invitée chez son petit copain, elle tâchait de se comporter correctement avec tout le monde.

– Des œufs brouillés ? proposa-t-elle. Avec des tomates et des champignons ? C'est ce que tu préfères, non ?

– Oui. Je m'occupe des champignons et des tomates pendant que tu brouilles les œufs ? Tu es la reine des embrouilles !

Tout en préparant les champignons, Jess essayait de tenir son inquiétude à distance. Bon, Fred faisait la grasse matinée. Et alors ? Il dormait souvent jusqu'à midi le week-end. Sa mère le taquinait toujours à propos de ça. Aucune raison de s'inquiéter. Elle prenait soin de ne pas écouter la conversation des garçons, se concentrant plutôt sur ce que disait Flora à propos des promenades qu'il y avait à faire dans le coin, sur les falaises, sur la plage... Mais il était difficile de faire abstraction de la voix nasillarde de Georges.

– Eh, eh, les gars, vous savez combien maman aime les jeux de mime ? Je me disais qu'on pourrait faire une petite mise en scène pour quand elle viendra dans la cuisine... Une scène de massacre ! Humphrey étalé dans son assiette avec du ketchup qui lui coule des oreilles, Tom allongé par terre avec un point de ketchup au milieu du front, et toi empalé sur la planche à pain, frangin, avec le couteau planté dans le dos.

– Quel gâchis de ketchup, fit remarquer Jack en

se léchant les doigts. Et puis cette idée de couteau, je la sens pas !

– On pourrait utiliser un couteau rétractable du magasin de farces et attrapes de Weymouth, insista Georges, qui était apparemment le chef de la bande.

Il ne s'arrêtait jamais ! Jess avait entendu parler d'un syndrome appelé « complexe de Napoléon ». Il paraît que Bonaparte était plutôt format Hobbit, et d'après cette théorie, les hommes de petite taille peuvent dépenser beaucoup d'énergie pour prouver que malgré leur déficience verticale, ils dépassent tout le monde en matière de réussite.

– Je veux bien aller à Weymouth, dit Humphrey. J'ai besoin d'un nouveau chargeur. Qui peut me prêter dix balles ?

– Il vaut mieux que tu commences par retrouver ton téléphone, non ? lui demanda patiemment Tom, comme si Humphrey était un enfant. Que feras-tu d'un chargeur si tu n'as plus de portable ?

– Ah, j'ai trouvé le téléphone de Humphrey ce matin quand je suis allé faire mon jogging sur la plage, annonça Georges en se frappant le front comme s'il venait de s'en souvenir – et cela semblait surjoué. Je te l'ai séché au micro-ondes, mon vieux. Il y est toujours.

– Quoi ?

Humphrey bondit, les yeux exorbités. Il courut

au four, ouvrit la porte et en sortit un téléphone. Il l'examina puis regarda Georges d'un air accusateur. Jess observait la scène, à la fois fascinée et inquiète.

– Tu ne l'as pas vraiment fait sécher là, si? demanda-t-il, dérouté.

– Si si, lui dit Georges d'un air malicieux. Fais chauffer encore un coup si tu ne me crois pas. Trente secondes à puissance maximale, ça devrait faire l'affaire.

Humphrey hésitait, l'air soucieux, son regard allant du téléphone dans sa main au four à micro-ondes. Il tendit la main vers la poignée du four.

– Arrête! cria Jess sans pouvoir se retenir. Ça exploserait!

Humphrey la dévisagea tandis que les autres garçons poussaient des grognements déçus.

– C'est du métal! expliqua Jess.

Humphrey se tourna vers Georges.

– Tu ne l'as pas fait! Tu te fous de ma gueule! Tu me paieras ça, Georges Stevens!

Pourtant, il semblait incompréhensiblement flatté d'avoir été la cible d'une énième plaisanterie.

– Tu l'as vraiment trouvé sur le chemin? Où exactement?

– Georges a ramassé ton téléphone sur la table hier après-midi, lui expliqua Tom le binoclard avec admiration. De toute façon, tu ne sais jamais où il est. Georges pensait qu'il réussirait à te convaincre de le faire cuire ce matin.

Jess était en train de changer d'avis au sujet de Tom. Au début, elle avait cru que c'était le plus gentil des quatre, mais elle découvrait qu'il adulait Georges comme une sorte de héros.

– Tu me dois cinq livres, ajouta Tom. Je t'avais dit qu'il ne se ferait pas avoir pour ça.

– Il l'aurait fait ! protesta Georges. Si Mademoiselle Hermione ne s'en était pas mêlée.

Jess ressentit un éclair d'indignation.

– Tu aurais pu rendre son téléphone inutilisable ! se défendit-elle, d'une manière tout à fait hermionesque, rôle qu'elle détestait tenir, et qui lui rappelait ses disputes avec Fred qui n'arrivait pas à faire preuve de sérieux pour organiser le Bal du Chaos.

Jess détestait jouer les maîtresses d'école, elle était plutôt une rebelle.

– Bof, mon téléphone est tout pourri de toute façon, dit Humphrey, rejetant clairement son soutien pour faire front commun avec les autres garçons qui lui avaient joué ce vilain tour ! J'aurais peut-être pu faire marcher l'assurance et en avoir un mieux. Eh, allez, on le fait !

Les garçons partirent alors dans une discussion animée visant à deviner ce qui arrivait lorsqu'on mettait un téléphone portable dans un four à micro-ondes allumé. Pendant ce temps, Jess et Flora petit-déjeunèrent en silence. Il y avait une drôle d'ambiance. Jess n'avait pas très faim et les œufs brouillés de Flora n'étaient pas aussi aériens que d'habitude.

Mais où était Fred ? Jess n'arrivait pas à chasser cette question de son esprit, tout en se reprochant d'être trop anxieuse et bête. Quoi de plus normal qu'une grasse matinée ?

Peu de temps après, alors que Jess et Flora faisaient leur vaisselle, Mrs Stevens arriva, drapée dans une robe de chambre en laine beige, et accompagnée d'Alfred.

– Quelle vue ! s'exclama-t-elle. Si ce n'est pas divin ? Charles disait qu'il allait pleuvoir. N'importe quoi ! Vous avez tous petit-déjeuné ? Où est Fred ?

Il y eut à nouveau un moment de flottement qui n'augurait rien de bon. L'électricité était palpable. Les garçons contenaient à grand-peine leur hilarité.

– Ce pauvre Fredianus fait la grasse matinée, dit Georges. Il n'a pas pu dormir de la nuit à cause des ronflements d'O'Connell.

– Je ne ronfle pas ! protesta Tom. Si Fred n'a pas pu dormir, ce n'est pas ma faute.

– Fred n'a pas pu dormir ? demanda Jess anxieusement.

– Eh bien, il dort en ce moment, je pense, dit

Georges avec un sourire démoniaque. Écoutez ! ordonna-t-il en levant un doigt.

Tout était silencieux.

– Vous entendez quelque chose ? Non. Pas d'appels au secours au loin. Rien que le bruit... du silence.

Pendant une seconde atroce, Jess imagina que Georges avait tué Fred, que c'était un psychopathe, une *serial killer* qui allait les tuer tous les uns après les autres au cours de la journée, pour s'amuser.

– Est-ce que je peux aller le réveiller ? demanda-t-elle, soudain fermement décidée à agir, pour s'assurer que Fred allait bien.

– Bien sûr, vas-y, lui dit Mrs Stevens en souriant. Dis-lui que je fais du pain perdu.

– Et voilà Hermione de retour, railla Georges alors qu'elle se dirigeait vers l'escalier. Pauvre vieux Fred !

Jess serra les dents. Elle faisait tout son possible pour ne pas prendre Georges en grippe, mais c'était un vrai défi.

C'était un escalier sans contremarches, comme on en trouve dans les granges, et il menait directement dans un immense grenier qui faisait toute la surface de la maison. Huit lits simples s'y alignaient en deux rangées, comme un dortoir d'internat. Et ils étaient tous vides. Fred n'était nulle part. Jess fouilla frénétiquement l'espace des yeux, choquée.

Cinq lits étaient défaits, les garçons les avaient visiblement occupés et on pouvait y repérer leurs traces (reliques masculines du genre chaussettes puantes), tandis que trois lits étaient intacts. Le cœur de Jess battait la chamade. Où était Fred ?

Tout au bout de la pièce, elle remarqua une porte close. Elle s'en approcha sur la pointe des pieds. Il y avait une pancarte sur la porte, qui disait : « On y est ! » C'était sûrement la salle de bains ou les toilettes. Elle hésita.

– Fred ? appela-t-elle à voix basse.

– Ouvre la porte, répondit aussitôt la voix de Fred de l'autre côté des planches peintes en bleu.

Jess remarqua alors qu'il y avait un verrou de son côté de la porte, et qu'il était tiré. Elle s'empressa d'ouvrir le réduit. Fred en sortit, encore en pyjama, tout frissonnant.

– Ils t'ont enfermé dedans ! s'écria Jess d'une voix étouffée en se mettant la main sur la bouche. Mais tu as dû rester là pendant...

– Deux heures, répondit tranquillement Fred, avec un lourd ressentiment dans la voix.

– Deux heures ! souffla Jess, qui n'en croyait pas ses oreilles. Ils m'ont dit que tu faisais la grasse matinée !

– Pas besoin d'en faire tout un plat, dit-il avec raideur. Redescends. Je vais m'habiller et je serai là dans une minute.

– Pourquoi tu n'as pas crié ?

– Pour rien au monde je ne leur aurais fait ce plaisir.

– Mrs Stevens a dit qu'elle préparait du pain perdu, dit faiblement Jess pour essayer de lui remonter le moral.

– Du pain perdu ! répéta Fred avec un petit rire amer. Pour ces types, je suis perdu, c'est clair !

Jess redescendit au rez-de-chaussée, réfléchissant à toute allure. Comment déterminer quand une farce allait trop loin ? Deux heures enfermé dans les toilettes glaciales ! Pauvre Fred ! Mais le principal, c'était de faire comme si ça n'avait pas d'importance. Ils devaient prétendre que ce n'était rien du tout. Ou était-ce au contraire un aveu de faiblesse ? Jess n'avait jamais été si perdue.

. 24

Lorsque Jess revint dans la cuisine, tous les regards convergèrent vers elle et il y eut un moment d'expectative anxieuse. Tous les garçons affichaient un petit sourire espiègle, et Flora paraissait nerveuse.

– Il va bien, affirma Jess en se forçant à sourire, même si elle était plutôt d'humeur à piquer une colère. Il est juste resté enfermé dans la salle de bains.

– Oh, non ! s'écria Mrs Stevens en jetant un regard noir à Georges, mais sans sévérité, elle avait l'air enjoué. Tu n'as pas fait ça, quand même ? Georges ! Tu n'es pas possible ! Je suis désolée, Jess, c'est une tradition stupide aux *Embruns*. Toute personne qui dort pour la première fois dans le dortoir se fait enfermer dans la salle de bains. Mais d'habitude, la victime crie tout ce qu'elle peut et est tout de suite libérée.

– Je crois que Fred en a profité pour lire, inventa Jess d'un ton léger. Pourquoi mettre un verrou à l'extérieur, de toute façon ?

Elle essayait de garder un ton poli, même si elle pensait que ce verrou était la chose la plus stupide qu'elle ait jamais vue.

– Eh bien, par les jours de grand vent, la porte claque horriblement, et si on ne la verrouille pas, personne ne peut dormir. C'est pour cette raison que nous avons installé ce verrou. On n'avait pas imaginé que ces terribles garnements l'utiliseraient pour tourmenter leurs invités. Ah, bonjour, Fred ! Je suis désolée pour la blague que t'ont faite mes idiots de fils. Viens donc manger du pain perdu pour te remettre.

– Oh, ce n'est rien, dit-il en arborant un sourire forcé. J'ai toujours rêvé de pouvoir être tranquille comme ça. Ça m'a vraiment agacé que Jess me force à sortir. J'aurais pu y passer tout le week-end.

– Attention à ce que tu dis, le prévint Humphrey d'un air narquois. Ton vœu pourrait bien être exaucé...

Les garçons s'esclaffèrent et Fred s'assit prudemment à table, sans se départir de ce sourire qu'il avait quand il était vraiment très gêné et mal à l'aise. Jess avait tellement envie de le prendre dans ses bras ! C'était grotesque. Elle sentait les larmes qui montaient, mais il ne fallait surtout pas que les garçons le remarquent, sinon elle n'avait pas fini de se faire charrier.

– Je vais admirer la vue, dit-elle vivement. Viens, Flora !

Elle saisit sa polaire et se dépêcha de sortir. La mer avait pris une teinte grise vitreuse, les nuages voilaient le soleil et un vent cinglant faisait trembler l'herbe rêche à leurs pieds.

– La mère de Jack pense qu'il risque de neiger, dit Flora en se blottissant dans sa parka. Ce serait énorme, non ? Je n'ai jamais vu la neige tomber sur la mer ! Peut-être qu'on restera bloqués par la neige et qu'on manquera les cours !

En temps normal, Jess se serait volontiers laissé embarquer dans cette rêverie, mais là elle fulminait.

– Tu ne peux pas empêcher Jack de se comporter comme un imbécile ? cracha-t-elle.

Flora eut l'air surprise. Elle rougit.

– Pourquoi tu dis ça ? demanda-t-elle d'une voix étouffée en se mordillant la lèvre.

– Tu vois bien. Son frère et lui ! Toutes ces plaisanteries ridicules ! Humilier Fred ! Et m'appeler Hermione ! Et Fred Fredianus !

Flora fit la grimace.

– C'est juste des gars qui s'amusent ! dit-elle d'un ton léger. Et puis d'abord, c'est Fred qui s'est trouvé ce nom. Je ne vois pas le problème.

– C'est bête et méchant.

– Tu dramatises, Jess.

Flora parlait à voix basse. Elle essayait de se montrer compréhensive, mais elle n'avait pas l'intention de dénigrer son copain ou les membres de sa famille qui possédait cet endroit somptueux.

– Détends-toi, Jess. Tu sais, ils font tout le temps des blagues à Humphrey et il se contente d'en rire.

– Oui, sauf que Humphrey est un copain de fac de Georges. Il y est habitué, ils se connaissent. Ça fait partie de leur relation, tu vois. Fred, ils ne le connaissent même pas et il a trois ans de moins qu'eux.

– Tu es en train de me dire que Fred ne peut pas se défendre tout seul ? demanda Flora avec incrédulité. Franchement, il avait l'air d'aller. Je crois que tu devrais te détendre et arrêter de t'en faire pour lui. Quel type voudrait que sa copine le dorlote devant d'autres mecs ? Laisse-le livrer ses propres batailles. Tu sais, Fred a un humour dévastateur. Si quelqu'un peut défendre son bifteck, c'est bien lui.

Jess ne répondit pas. Tout ce que lui disait son amie était parfaitement raisonnable. Elle ne voulait pas gâcher le week-end en se montrant stressante et bizarre.

– OK, dit-elle à mi-voix. J'aurais juste aimé...

Elle s'interrompit.

– Aimé quoi ?

– Que… je ne sais pas.

Le souhait de Jess resta en suspens, changeant sans cesse de forme. Qu'est-ce que c'était que ce vœu qui aurait transformé ce week-end pénible en moment de bonheur ?

– Non, rien.

Jess avait l'impression que si elle arrivait à aller au bout de sa pensée, ce serait le genre de chose qui mettait Flora en colère.

– Retournons dans la maison, dit-elle.

Elles se détournèrent de la vue splendide, et c'est alors que Jess se rendit compte qu'elle l'avait à peine regardée. Elle en était restée à l'herbe rase malmenée par le vent d'hiver.

À l'intérieur, Georges était étendu sur le dos sur l'un des canapés et Alfred se tenait sur son ventre et lui léchait le visage. Georges riait à gorge déployée. Avec son timbre haut perché, il donnait l'impression d'être un petit garçon inoffensif. Jess eut honte, comme si elle avait fait des histoires pour rien.

– Ne laisse pas Alfred monter sur toi ! lui cria Mrs Stevens de la porte de la cuisine. Il va croire qu'il te domine. (Elle se tourna vers Jess et Flora.) On essaie d'apprendre à Alfred que sa place est tout en bas dans la meute, expliqua-t-elle. Il paraît qu'il ne faut jamais s'allonger sur le dos et les laisser s'asseoir sur le ventre, comme ce que Georges est en train de faire... Chasse-le, Georges ! Parce qu'il est en position de soumission et Alfred pense que c'est lui le chef de meute.

– On a eu le même problème avec notre labrador quand elle était petite, dit Flora. Mon père a dû être très sévère avec elle. Il ne la laissait pas monter sur le sofa ni à l'étage, et elle devait passer derrière nous quand on passait les portes. Et elle devait attendre la fin de notre repas pour manger.

– Ah, les labradors, ce sont des chiens adorables ! s'enthousiasma Mrs Stevens. Ce petit truand, c'est une autre paire de manches ! Pas vrai, démon ?

Elle attrapa Alfred et lui fit une grimace exaspérée et débordante d'affection.

– Alors qui est le chef de meute ? demanda Jess, heureuse de pouvoir parler d'un sujet léger.

Quoique... Avait-on vraiment changé de sujet ? Ou s'agissait-il du même problème ?

– C'est moi le chef de meute, affirma Mrs Stevens. Mais ne le répétez pas à Charles !

L'idée de dire quoi que ce soit à Mr Stevens était improbable. Jusqu'à présent, Jess ne l'avait vu qu'endormi, et apparemment il l'était toujours. La veille, il s'était réveillé dans son fauteuil, s'était péniblement mis debout, avait adressé un hochement de tête à ses enfants et leurs amis sans laisser le temps d'être présenté, puis avait annoncé : « Oh oh, je suis mûr pour aller faire un vrai somme ! » Et il s'était éclipsé.

– Maman, dit Georges en se levant, est-ce que je peux prendre la voiture pour aller à Weymouth ? Humphrey a besoin d'un chargeur, et on aimerait aller y traîner quelques heures, pour ne pas être dans tes pattes.

– J'imagine que oui, dit Mrs Stevens. Mais soyez prudents, d'accord ?

– Ouais, je suis même assuré pour la conduire, rappela Georges avec importance.

– Comme si on allait l'oublier, rétorqua sévèrement sa mère. Ça a coûté une fortune de t'ajouter au contrat. Promets-moi de ne pas faire l'intéressant.

– Ce n'est pas mon genre, dit-il en inclinant la tête d'un air amusé.

Il était en bonne position pour obtenir le prix Nobel de fanfaronnade.

Jess sentit un terrible pressentiment lui étreindre le ventre. Et si Georges causait un accident et qu'ils se tuaient tous ? Même si elle raillait la paranoïa de sa mère au sujet des moyens de transport, elle avait parfois l'impression d'en avoir hérité. Peut-être Fred et elle pouvaient-ils rester à la maison ? Mais Flora voudrait qu'ils viennent à Weymouth avec toute la bande. Elle voudrait être avec Jack, et sans surprise

Jack voudrait... Oh! là, là, toutes ces histoires lui donnaient le tournis, et la rendaient grincheuse.

Fred se risqua dans le salon, blême et mal assuré. Ce qui irrita encore plus Jess. Pourquoi ne pouvait-il pas se défendre tout seul et avoir l'air détendu ?

– Fred ! le héla Georges. Désolé de t'avoir enfermé dans les toilettes. Tu as passé le test haut la main, je dois dire. Personne n'y était encore resté aussi longtemps. Comment tu as fait ?

– C'est un endroit charmant, répondit-il avec flegme.

Sa réponse réconforta Jess. Elle était fière de lui.

– Oh ! s'exclama Fred. Quelle vue !

– Ah, mais oui, tu n'as pas encore été dehors en plein jour ! dit Mrs Stevens. Au grenier nous avons seulement des fenêtres de toit. Emmène Fred sous le porche, Jess, montre-lui.

Comme il était évident qu'il pouvait parfaitement aller lui-même dehors et admirer la vue sans aide, Jess comprit tout de suite qu'elle voulait qu'ils soient éloignés un instant, afin de passer un savon à ses garnements. Ça partait d'une bonne intention, mais c'était humiliant, en quelque sorte. Jess gagna la baie vitrée avec empressement.

Arrivée sous le porche, elle sentit qu'elle était au bord des larmes. Ridicule ! Sûrement un syndrome prémenstruel.

– Si seulement…

Son souhait indéterminé faisait son retour, et elle comprit alors ce qu'elle aurait souhaité, et put l'exprimer enfin :

– Si seulement il n'y avait que nous deux ! soupira-t-elle.

Fred ne la regarda pas, il continua à contempler la mer.

– Quelle idée terrifiante, dit-il. Il y a matière à faire des cauchemars.

C'était bien sûr typiquement le genre de Fred. Il disait toujours le contraire de ce qu'il ressentait réellement, surtout sur des sujets intimes. « J'ai eu un coup de haine pour toi », lui avait-il susurré un jour. C'était sa manière d'être, et Jess adorait ça d'habitude, et adorait lui rendre la pareille. Ils étaient connus dans tout le lycée pour leurs échanges inhabituels.

– Ne dis pas des choses comme ça ! s'entendit-elle supplier d'une voix plaintive.

– Ah non, pitié, ne pleure pas, grommela Fred sans la regarder. Ferme les vannes ou je vais vomir !

– Fred ! Ne sois pas si méchant !

– Je retourne à l'intérieur, prévint-il d'un ton bourru, avant de tourner les talons.

– Eh ben, je vais faire un tour, aboya Jess. Et j'espère qu'à mon retour tu auras appris les bonnes manières... pas seulement avec moi, mais aussi avec ces gens qui nous ont invités dans cet endroit exceptionnel ! On devrait passer le meilleur week-end de notre vie !

Fred s'arrêta un instant et jeta un regard en arrière. Son expression n'était pas amicale.

– Des fois, c'est vrai que tu parles comme Hermione, lâcha-t-il avant de rentrer dans la maison.

. 25

Jess dévala le chemin de la falaise, les joues baignées de larmes. Comment Fred pouvait-il lui dire des choses si méchantes ? Elle était de son côté. Ça devait être affreux d'être pris comme bouc émissaire par Georges et compagnie. C'étaient des tyrans. Pauvre Fred ! Mais il ne voulait apparemment pas de son soutien, ni même de sa compagnie. Comment en étaient-ils arrivés là ?

Une fois sur la plage, elle resta là à regarder les vagues se briser. Un vent glacial lui ébouriffait les cheveux et séchait ses larmes. Elle prit une grande inspiration. Elle devait arrêter de pleurer, c'était stupide. C'est alors qu'elle entendit appeler son nom de là-haut.

Flora lui faisait signe de la maison.

– Jess ! Reviens, on part pour Weymouth !

Jess lui rendit son salut et improvisa une danse folle pour donner l'impression qu'elle était juste allée prendre un bon bol d'air, et non pas partie bouder ou pleurer. Elle gravit le sentier en haletant, le souffle court. Flora l'attendait en haut, assise sous le porche. Elle avait l'air déroutée.

– Qu'est-ce qui se passe ? chuchota-t-elle. Vous vous êtes disputés, Fred et toi ?

– Pourquoi ? Qu'est-ce qu'il a dit ?

– Rien. Mais il avait l'air... un peu...

Flora s'interrompit, car les garçons venaient d'arriver sous le porche.

– Allez, les filles ! les appela Georges en agitant les clés de voiture. Weymouth vous attend !

Ils firent le tour de la maison jusqu'à l'emplacement où était garé le monospace. Fred se tenait un peu à l'écart, capuche relevée. Il se cachait derrière ses vêtements. Jess fit mine de ne pas le voir. Elle s'assit à côté de Flora. Fred s'installa au fond, à côté de Tom. Jess se demandait si les autres sentaient ce qui se passait entre Fred et elle. Mais que se passait-il, au juste ? C'était profondément perturbant. Et douloureux.

Une odeur persistante d'Épices d'hiver – le parfum de Mrs Stevens – imprégnait l'habitacle.

Jess se dit qu'il valait mieux qu'elle essaie de faire la conversation.

– Ouah, Jack, le parfum que porte ta mère sent super bon !

– En fait, c'est Fred, révéla-t-il avec un sourire mauvais.

– Mon manteau en est imprégné, dit Fred d'une voix dépourvue d'émotion. Par je ne sais quel miracle, je sens divinement bon aujourd'hui, et les habitants de Weymouth vont être invités à rester chez eux, pour leur propre sécurité.

Nooon ! Les garçons avaient aspergé le manteau de Fred avec le parfum de Mrs Stevens ! Ils s'esclaffaient. Jess parvint à sortir un petit sourire tendu. Au moins Fred avait répliqué par une blague. Il semblait mieux s'entendre avec eux. Mais il faisait comme si elle n'existait pas.

Georges conduisit lentement sur l'allée en zigzag menant aux *Embruns*, mais une fois sur la vraie route, il accéléra, prenant les virages à fond de train.

– Ralentis, ralentis ! lui demanda Jack, mal à l'aise. Pas la peine de nous tuer !

– Mais quelle mauviette ! se moqua-t-il en négociant trop vite un autre virage, avant de doubler un camion de très près.

Jess était terrifiée, et les recommandations anxieuses de sa mère résonnèrent à ses oreilles. Même si Flo était sa meilleure amie, elle n'avait pas envie de partager leurs funérailles. Cependant, une pensée folle lui traversa l'esprit : si Fred et elle mouraient dans un accident de voiture, c'était une bonne raison pour annuler le Bal du Chaos.

– Ralentis ! hurla-t-elle, laissant soudain libre cours à sa colère. Sinon je vais vomir !

– OK, OK, tout doux, Votre Majesté. Fallait le dire plus tôt ! dit Georges en riant.

Il ralentit cependant.

– Je suis malade en voiture quand ça va trop vite, précisa Jess avec humeur.

C'était un mensonge, bien sûr, mais Flora lui serra discrètement la main pour lui manifester son fervent soutien et sa gratitude.

Enfin, à un rythme plus raisonnable, ils arrivèrent à Weymouth, où ils se garèrent.

Maintenant, pensa Jess, *il faut que je m'arrange pour voir Fred tout seul, mais sans avoir l'air collante ou désespérée.*

– Il faut que je trouve un magasin de portables ! dit Humphrey.

– Je t'accompagne, dit Georges, je veux jeter un œil aux nouveautés.

– Je vais chercher un cybercafé, dit Tom.

– Il y en a un par là, indiqua Georges en montrant la longue enfilade de magasins qui longeait le front de mer.

– Oh, regardez ! s'écria Flora. Une boutique de lingerie ! Allons voir ça, Jess !

– Tu ferais bien d'y aller aussi, Fredianus, dit Georges d'un ton moqueur. À mon avis, tu as une passion cachée pour la lingerie.

Encore une fois, les garçons ricanèrent.

Fred recula, arborant son sourire faux.

– Non, non, j'ai des choses à faire, j'ai besoin d'aller au cybercafé moi aussi.

Ils convinrent de se retrouver dans une heure au bar le plus proche. Flora entraîna Jess dans le magasin. Jess n'avait jamais eu moins envie de regarder des petits dessous.

– Oh, tu as vu ce sublime soutif' ? s'extasia Flora, se plongeant sans retenue dans la contemplation de la marchandise.

Elle avait un faible pour les jolis sous-vêtements. Passion que Jess ne pouvait pas vraiment partager. Elle ne pensait qu'au fait que Fred n'était pas là. Elle avait désespérément besoin de le voir en privé, pour mettre un terme à ce froid qui s'était installé entre eux. Elle n'avait rien fait de mal ! D'accord, les autres gars lui faisaient des misères, mais ce n'était pas sa faute à elle. On aurait dit qu'il la tenait pour responsable de leurs pitreries.

– Le bleu ou le vert ? demanda Flora en brandissant un débardeur moulant à côté de son visage.

– Le bleu, répondit Jess sans réfléchir.

Elle soupira.

– Qu'est-ce qui ne va pas, ma belle ? demanda son amie avec une légère irritation, comme si elle était encore agacée à propos de la conversation qu'elles avaient eue plus tôt. Tu t'inquiètes encore pour le Bal du Chaos ? Oublie ça pendant une heure ou deux.

– J'aimerais bien que tu puisses empêcher Jack et Georges de nous charrier tout le temps. Fred est devenu tout bizarre, et tout à coup il me traite comme de la merde sans raison.

– Oh, il faut qu'il se lâche, lui ! décréta Flora en secouant la tête comme pour chasser une mouche agaçante. Oui, les gars sont un peu pénibles, mais ils ne pensent pas à mal. D'ailleurs, Georges m'a dit qu'il trouvait Fred génial.

– Eh bien, je ne crois pas que Fred soit au courant, dit Jess d'un ton pensif. Je crois qu'il pense qu'ils le prennent pour une andouille.

– Tu crois qu'il pense qu'ils croient qu'il pense que... Oups, j'ai perdu le fil ! Allez, pense à autre chose pour l'instant. Essaie ça, ça t'ira super bien.

Flora mettait toute son énergie à voir le côté amusant des choses, coûte que coûte, et voulait éviter le sujet.

– Non, merci, refusa Jess.

Elle n'était pas d'humeur à faire du shopping. Elle se contenta de traîner dans la boutique pendant que son amie essayait quinze soutiens-gorge différents, pour finir par n'en acheter aucun.

La vendeuse se renfrogna lorsqu'elles s'en allèrent sans faire d'achats. Jess devinait ce qu'elle ressentait : Phil, l'ex de son père, possédait une boutique à Saint-Ives et se plaignait souvent des clients qui lui faisaient perdre son temps en essayant plein de choses pour finir par ne rien prendre. Elle pensa un instant à son père, se demandant comment il allait et s'il cherchait un nouveau logement. Si seulement il repartait et laissait sa mère faire sa vie ! S'il trouvait quelque chose pas loin, ça lui ferait bizarre, mais ce serait sympa.

Savoir Fred au cybercafé rendait Jess nerveuse. La présence de ce grand garçon maladroit aux mystérieux yeux gris l'appelait silencieusement.

– Allons au cybercafé, proposa-t-elle alors qu'elles déambulaient dans la rue. Il faut que je consulte mes mails. Et ma cousine a dit qu'elle allait m'envoyer un truc sur Facebook.

– D'accord, accepta Flora avec un sourire.

En approchant du café, l'imagination de Jess passait en revue divers scénarios positifs. Elles allaient retrouver Fred à l'intérieur, il lui sourirait peut-être, vraiment cette fois, pas avec ce rictus horrible qu'il faisait depuis le début du week-end. Il ferait quelques blagues et lui passerait un bras autour de la taille. Peut-être aurait-il sympathisé avec les autres gars, leur montrant à quel point il était drôle.

Elles arrivèrent au cybercafé et trouvèrent Georges et Jack assis côte à côte devant des ordinateurs. Mais point de Fred.

– Ah, Jess ! fit Georges en la voyant. Fredianus a dit qu'il devait partir. Il a reçu un SMS à propos d'un groupe pour le dîner dansant, ou je ne sais quoi. Le truc que vous organisez. Il doit rentrer. Il a dit qu'il t'appellerait.

Le cœur de Jess bondit. Un groupe pour la soirée ! Le vent avait enfin tourné, tout allait enfin rentrer dans l'ordre ! Le départ inattendu de Fred lui faisait un choc, bien sûr, mais si c'était le prix à payer pour obtenir un groupe au top, ça en valait la peine.

Elle sentit son téléphone vibrer dans sa poche. Elle sursauta. C'était sûrement un SMS de Fred pour lui expliquer la situation en détail.

Mais non, c'était sa mère.

LA MÉTÉO PRÉVOIT DE LA NEIGE. COUVRE-TOI BIEN ET NE TE LANCE PAS DANS UNE EXPÉDITION HÉROÏQUE ET INSENSÉE. BISOUS, MAMAN.

– Alors, railla Georges, qu'a-t-il à dire pour sa défense ? Il te recommande de faire attention à toi en son absence ? Parce que, tu sais, tu fais beaucoup d'effet à Humphrey !

Jack, Flora et Georges éclatèrent de rire, comme si c'était l'idée la plus incongrue qui soit, que quelqu'un fasse de l'effet à Humphrey, et plus encore Jess. Elle avait le désagréable pressentiment que maintenant que Fred avait quitté le navire, c'était elle qui allait faire les frais de leur humour.

. 26

– Oh, ce n'était pas Fred, dit-elle avec un petit rire supérieur. Juste ma mère qui se tracasse, précisa-t-elle avec une grimace.

– Fiou, je meurs de faim, annonça Georges en se déconnectant. Et si on faisait une orgie de hamburgers et de frites dans le café le plus proche, jusqu'à ce qu'explosion s'en suive ?

– N'oublie pas que Tom est végétarien, lui rappela Jack. Il va vouloir se goinfrer de pois chiches et de haricots.

– Eh ! Et si on mangeait tous plein de trucs qui font péter ce midi ? Et ce soir, on pourra aller sur la plage et allumer nos pets ! Le ciel en sera tout illuminé. À Weymouth, ils croiront qu'il y a un feu d'artifice.

– De la soupe de lentilles ! proposa Jack. Des

haricots blancs à la sauce tomate ! Vite, un resto végétarien !

– Arrêtez, les gars, dit Flora en pleurant de rire. Vous êtes dégoûtants !

Mais ça n'avait pas l'air de la déranger tant que ça.

Jess consulta rapidement ses mails. Elle avait beau savoir que Fred était à la gare, ou déjà dans le train, elle espérait stupidement que, comme par magie, il ait réussi à lui envoyer déjà un message. Avec son doigt bionique. À défaut, elle trouverait un nouvel épisode du *Seigneur des maux*.

Mais elle n'avait pas de courrier de son père. En fait, elle n'avait pas reçu grand-chose. Sa cousine d'Australie, Kim, lui avait envoyé des photos d'un barbecue. Tout le monde était en short. Incroyable de penser que là-bas c'était l'été. L'Australie... l'autre côté du monde.

Jess eut une brève vision de la Terre, cette belle planète en bleu et blanc qui flottait dans l'espace, couverte de forêts, de montagnes, des plages, grouillant de magnifiques créatures – mammifères, poissons et oiseaux. Elle se dit que l'humanité aurait pu être reconnaissante et folle de joie de vivre dans un cadre aussi somptueux. À la place, les êtres humains passaient leur vie à se chamailler à propos de détails insignifiants.

– Allez, Jess, lui dit Flora en lui tapant sur l'épaule. On va trouver un resto végétarien pour que les garçons fassent le plein de munitions.

– D'accord, il ne me reste que deux minutes de toute façon.

Elle regarda une dernière fois sa boîte de réception. Pas de nouveau message. Elle fut très agacée de se rendre compte qu'elle espérait encore recevoir un message de Fred. C'était d'un pathétique... Du même niveau que croire aux fées.

Après le déjeuner (curry végétarien, poivrons farcis, gratin de courge et soupe de lentilles pour Georges), ils reprirent le chemin de la maison. Jess songea alors que Fred aurait très facilement pu lui envoyer un mail : après tout, lui aussi était allé au cybercafé. Il aurait pu lui envoyer au moins une ligne avant de partir, pour lui expliquer ce qui se passait et s'excuser pour son départ précipité. Mais il ne l'avait pas fait.

Elle lui avait envoyé un SMS pendant le déjeuner :

EH C QUOI CETTE HISTOIRE DE GROUPE ? LA CHANCE TOURNE FINALEMENT ? RACONTE ! TU ME MANQUES.

C'était deux heures plus tôt, et elle n'avait toujours pas reçu de réponse. Elle regarda encore une fois son téléphone, pour la dix-septième fois, même si elle ne l'avait pas senti vibrer et qu'elle savait qu'il n'y avait rien de neuf. Puis son état d'esprit changea : elle était en colère contre elle-même pour se montrer aussi dépendante de Fred. Qu'il soit là ou non, elle allait profiter à fond du week-end. Et comme il était parti tout arranger, tel Superman, elle pouvait se permettre de se détendre. En théorie. Promis, elle ne consulterait plus son téléphone avant d'aller au lit.

À vingt-deux heures ce soir-là, elle avait regardé son téléphone environ sept cents fois, et il n'y avait toujours pas de message de Fred. Que se passait-il ? Pourquoi ne pouvait-il pas lui envoyer un SMS des plus succincts pour la rassurer ? Qu'il aille au diable ! Cette fois, elle ne consulterait *vraiment* plus son portable, et elle ne penserait même plus à lui. Malgré sa décision de ne plus se soucier de lui, elle avait gâché son après-midi à se demander où il était, pourquoi il était parti, et ce qui se passait.

Ils avaient joué à Time's up toute la soirée, autour du feu, et elle ne pouvait s'empêcher de penser à combien Fred aurait aimé ça s'il avait été là. Il aurait été bien meilleur que Georges et compagnie. Pour clôturer la soirée, ils étaient descendus sur la plage et les garçons avaient allumé leurs pets. C'était dégoûtant et bête, mais Jess avait quand même ri une fois ou deux, parce que c'était assez drôle malgré tout, dans le genre plaisanterie bien grasse.

– Tu n'as toujours pas de nouvelles de Fred ? demanda Flora en pliant son pull.

Elle rangeait toujours soigneusement ses affaires le soir, tandis que celle-ci laissait les siennes là où elles tombaient. Jess était déjà au lit et regardait le plafond. Il y avait une lézarde dans la peinture qui ressemblait à un éclair.

– Non, soupira-t-elle.

– Je suis sûre qu'il n'a plus de crédit, ce genre de chose, dit Flora en s'asseyant sur le lit, inquiète.

Elle portait une chemise de nuit Donald, ce qui ne poussait pas aux confidences, bizarrement. De toute façon, Jess avait le cœur trop lourd pour parler à cœur ouvert.

– Oui, il est vraiment mal organisé. Comme moi.

En disant cela, elle vit à quel point il avait été stupide pour deux personnes aussi peu organisées de vouloir mettre sur pied un grand événement. Cette pensée la déprima. Ils s'étaient laissé emporter par leur solidarité avec les enfants d'Afrique.

– J'espère que les garçons n'ont pas trop poussé Fred à bout, dit prudemment Flora. Jack, ça va, il ne fait pas de méchancetés... Mais Georges ne sait pas s'arrêter.

– Oh non, je suis sûre que Fred l'a bien pris, s'empressa d'affirmer Jess, même si au fond d'elle persistait un doute horrible.

Elle voyait très bien ce que son amie voulait dire, car la même pensée lui était venue, même si elle l'avait aussitôt bannie de son esprit.

– Il a sans doute reçu un SMS de Mackenzie à propos d'un groupe, et il a pensé qu'il valait mieux aller les rencontrer tout de suite pour les voir jouer.

– Ça m'a un peu gênée qu'il s'en aille comme ça, murmura Flora en se mettant au lit. Vis-à-vis de Mrs Stevens, tu vois ? Ce week-end représente beaucoup pour eux, vu que c'est leur anniversaire de mariage.

– Oh, mon Dieu ! gémit Jess. Je n'avais même pas pensé à ça ! Est-ce qu'elle est contrariée ?

– Elle a donné l'impression de comprendre, dit Flora. Mais c'est encore pire.

Elle se pelotonna dans son lit et jeta un regard accusateur à Jess. Cette dernière comprenait que le départ soudain de Fred mettait Flora dans une position délicate, et jusque-là, elle n'avait pas entrevu la possibilité que cet incident affecte une autre personne qu'elle-même.

– Oh, ce foutu Fred ! soupira-t-elle. Dès demain je présenterai des excuses à Mrs Stevens, j'aiderai à faire le repas et tout. Et s'il ne m'envoie pas rapidement un SMS pour m'expliquer ce qui se passe, je le mets en pièces à notre retour.

– Tu peux commencer par déchirer son pyjama, proposa Flora en riant. Il l'a laissé dans le dortoir. Ainsi que sa trousse de toilette et ses livres.

– Pourquoi ça ne me surprend pas ? grogna Jess, exaspérée. J'imagine que c'est moi qui vais devoir lui rapporter tout ça. Trois tomes de Stephen King, c'est bien ça ? Ça doit peser environ une tonne.

Elle était gênée qu'il ait laissé ses affaires. Jusqu'à présent, elle était presque toujours fière de Fred. De ses blagues, de son esprit de repartie, de son intelligence. Et là, elle voyait que son comportement ne faisait pas bonne impression. Pas seulement à Flora et elle, mais à leurs hôtes. Si seulement il passait un coup de téléphone ! Ce week-end devenait pénible. Lorsqu'elle parvint enfin à sombrer dans le sommeil, elle rêva de glissements de terrain et de maisons qui s'effondrent.

– Eh, Jess ! Il neige !

Les cris d'excitation de Flora la réveillèrent. La chambre était baignée d'une lumière surnaturelle. Le regard encore trouble, elle regarda par la fenêtre, et vit un tourbillon de flocons.

– C'est merveilleux ! s'écria Flora. Vite, habillons-nous !

Jess s'extirpa du lit et sauta dans ses vêtements,

qu'elle superposa tous ! Ça promettait d'être une grande expédition polaire !

Faisant preuve d'un effort héroïque, elle laissa son téléphone sur la table de nuit, sans même lui accorder un regard. Il était éteint. Et elle aussi.

Mais la neige, c'était vraiment fantastique. Sous le porche, elles retrouvèrent Georges, drapé dans sa robe de chambre, avec un foulard aux couleurs de son université autour du cou. Il était plus calme que d'habitude. Ils admirèrent le spectacle de millions de flocons tombant dans la mer. Tout était effacé, il n'y avait plus de rivage serpentant au loin, plus de Weymouth, plus d'horizon… rien qu'une étendue bleu et blanc.

– Chaque flocon est unique, dit pensivement Georges.

Jess se rappela qu'il étudiait les sciences à l'université. Mrs Stevens en avait abondamment parlé. C'était la première fois que Jess l'entendait dire quelque chose de sérieux.

– Sa structure, vous voyez, ajouta-t-il.

– Des cristaux ! dit Flora en attrapant un flocon du bout du doigt.

Fascinée, elle l'examina. Jess tira la langue et plusieurs flocons entrèrent dans sa bouche. C'était comme manger des fées. En moins cruel, évidemment.

– C'est en rapport avec tes études ? demanda Jess.

– Je fais de la géographie environnementale. Ouais, les cailloux, les fossiles, tout ça.

Tout à coup, elle réalisa que Georges n'était pas seulement un blagueur.

– Et tu feras quel métier plus tard? demanda Flora.

– Oh, je ferai des trucs rasoirs, dit-il en s'étirant. Tu sais... étudier comment faire face à l'érosion ou aux inondations. Comment gérer la pollution. C'est... l'interaction entre la géosphère – le monde, en fait – et les affaires des hommes.

– Cool ! s'exclama Flora.

Mais Georges n'avait visiblement plus envie d'en parler. Il se retourna pour rentrer dans la maison, mais s'arrêta pour regarder Jess.

– Jess, dit-il, je suis désolé si on a un peu trop chahuté Fred, tu sais. On est comme des grands enfants des fois.

– Non, non, affirma-t-elle. Pas de souci. Ça va. Fred est juste allé résoudre notre problème musical pour le dîner dansant. Ne t'inquiète pas. On était en pleine crise à propos de tout ça, et c'est pour ça qu'il a dû partir en coup de vent.

– D'accord, bon, tant mieux.

Il hésita un instant, renifla, puis rentra dans la maison.

Après un petit déjeuner gargantuesque comprenant du lard frit, des œufs, des tomates, des champignons et des pommes de terre sautées, et une grande séance de vaisselle pour apaiser Mrs Stevens, ils filèrent à la plage, Alfred sur les talons. Il n'avait jamais vu la neige, et il essayait de l'attaquer en sautant.

Il y eut une bataille de boules de neige sur fond de ressac. Georges lança des boules sur Alfred, puis il lança Alfred, et enfin il lui jeta des bâtons.

Jess le regardait en pensant : *Ce n'est pas un simple abruti, c'est un géoécologue.* Puisqu'il allait passer sa vie à traiter ces problèmes incontournables (sauver la planète, rien de moins), il avait bien le droit de faire quelques farces lorsqu'il avait du temps libre. Même si elle n'appréciait pas trop son humour, ce n'était pas malveillant.

Jess prit des tas de photos avec son téléphone (sur lequel elle n'avait toujours pas reçu de SMS, en dehors de celui de sa mère qui disait :

MARTIN ET MOI À L'ARBORETUM !

Il semblait bien que sa mère ait tiré le gros lot avec Martin le presque canon, pile au moment où la vie sentimentale de Jess se réduisait comme une peau de chagrin. Elle n'arrivait pas à décider si elle avait hâte de rentrer ou si elle redoutait le retour à la maison.

. 27

Jess rentra le dimanche soir. Il y avait une place pour elle dans le monospace des Stevens parce que Humphrey était parti en stop rendre visite à un oncle à Bristol. Fred n'avait pas donné le moindre signe de vie. Silence tonitruant de sa part. La seule façon de résoudre ce problème était d'aller chez lui et de l'attraper par le col. De toute façon, elle devait lui rapporter son sac avec son pyjama, sa trousse de toilette et ses livres.

Il était très fort pour disparaître : les messages téléphoniques, les mails et les SMS restaient sans réponse. Jess était furieuse. S'il avait réussi à faire affaire avec un groupe pour – aaaaaaah ! – samedi prochain, elle lui pardonnerait. Mais elle ne pouvait pas laisser traîner jusqu'au lendemain au lycée. Il fallait régler ça ce dimanche soir, même s'il était déjà tard et que l'obscurité renforçait cette impression. Elle enfila ses baskets et s'élança dans la nuit avec toute la grâce de Cochonnet.

Il était vingt et une heures trente lorsqu'elle arriva chez les Parsons. La famille de Fred n'était pas couche-tôt. Son père restait scotché à ses matchs de foot jusqu'à minuit. Jess sonna et se prépara un sourire poli et professionnel, car elle savait que ce ne serait pas Fred qui viendrait ouvrir. Comme prévu, ce fut Mrs Parsons qui l'accueillit.

– Oh, bonsoir Jess ! Entre ! Il fait un de ces froids ! Comment vas-tu ? Comment va ta mère ?

Il n'y avait pas plus gentil que la mère de Fred. Elle était toujours très maternelle avec Jess, et trouvait qu'elle exerçait une bonne influence sur son fils. Ha ! Elle ignorait que cette influence s'était réduite à néant. Jess entra. Le son familier d'un match de foot émanait du salon.

– Donne-moi ton manteau, proposa la mère de Fred.

Ses cheveux volumineux brillaient à la lumière de l'entrée et ses yeux bleus étaient pétillants.

– Tu as passé un bon week-end dans le Dorset ? Fred a dit que c'était fantastique.

Jess était surprise. Il avait dit ça ? Quel menteur !

– Il a dit que vous aviez fait la fiesta la nuit dernière ! poursuivit-elle avec un rire joyeux. Pas étonnant qu'il ait eu l'air si abattu en rentrant. Il a dormi quelques heures sur le canapé cet après-midi.

La fiesta toute la nuit ? S'il avait fait la fête, ce n'était pas dans le Dorset. Jess serra les dents et s'efforça de continuer à sourire.

– Quand est-il rentré ? demanda-t-elle d'un ton dégagé. Je suis revenue un peu plus tard avec les Stevens.

– Ah bon ? (Mrs Parsons avait l'air déroutée.) Fred est arrivé vers midi. Il essaie de finir ses devoirs, dans sa chambre. Fred ! Freeed !

À midi ? Mais où était-il donc allé pendant vingt-quatre heures ? Plus, même. Est-ce qu'il s'occupait du Bal du Chaos ? Si c'était le cas, elle pouvait lui pardonner. Et dans ce cas seulement.

– Il faut que je lui parle un instant à propos du dîner dansant.

– Pas de problème ! lui dit la mère de Fred avec un grand sourire.

On entendit un bruit étouffé à l'étage – une porte qui s'ouvrait – et Fred apparut en haut de l'escalier, pâle et hébété.

– Jess a besoin de te voir, l'informa sa mère. Ta chambre est-elle en état de recevoir une dame ?

– Quelle dame ? fit-il en haussant les sourcils dans une tentative de boutade sans conviction.

– Oh, ne t'occupe pas de lui, Jess ! dit Mrs Parsons,

qui n'avait pas perçu le malaise. Vas-y monte. Si tu veux un chocolat chaud ou quelque chose, dis à Fred de descendre te préparer ça, j'essaie de lui apprendre l'hospitalité !

Du bas des marches, Jess leva les yeux vers lui. Il avait l'air aussi hospitalier qu'un cerf qui a repéré un tigre à l'horizon. Lorsque Jess commença à monter, il eut un mouvement de recul et se mit sur le côté.

– Tu veux un chocolat chaud ? demanda-t-il.

Elle croisa alors son regard, et ce fut horrible, car elle n'y lut que terreur et confusion.

– Non, répondit-elle doucement. J'en ai pour une minute, juste quelques mots.

Elle entra dans sa chambre. Il la suivit et ferma la porte. D'habitude, cette action était suivie d'un petit instant de tendresse, mais cette fois, Fred garda ses distances, et l'espace vide entre eux donnait l'impression que toute la pièce était glacée et hostile.

– Alors, fit Jess en se tournant vers lui. Qu'est-ce qui s'est passé ? Pourquoi n'as-tu répondu à aucun de mes SMS ? Tu as trouvé un groupe ? Tu étais où hier soir, soi-disant à « faire la fiesta » ?

– Chez Mackenzie, répondit Fred d'une petite voix.

Il était penaud et donnait des coups de pied dans le vide.

– J'ai dormi sur le sol de sa chambre, sans matelas, sur le plancher. Il n'a pas de moquette à cause de ses allergies à la poussière. C'était comme si j'étais sur du ciment. J'ai dormi, genre, cinq minutes pas plus.

– Pourquoi tu n'es pas rentré chez toi ? demanda Jess, qui devinait pourtant la réponse.

– Je n'ai pas de couilles. (Il la regarda soudain droit dans les yeux, avant de hausser les épaules.) Pas la peine que mes parents sachent que leur fils est un lâche qui sera fusillé pour désertion.

– Tu ne vas pas forcément être fusillé pour désertion, dit prudemment Jess. Pas si Mackenzie et toi vous avez vraiment résolu le problème du groupe de musique. Vous avez sans doute passé la nuit à chercher des musiciens ?

– Non, avoua-t-il en enfonçant les mains dans ses poches. On a un peu essayé, mais c'était peine perdue. Alors, pour se remonter le moral, on a joué à des jeux vidéo.

– Des jeux vidéo ? cracha Jess, débordant de rage. Fred ! Tu as dit à Georges que tu rentrais plus tôt que prévu pour régler le problème des musiciens !

– Ben il fallait bien que je dise quelque chose. (Il regardait le sol.) Je ne pouvais pas lui dire que j'en avais juste trop marre de leurs sales blagues de machos, et que oui j'étais bien le *geek* sans défense qu'ils imaginaient.

Consterné, le cœur de Jess flancha encore une fois : Fred n'était même pas rentré pour résoudre ce problème ! Il était parti parce qu'il ne faisait pas le poids !

– Fred ! Ils t'ont apprécié, espèce d'idiot ! Ils ne trouvaient pas que tu étais un *geek* sans défense ! Ils t'ont trouvé drôle ! Et Georges m'a dit qu'il était désolé si leurs bêtises t'avaient saoulé !

– Quel grand homme, dit-il amèrement.

– Mais ce n'est pas le plus important. Dans six jours, toute une foule va se pointer à la salle Saint-Marc, pour passer un bon moment, et comme on a pris leur argent, on doit mettre les petits plats dans les grands ! Alors, comment on fait pour la musique ? Tu avais promis de régler ce problème, tu te souviens ?

Fred haussa les épaules.

– Boucle d'Or m'a de nouveau planté, murmura-t-il. Et les Cracheurs de Venin ?

– Non ! cria Jess. Tu sais bien qu'ils sont nuls !

– C'est ironique pour un nom si bien trouvé, dit-il pour tenter vainement de détendre l'atmosphère.

– Fred, c'est sérieux, là ! Les parents, les oncles, les grands-parents ne peuvent pas danser sur Cracheurs de Venin ! Ni personne, d'ailleurs ! Personne n'a jamais pu supporter de les entendre pendant une demi-seconde ! Flora a juré de ne plus jamais monter sur scène ni chanter avec eux.

– C'est plutôt une bonne nouvelle, ironisa-t-il.

– Oh, ça suffit, Fred ! aboya Jess. Sois sérieux pour une fois ! On a besoin de musiciens et tu avais dit que tu nous trouverais un groupe.

Soudain, il s'assit sur son lit, comme si ses longues jambes maigres s'étaient dérobées sous lui. Il se laissa aller en arrière et regarda dans le vide d'un air lugubre.

– J'ai raté, dit-il platement. J'ai essayé. Un peu. J'ai appelé des groupes, vraiment. Mais ils avaient déjà des concerts de prévus... Je n'ai pas été à la hauteur. Tu as raison, je ne sers à rien. Je démissionne.

– Comment ça, tu démissionnes ?

Malgré sa colère, Jess devait parler à mi-voix. Elle ne voulait pas déranger l'adorable Mrs Parsons en poussant de grands cris un dimanche soir.

– Je démissionne du comité d'organisation du Bal du Chaos.

– Le comité ? Quel comité ? Toi et moi, tu veux dire ? Tu te décharges de tout sur moi, c'est ça ?

Fred haussa les épaules. Raaah, il était comme un jouet mécanique ! Cette partie de son corps montait et descendait si souvent qu'on aurait pu en faire une source d'électricité.

– Je continue de croire qu'il faudrait annuler

l'événement, redit-il d'un ton résigné. C'est la seule solution raisonnable.

– Fred, on ne peut pas faire ça !

– Et pourquoi pas ? On leur rendra leur argent. Et on dira que l'annulation est due à des circonstances imprévues, comme je l'ai déjà proposé.

– En effet, persifla Jess. Une mystérieuse absence de cran.

– Ce n'est pas faux, dit Fred en souriant presque, comme s'il se fichait de ce qu'elle pensait. Annulé pour raisons de santé si tu préfères. Zéro de tension. À toi de voir.

– Ah oui, c'est pratique, hein, de toujours me laisser décider !

– Ben, à la base c'était ton idée, s'esquiva Fred, fuyant toute responsabilité. Je n'ai fait que suivre le mouvement.

– Ah, je le crois pas ! Comment tu peux être aussi incapable ? Tu démissionnes si ça te chante, moi je continue. On le doit à Oxfam. Je n'aurai pas d'enfants morts de faim sur la conscience. Je vais m'occuper de la musique, de la nourriture, tout ! Et ce sera un succès planétaire, tu auras trop honte d'avoir jeté l'éponge. Je te ferai regretter d'être né !

– C'est déjà le cas, dit-il sombrement.

– Oh, s'il te plaît, arrête de faire ton Caliméro !

Elle gagna la porte.

– Attends ! dit-il en se redressant. On se voit quand même demain au lycée, hein ?

– Peut-être que mon regard aura vaguement conscience de ta présence, répondit Jess, mais je serai bien trop occupée à régler ce bazar pour consacrer du temps aux mollusques dans ton genre.

Elle claqua doucement la porte, martela légèrement les marches en descendant, attrapa son manteau discrètement et ferma la porte d'entrée avec mille précautions avant de s'avancer sur le trottoir gelé. Là, elle éclata en sanglots.

. 28

Direction la maison. Le plus vite possible. Dieu merci l'obscurité dissimulait ses larmes. Au bout de cinq minutes, Jess parvint pourtant à évacuer son chagrin, qui fit place à une colère noire qui lui était bien moins pénible. Au lieu d'être dévastée par la trahison sans nom de Fred, elle commença à échafauder la plus terrible des vengeances.

Elle allait préparer le meilleur sketch du monde. Comme Fred avait été si lâche, elle avait la scène pour elle toute seule. Le numéro de présentation serait brillant, du génie comique à l'état pur. Mais elle n'avait pas beaucoup de temps, vu qu'elle devait aussi régler tous les autres détails de la soirée, à la vitesse de l'éclair, et seule. Mais elle était déterminée, et étrangement, c'était presque un soulagement de savoir que tout reposait sur elle.

Lorsqu'elle arriva chez elle, les adultes étaient réunis autour de la table de la cuisine : son père et sa mère, Martin, et sa grand-mère. Sa mère semblait détendue, heureusement. Mamy débordait de bienveillance – elle devait avoir abandonné l'idée de pousser Madeleine et Tim à se remettre ensemble.

– Non, affirmait le père de Jess, ça devait être en 1992, l'année où je me suis démis l'épaule en regardant la lune.

La mère de Jess riait tandis que Martin lui resservait un verre de vin avec beaucoup de prévenance. Elle croisa le regard de Jess, et changea d'expression.

– Qu'est-ce qui t'arrive, ma puce ? s'écria-t-elle.

Oh zut ! Le mascara de Jess devait avoir coulé quand elle pleurait, et maintenant elle ressemblait à un panda.

– Rien, rien, protesta Jess en s'éloignant tout de suite.

Elle ne voulait pas que Martin la voie dans cet état.

– Attends ! lui cria sa mère en se levant. Qu'est-ce qu'il y a ? Qu'est-ce qui s'est passé ?

– Fred, lâcha Jess.

Une grosse vague de désespoir la heurta de plein fouet, presque comme si la mer l'avait renversée, et elle tomba sur la chaise la plus proche en poussant un soupir entrecoupé de sanglots.

– Il vient de se défiler et il me laisse me dépatouiller avec tout le bazar pour organiser le dîner dansant.

– Quel bazar ? demanda tout de suite sa mère.

Jess soupira de nouveau.

– Je me sens tellement bête... On n'a pas fait ça correctement. On n'a pas fait les choses dans les temps. En gros, on n'a pas de traiteur ni de musique. Fred avait dit qu'il avait trouvé un groupe, puis il a avoué qu'il n'en avait pas, et après... Enfin bref, de toute façon comme c'est la Saint-Valentin, tout le monde est déjà pris.

– Mais c'est samedi prochain, Jess ! dit sa mère d'une voix blanche en se tenant le visage à deux mains, déjà à demi hystérique.

– Oui, dit Jess, qui se sentait terrassée par une fatigue monumentale. Fred pense qu'on devrait annuler.

Sa mère sembla y réfléchir.

– C'est une possibilité, j'imagine. Mais Jess, pourquoi ne m'as-tu rien dit ?

– Je ne voulais pas que tu saches à quel point je suis idiote. Je voulais faire ça moi-même et que tu sois fière de moi. Je ne voulais pas réclamer de l'aide à la première difficulté comme un gosse. C'est la pire soirée de ma vie !

Jess enfonça la tête dans son pull, se couvrant le visage avec son col large.

– Euh, Jess, lui dit Martin, sourcils levés, tu dis que tu as besoin de musiciens ?

– Ben, on a un DJ, mais il n'est pas terrible, et on voulait vraiment avoir un groupe pour que le DJ n'intervienne qu'entre les morceaux. Il faut bien qu'il y ait un vrai groupe, lors d'un dîner dansant, non ? Et ce n'est pas que pour les ados, c'est une sortie familiale. Fred avait dit qu'il trouverait un groupe et il ne l'a pas fait. Je ne sais même pas ce qu'il a fait, à quels groupes il a parlé... Et maintenant, il a tout abandonné et me laisse dans le pétrin.

– Euh... ce n'est sans doute pas ton genre de musique, mais je joue dans un groupe, avoua timidement Martin en se frottant le crâne d'un air gêné. Ça doit être très vieux jeu par rapport à ce que tu aurais souhaité, mais on joue du jazz, et quelques autres petites choses.

– C'est vrai ? (Une petite lumière d'espoir s'alluma dans le cœur de Jess.) Du jazz ! C'était ce qu'on voulait ! Est-ce que tu... vous... est-ce que le groupe est disponible le quatorze ?

– Eh bien, il se trouve que oui. On n'a pas prévu de concert pour la Saint-Valentin parce que la fille de notre chanteur se marie, donc il n'est pas libre.

Mais on pourrait faire des instrumentaux toute la soirée. Des slows sirupeux et des trucs plus *punchy*. On a un répertoire varié, en fait. Mais il faudra d'abord que j'appelle les autres.

– Tu peux utiliser le téléphone fixe ! lui cria la mère de Jess, envoûtée.

Elle le regardait avec adoration : Martin était ce qui se faisait de mieux en matière de superhéros, dans le coin.

– Tiens, tu peux aller à l'étage et téléphoner de mon bureau ! le pressa-t-elle en le faisant sortir de la cuisine.

La grand-mère de Jess lui posa gentiment la main sur l'épaule et lui proposa :

– Une part de gâteau ?

– Merci, mamy, mais ce genre de crise ne se résout pas avec du gâteau, soupira-t-elle. Non, j'ai changé d'avis, sers-moi une part de la taille d'un sofa !

Sa grand-mère s'empressa de lui faire plaisir en déposant devant elle une énorme part de cake au citron.

– C'est une des recettes fétiches de Deborah, annonça-t-elle fièrement.

Jess ouvrit la bouche. Un parfum citronné intense, magique, extraordinaire explosa sur ses papilles.

– Oh, mon Dieu ! s'écria Jess, postillonnant des miettes de gâteau à deux mètres à la ronde. J'oublie le dîner dansant ! Je vais m'enfuir avec ce gâteau. Où Deborah a-t-elle appris à faire d'aussi bonnes pâtisseries ?

– Oh, elle était pâtissière. Elle était ce qu'on appelle chef de partie à l'*Hôtel royal* pendant des années. Elle va encore les dépanner quand il y a un coup de feu.

– Et pour notre coup de feu actuel, intervint le père de Jess, est-ce que Deborah pourrait sauver la mise ? C'en est où cette histoire de traiteur, Jess ?

– Au rayon cause désespérée, avoua-t-elle. Je commence à me dire qu'il faut que j'achète une cargaison de plats préparés au supermarché.

– Hum, fit son père en fronçant les sourcils. Ça ne me semble pas assez bien pour un dîner dansant. Tu penses que Deborah pourrait faire quelque chose, mamy ?

– Je ne sais pas si elle pourrait s'occuper d'un groupe aussi nombreux, répondit-elle en secouant la tête. Il y aura combien de personnes, Jess ?

– Quatre-vingt-douze au total, dit-elle avec une grimace anxieuse.

– Oh ! là, là, ça me semble beaucoup. Deborah est seulement pâtissière, sa spécialité, ce sont les gâteaux.

– Alors, organisons un grand repas de pâtisseries !

cria Jess. S'il te plaît, mamy, demande-lui au moins, je t'en prie!

– Pas à cette heure-ci, refusa-t-elle fermement. Elle est déjà couchée. Mais je l'appelle sans faute demain matin.

– Génial! s'exclama Jess, les doigts croisés. Et si elle a besoin d'aide, je suis sûre que je peux lui trouver des marmitons.

– Est-ce que tu t'es occupée de l'éclairage, ma jolie? lui demanda son père en se frottant le menton d'un air pensif.

– L'éclairage? Quel éclairage? J'ai besoin d'éclairage? Enfin, il y a de la lumière dans la salle, non?

Une nouvelle inquiétude venait de surgir. Son père lui sourit avec indulgence.

– Quoi, quelques ampoules qui pendent du plafond? dit-il d'un ton sarcastique. Tu veux que ta soirée ait autant d'ambiance qu'un slow dans une morgue? Non, tu as besoin de lasers, de gobos, de stroboscopes, de boules à facettes, de fibres optiques, d'un éclairage de boîte de nuit!

Jess était abasourdie par la maîtrise inattendue chez ses vieux parents d'un art auquel elle n'avait même pas songé. Elle en resta bouche bée.

– Tim, Tim! l'arrêta mamy en riant. Ne te laisse pas aveugler par ton enthousiasme! Quel est le budget pour l'éclairage, Jess?

– Euh, je passe, souffla-t-elle en grimaçant face à cette humiliation désormais récurrente : ses brillantes capacités d'organisatrice ne comprenaient pas encore ce concept révolutionnaire qu'était le budget.

– Ne t'en fais pas ! la rassura son père d'un ton enjoué. Je m'en occupe ! Un ami à moi possède une société qui loue des éclairages pour les événements. Et il a une dette envers moi. Dès que Martin a fini avec le téléphone, j'appelle Jim. Et n'oublie pas que j'étais concepteur lumière à la fac ! J'ai des dizaines de spectacles à mon actif.

– Alors là, c'est un scoop ! lui dit Jess pour le taquiner. Je croyais que tu passais ton temps à te saouler et à regarder les étoiles !

À cet instant, Martin revint après avoir téléphoné aux autres membres de son groupe de jazz.

– Tu veux la bonne ou la mauvaise nouvelle ? demanda-t-il à Jess d'un air amusé.

Elle se dit que si la nouvelle avait vraiment été mauvaise, il n'aurait pas été si guilleret.

– La mauvaise, pour être débarrassée, répondit-elle en joignant les mains anxieusement.

– Don ne peut pas venir. C'est le trompettiste. Et Ian, le joueur de trombone, est pris lui aussi. Mais il nous reste le piano, la batterie, la basse et le saxo. On s'appelle le Sextuor Martin Davies parce qu'on est six d'habitude, mais pour l'occasion on ne sera que quatre... le Sous-Sextuor Martin Davies, peut-être ?

– Génial ! s'écria Jess en bondissant sur place comme si elle avait remporté le tournoi de Wimbledon. Victoire !

Elle avait vraiment une impression de triomphe, même si c'étaient les adultes qui étaient venus à son secours comme la cavalerie dans un western. L'angoisse terrible qui n'avait cessé de monter comme une inondation menaçant de la noyer avait enfin reflué. Musique : réglé. Éclairage : réglé. Et même si elle n'était pas encore fixée sur la question de la nourriture, c'était peut-être l'élément qui se prêtait le plus à un traitement amateur. Délirante de soulagement et de gratitude, elle voulait prendre tout le monde dans ses bras.

Même si elle s'était enfin libérée de cette terrible angoisse, Jess avait un autre sentiment désagréable enfoui derrière le soulagement. Et quand elle alla se coucher, cette émotion noire et triste se répandit en elle. Fred l'avait laissée tomber de la pire façon qui soit, comme si elle n'avait pas d'importance pour lui. Bon, ils avaient déjà connu des disputes, mais elle n'avait jamais douté de ses sentiments. Cette fois, elle avait l'impression qu'il l'avait jetée en pâture aux loups tandis qu'il s'enfuyait en courant.

Heureusement qu'ils n'étaient jamais partis en safari ensemble. Fred plaisantait tout le temps à propos de son manque de courage, sur le mode de l'autodérision. Néanmoins il réussissait toujours à se rattraper d'une manière ou d'une autre, pour la convaincre qu'il était plutôt irrésistible malgré ses côtés énervants.

Cette fois, elle sentait que la manière dont il l'avait laissée tomber, d'abord dans le Dorset, et surtout pour l'organisation de la soirée, révélait un défaut bien réel et horrible. Elle ne pouvait pas compter sur lui, et cela le rendait nettement moins irrésistible. Ce n'était pas seulement elle qu'il laissait tomber. C'était aussi une défaite pour lui qui s'était dégonflé. Fred n'avait pas été à la hauteur.

Que ressentait-il maintenant ? Ses doigts la brûlaient de lui envoyer un SMS pour lui apprendre qu'elle avait tout arrangé. Mais comme il était peut-être un peu à l'agonie (du moins l'espérait-elle), il semblait juste de le laisser souffrir encore un peu. Et puisqu'il avait démissionné, ce n'étaient plus ses oignons. Jess commençait à apprécier son indépendance et ses réussites. Elle allait lui faire voir ! Alors qu'elle sombrait dans le sommeil, une idée commença à germer dans son esprit : ce serait une Cendrillon postmoderne qui animerait la soirée...

. 29

La journée au lycée s'annonçait difficile. Jess n'avait pas bien dormi et s'était levée tôt pour camoufler ses cernes et rectifier le tracé de ses sourcils. Elle ne parlerait pas à Fred, évidemment. En fait, elle tâcherait même de ne pas regarder dans sa direction. Mais si lui la regardait, elle tenait à ce qu'il soit frappé par sa beauté cruelle et flamboyante. C'était un vrai défi du point de vue du maquillage, puisqu'elle ressemblait pour l'instant à un hamster ayant miraculeusement survécu à dix combats avec un Jack Russel terrier.

Jess appréhendait de voir Fred, mais au moins elle avait plus ou moins réglé ses problèmes d'organisation pour la soirée et pouvait faire face à ses amis qui avaient acheté des billets. Auparavant, elle se sentait coupable, comme si elle avait tué en secret quelqu'un qu'ils aimaient, et enterré le corps dans son patio. Mais alors qu'elle arrivait en vue du portail du lycée, flamboyante et cruelle, Gemma Fawcett courut vers elle. Elle était petite et portait un carré de cheveux noirs et soyeux que Jess avait toujours envié. Si seulement ses propres cheveux acceptaient de se tenir tranquilles au lieu de rebiquer dans toutes les directions comme un potager abandonné pendant l'hiver.

– Jess ! On ne peut pas venir au Bal du Chaos, finalement ! Mon père s'est cassé la cheville ! Tu peux nous rembourser ?

Jess n'avait pas prévu ce genre de chose. L'espace d'un instant, elle oublia d'être flamboyante et cruelle et se transforma en pantin aux ficelles emmêlées. Elle bredouilla :

– Euh, je ne suis pas sûre... euh, sans doute... euh, hum...

Gemma lui fourra quatre billets dans la main.

– Tu peux me rembourser intégralement aujourd'hui ? exigea-t-elle, son casque noir de cheveux parfaits étincelant dans la lumière matinale.

Jess était en train de développer une aversion pour la chevelure de Gemma. À la première occasion, elle se promit d'y glisser en douce un chewing-gum récemment mâché.

– Eh ben, tu vois, l'argent est à la banque et je n'ai pas le chéquier avec moi, dit Jess d'un ton hésitant.

Gemma eut l'air surprise et mécontente.

– Ma mère a dit que tu devrais nous rembourser intégralement parce que c'est dans cinq jours et que tu peux encore vendre les billets à quelqu'un d'ici là.

– Oui, bien sûr! affirma Jess avec de grands hochements de tête, comme si elle gérait ce genre d'incident toutes les heures, alors que jusque-là l'idée de revendre les billets ne l'avait pas effleurée. Je pourrai sans doute t'apporter un chèque ce soir, proposa-t-elle sans enthousiasme. Tu habites où ?

– À la Petite Combe. C'est en pleine campagne, après le centre commercial.

– Oh, euh... (Jess essayait de rester polie.) Et si j'apportais le chèque au lycée demain ?

– Hmm, hésita Gemma en faisant la moue.

Jess remarqua soudain que la bouche de Gemma était vilaine et boudeuse. Elle allait bouder encore plus quand elle trouverait ce chewing-gum dans ses cheveux.

– Je vais appeler ma mère à midi pour lui demander. Tu devrais peut-être nous donner une reconnaissance de dette.

Jess faillit perdre son sang-froid, mais elle n'avait pas oublié que le client est roi. Elle ouvrit brutalement son sac pour trouver un bout de papier, se promettant intérieurement de ne plus jamais organiser ou vendre quoi que ce soit. Une pensée horrible lui traversa l'esprit: et si le groupe de Martin était pourri et que l'éclairage de son père faisait sauter les plombs et que le buffet – restait à savoir d'où il viendrait – provoquait une intoxication alimentaire généralisée? Est-ce que tous les convives viendraient réclamer un remboursement?

Jess déchira une page de son cahier de brouillon et gribouilla: «Je dois cent cinquante livres à Gemma Fawcett. Jess Jordan.» Elle tendit la feuille à Gemma, qui l'examina d'un air soupçonneux.

– Ça fait un peu brouillon, commenta-t-elle avec dédain.

– Oh, ne t'en fais pas, à midi je t'en donnerai une autre sur papier doré gaufré, elle te sera remise sur un coussin en velours rouge par un valet de pied portant perruque et collants!

Jess partit à grands pas, laissant une Gemma abasourdie derrière elle. C'était le meilleur moment de la journée pour l'instant.

Elle arriva en retard et fit une entrée flamboyante et cruelle dans la classe. Flora s'était installée à côté du meilleur radiateur, sous une fenêtre. Jess la rejoignit, ignorant superbement tout le monde et s'assit avec une grâce flamboyante et cruelle. Fred allait ramper devant sa grandeur!

Tandis que Mr Fothergill débitait diverses

annonces d'un ton monocorde, Flora se pencha vers elle et lui souffla :

– Fred est absent. D'après Mackenzie, il a la grippe !

Jess fut secouée. Par la déception, l'inquiétude, puis l'incrédulité. Fred n'était pas là ? La pièce changea du tout au tout. Il avait la grippe. Oh, vraiment ? Ou plutôt faisait-il semblant parce qu'il n'avait pas le courage de lui faire face ? Elle haussa les sourcils pour montrer son scepticisme à son amie, et soupira. C'était Fred tout craché. Bon, au moins elle n'était pas obligée de rester flamboyante et cruelle tout le temps, ouf ! C'était épuisant.

À la pause, quelques personnes encerclèrent Jess pour se mettre au courant des derniers détails concernant le Bal du Chaos.

– Alors, comment s'appelle ce groupe déjà ? demanda Flora, qui était profondément soulagée d'apprendre que les Cracheurs de Venin ne se reformeraient pas.

– Le Sous-sextuor Martin Davies.

– Est-ce qu'ils sont sous-sexués ? blagua Mackenzie, ce qui était prévisible.

– Ils ont tous dans les quarante ans, répondit Jess avec un sourire. Donc je pense qu'ils ont laissé tomber tout ça depuis longtemps.

– Comment vas-tu te débrouiller, vu que Fred a la grippe ? demanda Jodie d'un air dramatique.

– Ça, ce n'est pas un problème ! répondit-elle d'un ton léger. De toute façon, c'est moi qui ai tout organisé. La gestion, ce n'est pas trop son point fort.

Elle voulait que tout semble normal. Personne ne devait être au courant de leur terrible engueulade. Excepté Flora.

– Mais qui fera l'animation ? insista Jodie. C'était censé être un sketch à deux, non ? Fred est trop drôle !

– Eh ben, désolée, tu vas devoir te contenter de moi !

Encore une fois, Jess avait du mal à rester calme.

– Tu vas avoir beaucoup de choses à faire, dit Ben Jones d'une voix douce. Est-ce que je peux faire quelque chose pour t'aider ?

– Je croyais que tu avais acheté des billets, Ben ? dit aussitôt Jodie, qui avait déjà passé de nombreuses heures à faire des hypothèses sur l'identité de l'heureuse élue qui irait au Chaos avec le fabuleux Ben.

– Oui, j'ai acheté mes billets, mais ça ne me dérange pas de donner un coup de main. Je pourrais, euh, être à l'entrée si tu veux ?

Ses yeux bleus caressèrent Jess comme une

vague magique des Caraïbes. Il y avait toujours eu un petit je-ne-sais-quoi entre eux deux, même une fois passée son obsession de l'année précédente. Mais elle n'avait jamais osé chercher à découvrir ce que cela signifiait, même quand Fred se comportait très mal. Ben était un peu vulnérable malgré ses allures de beau gosse, et elle avait toujours su depuis qu'elle était avec Fred, que Ben Jones n'était pas fait pour elle. Sauf que, maintenant, il semblait bien que Fred non plus.

– À l'entrée ! répéta Jess.

Mais évidemment ! Il fallait que quelqu'un soit à l'entrée ! Encore une chose à laquelle elle n'avait pas songé... Fred non plus... cette espèce de crapaud feignasse qui se prélassait douillettement sur son sofa, prétendant être malade alors qu'elle se démenait en plein Chaos.

– Ce serait génial ! accepta-t-elle avec un sourire reconnaissant.

Avoir quelqu'un d'aussi beau que Ben à l'entrée donnerait un cachet très stylé à la soirée.

– Ce dont j'ai aussi besoin, ajouta-t-elle, essayant de paraître détendue et sûre d'elle, alors qu'elle marchait sur des œufs, c'est un coup de main pour le buffet, si possible ?

– Je croyais que tu faisais appel à un traiteur ? s'étonna Jodie.

– Oh oui, bien sûr, mentit-elle aussitôt.

– C'est lequel ? demanda Jodie.

Jess se dit que les cheveux de Jodie avaient eux aussi besoin d'un petit masque au chewing-gum, comme Gemma.

– Ils sont nouveaux, inventa-t-elle en cherchant désespérément un nom convenant à une nouvelle entreprise pleine de dynamisme. Ça s'appelle, euh, La Boîte à Manger.

– Quel nom atroce, décréta Jodie, ils devraient en changer.

Jess ajouta mentalement à sa liste de courses : maxi-pack de chewing-gum.

Au déjeuner, Flora avait cours de musique, si bien que Jess se cacha dans un recoin calme de la bibliothèque et travailla à l'écriture de son sketch. Alors comme ça Fred était « trop drôle » ? Elle allait s'assurer d'être deux fois plus drôle qu'il ne l'avait jamais été ! L'imagination décuplée par l'indignation, elle noircit des pages et des pages.

Cendrillon était un thème parfait. « Je ne suis pas censée me trouver ici, écrivit-elle. Je n'ai pas eu le droit d'aller au bal. Ma marraine la fée a débarqué et m'a promis un *relooking,* mais elle est tellement mal organisée... Elle a oublié de charger sa baguette magique. » Il y avait des masses de blagues possibles sur les sœurs moches, les citrouilles, les souris, les pantoufles de vair et ce serviteur niais qui la suit tout le temps...

Jess s'amusait comme cela ne lui était pas arrivé depuis longtemps.

. 30

En rentrant du lycée, Jess passa par chez Flora en compagnie de son amie et de Jack. Comme il était présent, Flora et elle ne pouvaient pas parler de sujets vraiment sensibles.

– Comment va Fred ? demanda Jack.

– Oh, bien, fit Jess, les dents serrées. Même s'il a la grippe, je pense que c'est le meilleur virus qui existe. Comment va Georges ?

– Bien, répondit Jack. D'ailleurs il m'a dit qu'il aimerait venir au Bal du Chaos, s'il te reste quatre billets, bien entendu.

– Je ne suis pas sûre, répondit-elle d'une voix indistincte.

Elle réfléchissait à toute vitesse. Si Georges et ses potes étaient là, ils risquaient de tout gâcher avec une farce débile. Elle avait tellement apprécié d'écrire son sketch à la pause de midi qu'elle ne supportait pas l'idée de se faire souffler la vedette par ces idiots.

– Je crois qu'on est complets, désolée.

– Mais non, s'exclama Flora avec une grimace de surprise. Il te restait quelques places, non ? Et tu m'as dit que Gemma t'en a rendu quatre aujourd'hui, donc en tout...

– Tu aurais six places? demanda Jack. La petite amie de Georges est à Saint-Benedict et Tom veut venir avec une certaine Rhiannon.

– Et Humphrey? demanda Jess, se résignant devant l'inévitable: la bande de *Jackass* venait gâcher sa soirée.

Ils feraient sans doute une grosse plaisanterie pour saboter l'événement.

– Est-ce que Humphrey a une copine? C'est difficile à imaginer.

– Je ne sais pas trop, dit Jack en riant. Il est un peu mystérieux... Il viendra peut-être avec Alfred!

– Six billets, alors? conclut Flora avec enthousiasme.

Jess aurait aimé que son amie ne se mêle pas de ça. L'idée d'avoir Georges et sa compagnie dans la salle ravivait ses craintes.

– Ouais, je t'apporte le chèque demain. Ça fait combien au juste?

– À toi, miss Calculette, dit Jess à Flora, d'un ton acide.

– Deux cent vingt-cinq livres ! Wouh des gros sous, c'est les gens d'Oxfam qui seront contents.

– Ouh, on parle de gros sous ! dit Jack en passant son bras autour des épaules de Flora.

Il se tourna vers Jess en souriant.

– Je ne m'intéresse qu'à ses millions, tu sais.

– Alors, tu vas être très déçu, dit Flora. Mon père s'inquiète pour ses affaires. Il dit qu'il va peut-être faire faillite avant la fin de l'été.

– Quoi ? s'exclama Jess, affolée. Mais je croyais que l'entreprise de ton père était solide comme le roc. Tout le monde a besoin d'une salle de bains !

– Heum, fit Flora, soudain plus sérieuse, apparemment personne ne rénove la sienne en ce moment. Les gens se contentent de leurs vieilles salles de bains qui ont déjà trois ans.

– Ah, les sales grippe-sous ! Comment osent-ils ? On devrait entrer chez les gens la nuit pour pourrir leur salle de bains !

Flora lui répondit d'un pâle sourire.

– Quand on a acheté les billets, mon père a dit qu'on ne referait pas de sortie familiale de sitôt.

– Oh, ma pauvre !

Jess était consternée. Elle n'était pas simplement choquée pour Flora, dont le train de vie très confortable risquait de se dégrader (sa grande maison équipée dernier cri, sa mère vêtue de soie qui se prélassait sur d'immenses sofas d'un blanc nuageux, ses sœurs, très jolies, qui portaient des pantalons de créateurs et jouaient de la flûte, son père qui se gavait de pastilles digestives en réservant un séjour à Antigua...). Jess avait aussi une crainte plus égoïste : si le Bal du Chaos tournait au total fiasco, Mr Barclay serait tout à fait le genre de personne à exiger à voix haute un remboursement, sur-le-champ, et devant tout le monde. Jess était mal.

Elle laissa ses deux amis à la maison de Flora, qui semblait étrangement abandonnée malgré la grande porte d'entrée très chic et sa paire de lauriers en pot de chaque côté. Flora l'avait invitée à entrer, mais Jess avait des choses à faire. Elle devait surtout demander à sa grand-mère si Deborah était partante pour organiser le buffet. Et elle avait hâte de continuer à écrire son sketch. Elle se demanda tout à coup si quelqu'un – pas forcément Fred, n'importe qui – lui avait envoyé un SMS. Rien.

– Salut, Jess !

Elle leva la tête et eut la surprise de voir Polly la goth, avec ses cheveux rouges et son visage livide serti de métal, la fille du deuxième rencard calamiteux de sa mère, Ed le maçon homophobe.

– Désolée de ne pas t'avoir appelée, lui dit-elle.

Jess se souvint alors qu'elles avaient échangé leurs coordonnées.

– Oui, moi aussi, s'empressa-t-elle de dire.

Ce qui était bizarre avec les gothiques, c'était qu'ils prenaient des allures de monstres infernaux, mais étaient pour la plupart très polis et doux.

– Comment va ta mère ? demanda Polly. Je l'ai trouvée vraiment très sympa. Mille fois trop bien pour mon père.

– Oh, ça je ne sais pas, dit-elle avec un sourire gêné. J'ai trouvé ton père super. Mille fois trop bien pour ma mère !

– Oh, non, non, non, dit-elle en secouant vigoureusement la tête, ce qui produisit un léger tintement. Ta mère est vraiment super intéressante, alors que mon père est resté bloqué à l'âge de pierre. Genre, tu sais ce qu'il a dit après la soirée ?

– Quoi ? demanda Jess, inquiète.

Elle espérait qu'il n'avait rien dit d'insultant sur sa mère – ça c'était réservé à Jess.

– Il a dit qu'il trouvait ta mère très agréable, mais qu'il ne se sentait pas à l'aise avec les femmes intelligentes. Parce qu'elles lui donnent l'impression de ne pas être à la hauteur.

– Eh bien, c'est un compliment pour ma mère, souligna Jess.

– Oui, mais ça montre comment il fonctionne !

Il sort avec une magasinière maintenant, grommela Polly.

– Il n'y a pas de honte à être magasinier, dit pensivement Jess.

Elle sentait que si sa carrière d'humoriste ne décollait pas, elle devrait peut-être empiler des produits sur des étagères elle aussi.

– Non, bien sûr, mais ta mère est tellement intéressante ! Une bibliothécaire ! Elle lit plein de livres passionnants ! La magasinière ne fait que fumer, boire et regarder le téléachat, expliqua Polly avec un grognement de mépris.

– Mais ton père doit pourtant croire à l'intérêt de faire des études pour les filles, vu que tu es à la fac ?

– C'est surtout grâce à ma mère. Et il doit faire avec. Et puis, il trouve que ça va parce que je suis en licence professionnelle de gestion hôtelière, et il pense que c'est un métier de femme. Si je voulais être astronaute ou chirurgien, il se moquerait de moi et me charrierait tout le temps.

– Ah, les pères... soupira Jess avec un sourire.

– Comment va le tien ? demanda Polly. Ça a l'air d'être quelqu'un de cool.

– Il va bien, merci.

Elle n'avait pas envie de lui raconter toute l'histoire. Il y eut un silence.

– Ben c'était sympa de te revoir, dit Polly. J'imagine que tu n'as pas envie de sortir samedi ? ajouta-t-elle après un moment d'hésitation. Voir un film, par exemple...

L'invitation était tentante.

– Oui, ce serait sympa... Aaaaah ! Non ! Mais quelle étourdie ! J'organise un dîner dansant samedi soir !

– C'est vrai ? Où ça ?

– Dans la salle des fêtes de l'église Saint-Marc. Ça s'appelle le Bal du Chaos.

– J'ai vu les affiches ! Super belles ! Qui les a faites ?

– C'est moi, révéla Jess, gênée.

– Ouah, tu as beaucoup de talent, Jess ! insista Polly.

Jess secoua la tête.

– Bon, je dois y aller, murmura-t-elle. J'ai des tonnes de trucs à faire. J'ai été contente de te revoir.

– On s'appelle, dit Polly avec un grand sourire. Envoie-moi un SMS quand tu es dispo et qu'on peut se capter.

– Oui, carrément !

Polly avait vraiment l'air d'être une fille sympa. Une fois que l'enfer du Bal du Chaos serait passé, elles feraient sûrement quelque chose ensemble. Même si Jess n'avait jamais voulu être gothique, elle aimait l'idée de se promener en ville avec une goth.

Elle arriva enfin chez elle. Dès qu'elle ouvrit la porte, sa grand-mère surgit de sa chambre, l'air tendue.

– Oh, ma puce ! J'ai cru que tu ne rentrerais jamais ! J'ai des mauvaises nouvelles !

Tout de suite, le cœur de Jess bondit vers ses amygdales.

– Quoi ? Quoi ?

Qui était mort ? Sa mère ? Son père ? Les deux ? Encore pire : et s'ils s'étaient remis ensemble ?

– Ne t'inquiète pas, ma chérie, personne n'est mort, la rassura sa grand-mère en lui prenant la main.

– Malade ? demanda-t-elle dans un souffle. Blessé ? Écrasé ?

– Non, non, Jess, rien de ce genre. Calme-toi.

– Mais dis-moi ce que c'est alors ! cria-t-elle.

Oh, que mamy pouvait être agaçante parfois !

– C'est au sujet de Deborah. Je lui ai demandé, pour le buffet, mais tout ce qu'elle pourrait faire, ce sont les desserts. Quelques cheese-cakes, quatre tartes aux fruits, m'a-t-elle dit. Je suis vraiment désolée, ma petite. Tu dois être déçue.

Jess avait beau ne pas avoir la bosse des maths, même elle voyait bien que quelques cheese-cakes et quatre tartes aux fruits, ce n'était pas grand-chose pour nourrir cent personnes. À moins que Jésus en personne n'arrive et ne se retrousse les manches, le buffet semblait s'enfoncer de plus en plus profondément dans le pétrin. Et Jess avec.

. 31

– Ne t'en fais pas, mamy, dit Jess en prenant sa grand-mère par le bras. Je trouverai quelque chose. Retourne regarder *Miss Marple* !

Elle entendait le thème de la série policière venir de la tanière de l'aïeule. Le cœur lourd, Jess se traîna jusqu'à la cuisine.

Il y avait un mot de la main de son père sur la table.

« Jess, tout est réglé pour l'éclairage, ça va être génial ! Jim a eu une annulation, donc on aura la totale : boule à facettes comprise. Pour fêter ça, je vais faire un curry ! Parti acheter les ingrédients. À très vite. Bisous, papa. »

Son cher papa ! Il avait tout donné. Le Bal du Chaos serait trop beau ! Sauf si les plombs sautaient. Et le groupe de Martin serait peut-être très bon ;

Martin avait quelque chose de rassurant, et des types de quarante ans qui jouaient dans un groupe avaient eu largement le temps de s'entraîner.

L'écriture de son sketch avançait bien. Mais qu'allait-elle donc servir aux invités ? Quelques tartes aux fruits ne satisferaient pas des gens qui avaient payé soixante-quinze livres pour deux. Jess se laissa tomber sur une chaise, la tête entre les mains. Le meilleur curry du monde ne lui remonterait pas le moral. Sauf s'il y en avait en quantité suffisante pour faire quatre-vingt-quatorze portions le samedi soir. Elle envisagea un instant de demander à son père de s'occuper de la nourriture pour son dîner dansant. Mais il se chargeait déjà de l'éclairage. Il avait bien des talents, mais ce n'était pas Superman.

Soudain, son téléphone sonna. Elle ne reconnaissait pas le numéro.

– Allô, Jess ?

– Bonsoir ?

Elle ne reconnaissait pas cette voix de fille. Oh, pitié, pas Gemma Fawcett qui venait l'enquiquiner à propos de son remboursement !

– C'était vraiment sympa de te revoir.

Ce n'était visiblement pas Gemma, car leur conversation avait été un moment plutôt désagréable dans une journée globalement stressante. Qui d'autre avait-elle rencontré ? Jess avait tellement de soucis qu'elle avait beau fouiller sa mémoire, elle ne trouvait aucune personne de sexe féminin qu'elle ait pu rencontrer dans la semaine écoulée.

– Euh, désolée, c'est qui ? demanda-t-elle avec impatience.

Elle détestait que les gens ne se présentent pas spontanément. C'était vraiment présomptueux de leur part de penser qu'on reconnaissait directement qui ils étaient. Elle détestait déjà cette personne.

– Désolée, je suis bête. C'est Polly.

Pendant un bref instant, même cette indication ne l'aida pas. Son esprit était embrumé.

– Oh, salut Polly. Désolée, je dois penser à plein de trucs en ce moment.

C'était Polly la goth !

– Oh, je t'appelle au mauvais moment ? demanda-t-elle en parlant plus vite. Désolée, je vais faire court. Je voulais juste savoir s'il restait des billets pour le Bal du Chaos. Ça semble vraiment chouette, j'en ai parlé à mes amis Simon, Julie et Bart, et on adorerait venir.

– Euh, hésita Jess.

Elle aimait bien Polly, mais comment pouvait-elle continuer à vendre des places pour un événement dont l'élément principal – la nourriture – manquait ?

– Polly, je ne sais pas si je peux te vendre des

billets, dit Jess d'une voix faible. Parce que... tu vois, j'ai beaucoup de mal à gérer la nourriture. Bêtement, juste parce que je suis une idiote. J'ai laissé les choses traîner et quand j'ai commencé à contacter les traiteurs, ils étaient déjà pris. J'ai complètement merdé, je voudrais disparaître et aller travailler en Amérique du Sud.

Elle se sentit aussi soulagée de s'être confiée, même à une presque inconnue.

– Mais, Jess, tu aurais dû m'en parler ! répliqua Polly.

Loin d'être déçue, elle semblait étrangement excitée.

– Je te le dis maintenant, répondit-elle. Ça va être un fiasco total. Il n'y aura rien à manger.

– Non, Jess, la restauration... c'est ce que j'étudie, tu comprends ?

Le cœur de Jess eut comme un petit hoquet de surprise mêlée d'espoir.

– Je t'ai dit que j'étais en licence professionnelle de gestion hôtelière, non ?

– Oui, c'est impressionnant, mais qu'est-ce que ça veut dire ?

– C'est de l'organisation d'événements, entre autres ! expliqua Polly, très enthousiaste. Comme ton dîner dansant ! On serait ravis de le faire, mes potes et moi ! Quel est ton budget par personne ?

Donne-moi quelques heures et je reviens vers toi avec des idées de menus !

– Oh là, là, oh là, là, oh là, là !

Pour l'instant, Jess ne pouvait rien dire d'autre.

– Tu peux vraiment faire ça, Polly ? Si c'est le cas, tu es mon ange gardien !

– Et comment ! lui assura-t-elle joyeusement. C'est bête comme chou ! Enfin, c'est une expression ! Mais tu peux servir des chouquettes en dessert, même si les gens trouvent ça un peu vieux jeu de nos jours.

Elles établirent rapidement un budget de base. Enfin, Polly le calcula, à partir du prix des billets, tandis que Jess faisait des bruits admiratifs. Puis Polly raccrocha, enchantée d'avoir hérité de cette terrible responsabilité. Sous le choc, Jess resta assise, s'émerveillant de la diversité des gens et de leurs réactions. L'idée d'organiser un dîner pour cent personnes paralysait Jess alors que Polly avait sauté sur cette occasion comme un chien sur un os à moelle.

Jess adressa une rapide prière de remerciement en direction du plafond puis téléphona de nouveau. Il fallait bien qu'elle annonce cette bonne nouvelle à Flora. Mais pas à Fred. Il pouvait attendre, lui. Après une conversation avec son amie principalement constituée de cris de joie perçants, et une explication sur la raison de ces cris à sa grand-mère, qui avait mis *Miss Marple* sur pause, immobilisant cette dernière au-dessus d'un cadavre caché dans un placard, Jess courut à l'étage, arracha ses vêtements et prit une longue douche bien chaude en chantant à tue-tête. Tous les principaux tubes de Freddy Mercury y passèrent. C'était l'artiste préféré de son père, mais sa passion restait raisonnable. Heureusement qu'il ne s'était pas transformé en sosie du chanteur pour montrer son admiration !

À propos... le sketch ! Jess sortit de la douche avec des idées plein la tête. Cinq minutes plus tard, séchée et habillée, elle était penchée sur son ordinateur, travaillant encore son *one-woman-show*. Ça marchait super bien. Les blagues se présentaient spontanément à son esprit. Jess commençait à se demander comment elle ferait tenir tout ça en trois ou quatre apparitions relativement courtes. Elle n'avait pas besoin de faire beaucoup de présentation : l'accueil de l'assistance, une petite introduction avant que le groupe commence à jouer, et sans doute une heure plus tard, une invitation au buffet, et enfin, un sketch pour clôturer la soirée. Mais ça devait être intelligent, drôle, fluide et bien répété. Elle commença à réviser son script, tout excitée. Elle avait trouvé de super blagues, et elle avait hâte de les présenter au public.

Elle était plongée dans ce travail lorsque son téléphone portable sonna. C'était de nouveau Polly.

– Bon, Jess, j'ai un exemple de menu, basé sur un coût de douze livres par personne, d'accord ?

– Euh, oui, d'accord, acquiesça-t-elle, déjà perdue.

– OK, voilà ce que ça donne. C'est un buffet chaud, c'est bien ça ?

– Bien sûr, répondit Jess.

– D'accord, dit Polly d'une voix professionnelle. Je pense qu'on peut donner le choix entre thon et poulet pour le plat principal, avec des pâtes ou des champignons Stroganoff pour les végétariens. Donc, poulet basquaise (du poulet en sauce avec des poivrons et des tomates) ou thon cuit au feu de bois et son pilaf de boulgour...

– Son quoi ? s'étrangla Jess.

– Pilaf.

– C'est quoi un pilaf ?

– C'est un plat de céréales, avec des oignons, des épices, c'est super bon. Ça se fait avec du riz, mais là c'est du boulgour pour changer.

– C'est quoi le boulgour ?

– C'est du blé concassé, en gros.

– OK, continue, dit Jess d'une petite voix.

– Des pommes de terre Charlotte pour l'accompagnement, j'imagine ?

Jess n'avait jamais rencontré de pomme de terre nommée Charlotte, mais elle trouvait ça très classe.

– Parfait, murmura-t-elle.

– Et puis des crudités de saison et des salades composées, ajouta Polly. Pour finir, tarte aux poires et au gingembre ou cheese-cake aux fruits de la passion, thé et café à volonté. Ça te semble bien ?

– Ça me semble formidable, gémit Jess. Mais ça va coûter un max, non ?

– Pas du tout ! Comme je t'ai dit, c'est basé sur un coût de douze livres par personne, sans le vin, que nous pouvons vendre séparément. Nous serons dix sur cet événement, enchaîna Polly. On fera tous les préparatifs à l'école hôtelière, et ensuite on viendra tout installer sur place. On prend cinquante livres chacun. Ça te va, Jess ?

Elle était terrorisée. Combien ça faisait, dix fois cinquante livres ? C'était beaucoup, non ? Est-ce qu'ils avaient de quoi ?

– Très bien ! couina-t-elle.

– Super, super ! Je suis trop contente de le faire, c'est génial ! Je t'appelle plus tard avec plus de détails. Salut !

Jess s'affaissa sur la table de la cuisine. Avait-elle de quoi payer Polly et ses amis ? C'était quoi le pilaf de boulgour ? À quoi ressemblait une tarte aux poires et au gingembre ? Elle se glissa dans la chambre de sa grand-mère et se pelotonna à côté d'elle sur le sofa. À la télé, quelqu'un se faisait assassiner en grande pompe avec un club de golf. C'était une position facile par rapport à celle d'organisatrice d'un dîner dansant.

. 32

Enfin, le jour de la Saint-Valentin arriva. Jess ne reçut pas de carte de la part de Fred, mais de toute façon elle n'en aurait sans doute pas reçu en temps normal. Il avait été absent des cours toute la semaine, et il était tellement réfractaire aux conventions qu'il ne lui aurait pas souhaité la Saint-Valentin même s'ils ne s'étaient pas disputés. Jess était énervée d'avoir pensé à la possibilité d'une carte alors qu'elle était si furieuse contre lui qu'elle n'avait même pas envisagé de lui en envoyer une. Et puis, si elle avait reçu une carte de Fred, elle l'aurait brûlée. Il en faudrait plus qu'une pauvre carte pour revenir dans ses bonnes grâces.

Ses parents et sa grand-mère lui avaient envoyé une carte avec des peluches. Ce n'était pas signé, mais Jess reconnaissait l'écriture vainement déguisée de son père sur l'enveloppe, et elle voyait à leur tête qu'ils étaient tous de mèche. C'était gentil de leur part, mais ça n'était pas assez pour la consoler. De toute façon, elle n'avait pas le temps de pleurer sur sa vie sentimentale catastrophique. Le soir même, le Chaos régnerait. Dans le bon sens du terme, si possible !

Le problème du choix de sa tenue avait été expédié par le rôle de Cendrillon. Elle avait prévu une sorte de tunique en résille qu'elle porterait par-dessus son haut noir ajusté et son collant sans pieds, un élastique marquerait sa taille et retiendrait divers chiffons réduits en lambeaux. Sur scène, elle serait pieds nus (et ailleurs elle porterait ses chaussures préférées, bien sûr, mais comme c'étaient des talons hauts, elle serait plus à l'aise sans).

C'était libérateur de passer la soirée en haillons, littéralement. Du moment que son maquillage était impeccable, ça n'avait pas d'importance. La plupart du temps elle irait ici et là avec ses amies, et il fallait bien sûr qu'elle soit belle à en couper le souffle au cas où Fred serait là. S'il réussissait à s'extirper du canapé pour venir à la soirée et montrer son soutien. Comme d'habitude, elle passa donc trois heures à se maquiller. Elle dessina des sourcils de Cendrillon mettant en avant son innocence et sa pauvreté, mais laissant deviner sa destinée royale (Jess devenait une experte du sourcil). Elle vaporisa des paillettes sur ses cheveux et appliqua un vernis noir sur ses ongles (pour les cendres). Elle était à peu près prête.

Sa mère, qui tiendrait compagnie à Ben Jones à l'entrée, la conduisit à la salle avec une heure d'avance. Son père y avait passé la journée pour installer les lumières qu'il avait empruntées à son pote d'Oxford. Martin avait prévenu qu'il serait là dès l'après-midi avec son groupe pour voir l'endroit et répéter quelques morceaux. Les platines de Gordon Smith – qui prendrait le relais quand les musiciens feraient une pause – devaient aussi être en place à l'arrivée de Jess.

Néanmoins, elle n'en menait pas large en entrant dans la salle. Une grande banderole était suspendue au-dessus de l'entrée; Flora et Jodie l'avaient réalisée à la dernière minute. On pouvait y lire: «Bal du Chaos», avec des cœurs, des flèches et des flocons pour décorer. Jess priait pour que le choix de ce nom pour l'événement ne soit pas prémonitoire.

Dans l'entrée, elle trouva Ben Jones en smoking. Il était diablement élégant!

– Oh, bonsoir Ben, tu es très chic, le salua la mère de Jess, qui pourtant n'eut aucun mal à le quitter des yeux pour regarder la table où elle allait s'installer.

Comment faisait-elle? Un spectacle si éblouissant! Ça devait être une question de génération.

Quelqu'un avait mis des pancartes indiquant où se trouvaient les toilettes, et un renfoncement avait été transformé en vestiaire. Il y avait là une fille qui démêlait des cintres.

– C'est ma cousine Melissa, dit Ben.

Jess lui fit un grand sourire.

– Je n'avais même pas pensé qu'il fallait un vestiaire ! dit-elle. Merci !

– Pas de souci, répondit-elle avec un joli sourire. J'espère juste qu'il y a suffisamment de place pour cent manteaux !

Jess se demanda si Melissa et Ben, en plus d'être cousins, sortaient ensemble. Pour une raison inconnue, elle espérait que non. Elle avait beau savoir que Ben Jones n'était pas pour elle, elle ne voulait pas trop qu'il soit pour quelqu'un d'autre. C'est comme avec les acteurs ou chanteurs sexy : on préfère les imaginer rentrant seuls dans une chambre monacale, plutôt que s'ébattant avec des bimbos ou même des filles très bien, mais dont vous ne pouvez pas prendre la place, ce qui est tragique.

Jess pénétra dans la salle principale, et retint un cri. Son père était perché sur une échelle pour fixer des spots, et toute l'installation était grandiose. Polly arriva vers Jess d'un air affairé. Même si elle avait encore pas mal de métal sur la figure, elle faisait très professionnelle dans sa tenue de chef immaculée. Toute sa petite troupe s'affairait autour de tables sur tréteaux au fond de la salle. Ils mettaient en place des chauffe-plats, apportaient des piles d'assiettes, les couverts, etc.

Il était merveilleux de voir tout ce petit monde mettre sur pied son dîner dansant. Des gens qu'elle n'avait même pas encore rencontrés, pour certains. Chacun occupait son rôle avec assurance. Soudain, elle comprit que ça allait bien se passer. Le DJ avait installé ses affaires, des lumières colorées balayaient la scène, où Martin parlait à un homme mince au crâne rasé qui manipulait une batterie.

– Tu vois, lui glissa sa mère à l'oreille. Tout est sous contrôle.

Jess poussa un énorme soupir.

– Je pense que le mieux serait de servir le repas vers vingt heures trente, qu'en penses-tu ? demanda Polly.

À nouveau, la panique assaillit Jess. Son soulagement n'avait guère duré. Évidemment, c'était encore à elle de prendre les décisions, en plus de faire son sketch.

– Ce serait ni trop tôt, ni trop tard, ajouta Polly. Et avant les gens vont danser et pourront acheter des boissons au bar. On a installé de quoi grignoter sur chaque table.

Jess remarqua que celles-ci avaient été joliment

décorées, avec des nappes jetables roses et mauves, des papillons en papier oscillant au bout d'une tige en métal enfoncée dans un centre de table composé de petites fleurs. Sur chaque table il y avait une coupelle garnie d'olives et de noix, et des confettis brillants en forme de cœur étaient éparpillés un peu partout. Jess se demanda combien coûtait tout cela, mais Polly lui affirma que la décoration des tables était comprise dans le prix, et de toute façon, c'était la passion de son amie Kylie.

– Je vois qu'ils ont installé le bar dans la pièce adjacente, fit remarquer la mère de Jess.

Jess s'inquiéta de nouveau: c'était le père de Fred qui avait accepté de tenir le bar. Il y avait une porte vers le milieu de la salle, menant à une autre pièce où il devait s'être installé. Elle espérait qu'il ne manquait pas de match important ce soir-là. Un barman grognon ne serait pas du meilleur effet pour la Saint-Valentin. Elle ne savait pas surtout si elle devait aller lui demander comment allait Fred, ou au moins s'il était toujours en vie. (Malgré tout ce qui s'était passé entre eux, elle préférait qu'il le soit.)

– Si tu vas en coulisses, lui dit sa mère, tu trouveras une salle verte où les artistes peuvent se détendre. Je vais retourner dans le hall d'entrée pour m'assurer que tout est prêt. Les gens ne vont pas tarder à arriver.

Jess remit à plus tard la discussion avec le père de Fred et se rendit dans la pièce verte. Quelques hommes d'âge mûr lui adressèrent des sourires accueillants.

– Nous faisons partie du Sous-sextuor Martin Davies, lui dit un barbu. Et toi, tu dois être Cendrillon ! Je crains qu'il n'y ait pas de prince charmant parmi nous, malheureusement.

Jess sourit, et Martin entra alors et fit les présentations. Le barbu était Bill le saxophoniste, et le mince souriant était Roy le bassiste. Apparemment le batteur s'appelait Dave.

– Je crois qu'il y a une loge pour toi, Jess, lui dit Martin en désignant un coin. Après tout, tu es la reine de la soirée.

– Il y a un message pour toi dans la loge, la prévint Bill avec un clin d'œil. Quelqu'un est venu déposer une carte.

Jess alla dans sa minuscule loge. Une carte était posée contre une bouteille d'eau sur la coiffeuse. Elle s'en empara, se demandant si c'était de la part de Fred. Mais l'écriture lui était inconnue. Jess déchira l'enveloppe. C'était une carte lui souhaitant bonne chance, illustrée d'un énorme fer à cheval décoré de rubans de satin bleu pâle. Elle lut le message : « À ton succès, Jess ! Tu mérites un triomphe ! Félicitations, Martin et le Sous-sextuor. »

Elle ressentait à la fois de la reconnaissance envers Martin qui se montrait adorable, et de l'agacement parce que la carte n'était pas de Fred. Elle réussit quand même à les remercier chaleureusement.

Ensuite, elle retourna dans la grande salle. Il fallait vraiment qu'elle sache si Fred était présent ou non. D'un côté, elle espérait qu'il vienne, pour qu'il soit époustouflé par son sketch. D'un autre côté, son absence serait un certain soulagement. Mais elle devait savoir. Elle se dirigea vers l'emplacement du bar et trouva Mr Parsons occupé à essuyer des verres avec la dignité lente qui le caractérisait.

– C'est une honte, ces verres, lui annonça-t-il d'un ton mécontent en regardant l'un d'eux à la lumière.

C'était typique de sa façon de faire : ni bonjour ni échange de banalités, il allait toujours droit au but.

– J'hésite à demander un remboursement.

– Un remboursement ? répéta Jess, complètement larguée.

Elle ne maîtrisait pas encore tous les détails nécessaires à l'organisation d'un dîner dansant.

– Nous avons loué les verres chez Frobisher, expliqua le père de Fred. Une vraie arnaque ! Ne t'inquiète pas, je leur ferai savoir ce que j'en pense sans mâcher mes mots.

– Oh, euh, très bien, bredouilla Jess, toute prête à admettre que Frobisher devait être puni pour sa négligence et que Mr Parsons était l'homme de la situation. Euh, comment va Fred ? demanda-t-elle d'un ton qu'elle voulait dégagé. Il est là ?

– Il est quelque part dans le coin, dit Mr Parsons avec un haussement d'épaules morose.

Jess retourna à la loge. Les convives arrivaient en masse, mais elle ne repéra pas Fred parmi eux. Cependant, elle savait maintenant qu'il était là. Elle avait hâte de faire son sketch, de lui prouver combien elle pouvait être géniale même sans lui. Elle savait que son texte était brillant, et elle se réjouissait de le jouer bientôt. C'était un plaisir pour elle, une sorte de récompense pour ne pas avoir baissé les bras.

. 33

Mais Jess avait aussi terriblement le trac. Elle tournait en rond dans sa loge en se rongeant les ongles.

De temps en temps, elle envoyait un SMS à sa mère qui se trouvait à quelques mètres d'elle.

« Ça se remplit ! » l'informa sa mère. « Tout le monde est sur son 31 ! Le frère de Jack et ses amis de fac sont en travestis ! »

Oh, mon dieu ! On pouvait compter sur Georges et sa bande pour transformer la soirée en grosse blague ! En même temps, ça ne prêterait peut-être pas à conséquence. Cela pouvait contribuer au côté comique de l'événement. Malgré ses appréhensions, Jess mourait d'envie de voir à quoi ils ressemblaient. Elle resta cependant où elle était.

On frappa à sa porte. Jess, déjà bien stressée, sursauta. Mais ce n'était que Martin.

– Dans deux minutes, lui dit-il en regardant sa montre. Lorsqu'on aura fini ce morceau, Dave donnera un roulement de tambour et tu pourras venir accueillir le public. Ton père a prévu de braquer un spot sur toi, donc prends garde à ne pas être éblouie et tomber de la scène !

– Quel trouble-fête, Martin, plaisanta Jess. Comment faire décoller la soirée sans cela ? Le groupe a l'air génial, au fait !

Martin sourit.

– On n'est pas mal pour des vétérans. Il faut que je retourne sur scène. Je dois bientôt faire un solo de piano.

Il s'en alla, suivi de Jess qui se débarrassa de ses chaussures et s'ébouriffa les cheveux (elle se retrouva avec les doigts pleins de paillettes, mais ça devait contribuer à l'allure Cendrillon).

Elle attendit en coulisses, côté cour, le cœur battant. Le morceau toucha à sa fin et elle entendit le roulement de tambour. Jess sentit une décharge d'adrénaline l'envahir. Elle s'avança dans le rond de lumière. Elle ne voyait plus rien.

– Je vous en prie, je vous en supplie, dit-elle d'une voix plaintive. Mesdames et messieurs, ne dites à personne que je suis au bal ! Je n'ai pas le droit d'être ici ! Mes vilaines sœurs sont parmi vous... Ah, les voilà...

Jess fixa l'obscurité au hasard.

– Ah, non, désolée madame, la lumière est mauvaise !

La réplique tira un rire à l'assemblée, le premier de la soirée. Soulagement. Le public semblait partant pour s'amuser, ce qui est toujours une bonne nouvelle pour un comédien.

– J'étais censée rester à la maison et découper des rats pour la ratatouille, expliqua Jess, dont la blague fut de nouveau accueillie par des rires. Mais je n'ai pas pu m'empêcher de me glisser par la porte de derrière, pour apercevoir le prince charmant ! Oh, il fait palpiter mon cœur ! (Jess prit une pose de midinette énamourée, les mains jointes, extatique à cette idée.) Est-ce que quelqu'un l'a vu ?

– Il est au Boujis ! cria une voix dans le fond de la salle.

Le Boujis est, paraît-il, le club le plus prisé chez les princes en chair et en os.

– Oh, non ! soupira Jess de manière exagérée. J'espérais tellement le voir ! Je pensais pouvoir récolter un peu de ses pellicules – il y a bien de l'ADN dans les pellicules ? Par la suite, j'aurais pu cloner un prince rien que pour moi, sur mon rebord de fenêtre !

Le public s'esclaffa de nouveau, mais Jess remarqua alors du coin de l'œil une forme blanche qui se frayait un chemin entre les tables, s'avançant vers l'estrade. Qu'est-ce que c'était que ça ? Elle scruta l'obscurité. Une blague de Georges ? Non ! *Oh, non, pas ça !* pensa Jess, soudain submergée par une vague de panique totale.

C'était Fred.

Seule sa tête émergeait d'un drap sur lequel il avait peint des traînées vertes. Hein ?! Fred bondit sous le feu des projecteurs et regarda la salle, très sûr de lui. Dave improvisa un roulement de tambour.

– Mon nom est Prince Amibe, annonça Fred, qui fut accueilli par des rires et une vague d'applaudissements. Et même si je n'ai pas de colonne vertébrale, j'ai au moins la présence d'esprit de vous souhaiter la bienvenue. Mes amis, ainsi s'ouvre le Bal du Chaos !

Le groupe improvisa un petit riff tandis que le public criait des vivats et tapait sur les tables. Jess était furieuse. Fred sabotait son sketch ! C'était quoi ce délire à propos d'une amibe ? Elle ne savait absolument pas ce que Fred allait dire ensuite, c'était si inattendu ! Et il osait lui envoyer une pique à propos de l'accueil du public !

– J'imagine que la plupart d'entre vous ne savent pas grand-chose sur les amibes, poursuivit-il aussitôt, si bien que Jess n'eut pas la moindre chance de glisser un mot. J'ai été découvert en 1757 par

August Johann Rösel von Rosenhof. C'était bien avant l'invention des émissions de télé-crochet, donc, dommage pour lui, sa découverte ne lui rapporta pas un contrat avec une maison de disques.

– Bouuh, crièrent des voix dans la salle.

Jess était réduite à rester plantée à côté de Fred. Tantôt elle avait l'esprit qui fonctionnait à plein régime, tantôt c'était le trou total. Elle ne pouvait pas montrer sa colère, il fallait prétendre que tout cela était prévu. C'était un pur cauchemar.

– Et sans vouloir me vanter, continua Fred, je suis connu pour mon génome remarquablement étendu.

La salle éclata de rire, et dans le fond, des gars (Georges et sa bande ?) tambourinèrent sur les tables et hurlèrent.

– Cependant, je me reproduis de manière asexuée, donc si vous espériez pécho ce soir, vous allez être déçus.

Fred avait sans doute travaillé toute la semaine sur ces histoires d'amibes, tout seul sur son sofa. Il avait sans doute été inspiré par Jess qui l'avait traité de mollusque. Comment trouver un lien avec Cendrillon ? Impossible. Il fallait juste qu'elle reste là comme une potiche pendant qu'il débitait ses âneries comme un égoïste, lui volant la vedette.

– Dans des environnements présentant des

risques mortels, comme un dîner dansant, dit Fred en jetant un bref regard à Jess, je me roule en boule et crée une membrane protectrice autour de moi. En fait, je me transforme en kyste.

– Oui, tout le monde a pu le constater, confirma sèchement Jess.

– J'espère évoluer en une forme de vie supérieure, s'empressa de dire Fred, mais ce n'est encore qu'un vague projet. Ça pourrait me prendre, oh, trois millions d'années à peu près, avant d'aboutir.

Et il disparut en faisant un grand salut.

Dave improvisa un nouveau roulement de tambour, qui fut suivi d'une salve d'applaudissements, qui aurait dû permettre à Jess de reprendre ses esprits et de trouver ce avec quoi elle allait enchaîner.

Elle essaya frénétiquement de retrouver où elle en était dans son texte. Mais comment introduire la suite de son sketch après ces bêtises sur les amibes ? Avec horreur, elle se rendit compte qu'elle avait un blanc. Il ne restait rien dans sa mémoire. Néant. Elle eut très chaud, puis très froid. Elle crut un instant qu'elle allait tomber dans les pommes. Cet instant sembla durer des heures. Enfin, par quelque miracle, elle retrouva l'usage de la parole. Elle devait reprendre le sketch là où Fred l'avait laissé. Et ses blagues sur Cendrillon semblaient à présent hors de propos.

– Oui, c'était ma petite amibe de compagnie, improvisa-t-elle d'une voix tremblante. Il n'a qu'une cellule, mais bon, ce n'est pas ça qui compte !

Elle obtint une légère brise de rires discrets, mais rien comparé à l'hilarité qu'avait déclenchée Fred.

– Je n'ai évidemment pas de billet, continua Jess, se souvenant à temps qu'elle devait faire une introduction, mais j'ai entendu dire en coulisses que ce soir notre DJ est le merveilleux Gordon Smith ! (Il y eut un roulement de tambour et des applaudissements.) Le groupe qui joue pour vous s'appelle le Sous-sextuor Martin Davies ! Un buffet vous sera proposé à vingt heures trente par Polly-Poule-au-Pot et son équipe de Jamie Oliver en herbe ! Mais ne vous pressez pas, je vous dirai quand il sera temps de manger un morceau ! D'ici là, amusez-vous bien. Je dois aller dégivrer les chandeliers !

Jess s'élança en direction des coulisses, au son rassurant de l'orchestre qui attaquait un nouveau morceau. Elle se mit à l'abri dans le sanctuaire de sa loge, porte fermée, et s'effondra dans son fauteuil, la tête entre les mains, toute tremblante. Ah, cette minute affreuse pendant laquelle son esprit s'était totalement vidé ! C'était un des pires moments de son existence, et Fred en était la cause. Heureusement qu'il ne se trouvait pas dans la loge, car elle l'aurait sans doute frappé.

Quelques minutes plus tard, on frappa à la porte. Jess se retourna, prête à en découdre. Mais c'était seulement sa mère et Ben Jones.

– Tu as été géniale, ma puce ! la félicita sa mère. Et on peut compter sur Fred pour avoir une approche vraiment originale !

– C'est sûr, répondit-elle, mal à l'aise.

Elle n'avait pas le courage d'expliquer ce qui s'était réellement passé : Fred avait gâché son sketch, sa soirée, et probablement sa vie.

– Est-ce qu'il va rester en amibe toute la soirée ? demanda Ben.

– Aha ! fit Jess, réussissant grâce à un effort héroïque à faire un sourire forcé. Ce sera une surprise.

Mais le pire, c'était que ce serait une surprise pour elle aussi. Elle ne pouvait pas décemment aller chercher Fred pour faire une scène devant tout le monde. Tous les convives devaient croire qu'il était prévu que leur sketch se déroule ainsi. Et visiblement cette stupide idée d'amibe faisait un carton. Jess se remémora la réaction qu'il avait obtenue : des applaudissements plus chaleureux et plus enthousiastes que lors de son passage. Elle se sentait amèrement trahie et stupidement jalouse.

Le moment d'annoncer le buffet arriva bientôt. Polly vint trouver Jess dans sa loge pour lui indiquer que tout était prêt. Le bar ne désemplissait pas, la salle était en liesse et Dave dut produire un son semblable à un grondement de tonnerre pour attirer l'attention générale. Jess s'avança de nouveau dans la lumière des projecteurs. Elle jeta un coup d'œil et ne vit aucune trace de Fred. Puis il y eut des gloussements au fond de la salle, des bruits étranges, une sorte de tohu-bohu. On bougeait des chaises, il y avait des cris d'allégresse entrecoupés de rires. Jess essaya de voir dans le noir, mais elle était éblouie par les lumières. Une personne déguisée en singe se déchaînait entre les tables. Misère, quoi encore ?

C'était sûrement Fred. Il saisit une femme et la força à se lever. Ses cheveux tombèrent. Oh, c'était Georges Stevens, avec une perruque blonde et une robe de soirée en satin rouge. En poussant des cris perçants, il rajusta ses fines bretelles sur ses larges épaules musclées de rugbyman. Le singe l'enlaça avant de foncer vers la scène.

– Je vois que tu as évolué un peu depuis la dernière fois, fit remarquer Jess d'un ton acide, abandonnant à regret son personnage et ses magnifiques blagues.

– J'aimerais pouvoir te retourner le compliment, rétorqua Fred.

Il releva la tête de singe de manière à montrer son visage.

– Je n'ai pas besoin d'évoluer, répondit-elle. Je suis déjà parfaite.

Heureusement qu'elle arrivait à improviser, mais ses répliques étaient vraiment pauvres comparées à ce qu'elle avait inventé pour son super sketch de Cendrillon.

– Personne n'est parfait ! insista Fred.

Le batteur souligna cette phrase d'un *ta-tam*, car il s'agissait de la fameuse réplique finale de *Certains l'aiment chaud*. Et il se trouvait que c'était de film préféré de Jess et Fred, rappel qui exaspéra Jess.

– Ce n'est pas ce que m'a dit le prince charmant, dit Jess, essayant malgré tout de réintroduire Cendrillon. Il est venu à la porte de ma loge avec un bouquet de roses rouges et une bouteille de champagne, juste à l'instant, et il m'a demandé de lui accorder la soirée en sa compagnie.

La foule lança des cris d'excitation.

– Pauvre petite innocente, dit Fred. Tu ne devrais pas te laisser tourner la tête par ces aristos prétentieux. Fais confiance à un primate... parce que tu le vaux bien.

– Mais je vois que d'autres font déjà l'objet de ton affection, dit sèchement Jess. Je t'ai vu draguer la dame blonde au fond de la salle.

– Ah, ce n'était pas une dame, c'était ma femme !

révéla Fred en se penchant vers Jess d'un air de confidence.

Dave ponctua cette sortie d'un nouveau *ta-tam*. Il réagissait vraiment au quart de tour quand il entendait une blague classique.

– Trêve de bavardage, mesdames et messieurs, il est maintenant l'heure de manger ! annonça Jess. Vous pouvez vous diriger vers le buffet dans le petit coin là-bas.

– Drôle d'endroit pour faire un buffet, plaisanta Fred. Ce n'est pas très hygiénique, si vous voulez mon avis. Bon appétit à tous ! Je m'en vais avaler une banane dans mon nid de feuilles. J'espère devenir un Homo sapiens d'ici la fin de la soirée, mais je vois que certains ont encore plus de route à parcourir sur le chemin de l'évolution !

Il dirigea sa remarque vers le fond de la salle, où se trouvait la tablée de Georges. Les garçons poussèrent des hourras. Les gens commençaient à se déplacer. Jess voyait bien qu'elle n'avait plus rien à dire, aussi s'éclipsa-t-elle dans sa loge, avec un cruel sentiment de défaite.

On toqua à sa porte. Cette fois, c'étaient Flora et Jack.

– Viens dîner avec nous, Jess ! proposa Flora. Le buffet est trop stylé. Et puis tu n'as plus à entrer en scène d'ici la fin, non ?

– Non, je ne crois pas, dit Jess en enfilant difficilement ses chaussures. Est-ce que Fred est là ?

– Personne ne sait où il est passé, dit Flora avec un haussement d'épaules. Je pensais que tu saurais, toi.

– Je suppose qu'il croupit dans une mare.

Jess essayait de prendre un ton amusé et non meurtrier. C'était difficile.

Dans la grande salle régnaient la confusion et le vacarme. Le DJ passait de la musique de faim (et non de la musique de fond) pendant que le groupe faisait une pause. Les gens arrêtaient Jess sur son passage, pour lui faire la bise, la serrer dans leurs bras et lui dire combien ils s'amusaient. Elle était soulagée de constater que toute l'angoisse qui l'avait étreinte les semaines précédentes s'était envolée. Le Bal du Chaos était un franc succès. Mais sa fureur contre Fred qui avait saboté son sketch la dévorait toujours.

– Viens à notre table, l'invita Flora. On a une place pour toi.

Jess se retrouva assise en compagnie de Georges et Humphrey (tous deux travestis en femmes avec perruque et grande robe de bal), et Tom, parfaitement normal dans son smoking, et accompagné de sa copine, une jolie fille aux longs cheveux brillants et aux joues toutes roses.

– Jess, je te présente Rhiannon, lui dit Tom. Et voici Mme Ragots et sa fille… quel est ton nom, vieux ? demanda-t-il à Humphrey.

– Susannah, répondit-il en faisant semblant de zozoter.

– Super déguisements, leur dit-elle. En vous voyant, je me suis dit qu'on aurait dû préciser que c'était une soirée déguisée !

– Ce ne sont pas des déguisements, petite sotte ! se récria Georges d'une voix haut perchée en la toisant. Il faut que tu saches que j'ai loué cette robe à Mme Vivienne Westwood elle-même !

– Impressionnant ! admit Jess.

– Mais dis-moi, ma chère, poursuivit Georges en se penchant vers elle sur le ton de la confidence, es-tu fiancée à ce singe si distingué ? Sinon, je suis bien tentée de l'essayer. Il a un tel charisme…

– Oh, pas de problème, il est libre, répondit Jess en souriant. Mais il est possible qu'il ait encore évolué et changé d'espèce animale.

Jess se rendit brusquement compte qu'elle avait très faim, et attaqua une assiettée de thon cuit au feu de bois et son pilaf de boulgour. Polly n'avait pas menti, c'était délicieux.

Jess n'était pas d'humeur à danser. Après le dîner, elle se contenta de rester à sa place en regardant Georges et Humphrey faire les fous. Tous les deux insistèrent pour danser avec Jack (qui avait l'air gêné) et Tom (qui semblait impossible à mettre mal à l'aise). Elle essaya de se détendre et de passer un bon moment. Mais l'injustice monstrueuse que Fred lui avait fait subir lui restait en travers de la gorge. Mais comme elle devait cacher ce qui s'était passé aux yeux de tous, elle était obligée de garder le sourire. C'était vraiment un défi. Son visage la démangeait.

Alors que la soirée tirait à sa fin, Jess retourna en coulisses se préparer à sa dernière apparition. Cette fois, elle fut annoncée par le DJ, Gordon.

– Mesdames et messieurs, applaudissons bien fort... Cendrillon !

Jess s'avança sous les projecteurs et fit la révérence. Elle fut accueillie par un tonnerre d'applaudissements, par des hourras, des tambourinements, des cris. Lorsque la foule se calma, elle prit la parole :

– Les organisateurs m'ont demandé de lire ce petit message, dit-elle en pêchant dans son corsage un morceau de papier froissé qu'elle lissa. Oh, oh, je suis vraiment désolée, j'avais oublié ! Je ne sais pas lire !

Elle avait prévu d'interagir avec un membre de l'assistance pour lui faire lire une liste de courses (citrouilles, tapettes à souris, allumettes, etc.), mais encore une fois, le sketch qu'elle avait écrit fut interrompu.

Fred sauta sur scène, habillé en noble de l'époque géorgienne. Il avait la panoplie complète : perruque poudrée, collants blancs et chaussures à boucle. Les collants étaient ridicules sur ses longues jambes maigres. Il prit une pose grotesque, qui tira des hurlements de rire à la foule, tandis qu'il luttait pour conserver son sérieux. Fred promena sur le public un regard indigné.

– Comme vous pouvez le constater, j'ai gravi la chaîne alimentaire jusqu'à son plus haut point, déclara-t-il d'un ton pompeux.

– On veut l'amibe ! cria un spectateur au fond de la salle.

– Lorsque résonnera le dernier coup de minuit, je vais régresser et redevenir une amibe, mais pas avant, annonça Fred d'une voix ferme. D'ici là, il ne me reste qu'à vous remercier d'être venus, et à vous demander d'être mes témoins pendant que je demande à cette ravissante créature si elle veut bien être ma Valentine !

Avec des mouvements très maniérés, il se mit sur un genou et tendit la main vers Jess. C'était d'un ridicule !

Cette fois encore, ce fut le blanc total. Son cerveau était un trou noir. Comment osait-il la piéger ainsi ? Elle écumait de rage.

– Toutes mes excuses, je ne peux être avec personne, ce soir, lui répondit-elle d'un ton glacial. Lorsque minuit sonnera, je redeviendrai une citrouille. Enfin, certains objecteront peut-être que j'ai été une courge toute la soirée ! Bonne nuit, tout le monde ! Et encore merci d'être venus si nombreux !

Elle fit demi-tour et quitta l'estrade. Elle s'arrêta dans les coulisses pour écouter ce que disait Fred.

– Comment ? s'écria-t-il de manière théâtrale. Pas de chausson de vair ? Pas même une lentille de contact perdue ? Qui était-ce ? Elle est partie ! Et dire que j'ignore son nom !

– C'était Jess Jordan ! cria quelqu'un.

– Non, non, cette belle inconnue ne pouvait pas être Jess Jordan. Je ne l'ai jamais rencontrée, mais j'ai entendu dire qu'elle était l'une des vilaines sœurs.

Il glissa un regard vers les coulisses, où se trouvait Jess, et lui fit un clin d'œil. C'était supposé être une blague, mais dans l'état où elle se trouvait, elle le reçut comme une claque en pleine poire.

– Eh bien, conclut-il, qui qu'elle soit, je passerai le reste de mes jours à chercher cette ravissante créature, et tant que je ne l'aurai pas trouvée, aucune femme ne me fera tourner la tête avant un bon bout de temps. Mais si l'une de vous, mesdames, veut embrasser ma boucle de chaussure, je vous en prie, faites la queue. Merci d'être venus, et bonne nuit!

Une musique grandiose s'éleva, faisant résonner un carillon de minuit. En regardant discrètement depuis les coulisses, Jess vit Fred disparaître en direction du bar, tandis que la salle retentissait de cris joyeux. Ces dernières semaines horribles avaient été une lutte permanente avec Fred, et avaient atteint leur point culminant ce soir-là : Fred lui avait volé la vedette et le triomphe qui aurait dû être le sien. Anéantie, submergée par les émotions, Jess courut à sa loge en ravalant des larmes de rage.

. 34

Quelques instants plus tard, Flora arriva avec Jack. Elle se jeta dans les bras de Jess et l'étreignit plus fort que jamais.

– Tu as été génialissime ! cria-t-elle. C'était magistral ! Cette soirée était une pure tuerie ! Viens voir tes fans !

Jess comprit alors qu'elle était obligée de sortir, parce que malgré tout ce qui lui arrivait, elle n'avait pas remercié toutes les personnes qui lui avaient sauvé la vie : son père et sa mère, Martin, Polly, Ben Jones et sa cousine Melissa... Elle aurait dû les remercier dans son discours d'adieux, mais elle avait été écartée par l'égoïsme sans bornes de Fred.

Les gens s'en allaient, s'adressaient de grands signes et se hélaient dans une atmosphère joyeuse. La salle se vidait et le père de Jess était déjà sur une échelle pour décrocher les éclairages.

Jess retrouva Polly et ses amis, qui avaient rangé les tables du buffet depuis longtemps et s'étaient rassemblés au bord de la scène pour profiter de la fin de la soirée.

– Merci, merci ! leur dit Jess. Le buffet était super bon, et le timing parfait !

– Le plaisir est pour nous ! lui assura Polly. La prochaine fois que tu organises un autre événement, tu n'as qu'à faire signe !

– Promis ! répondit Jess, qui s'était fait la promesse qu'on ne l'y reprendrait plus jamais.

Puis ce fut Martin qui vint vers elle.

– Merci beaucoup, Martin, le groupe était splendide ! le remercia Jess en lui sautant dans les bras.

Elle espérait vraiment qu'il fasse désormais partie de sa vie, mais cela dépendait de sa mère, quand même. Et de son père, dont on ne voyait que le bas des jambes, pour l'instant, puisqu'il était perché sur son échelle.

– L'éclairage était magique, murmura Flora avec un soupir. Cette boule à facettes ! Et les lasers ! C'était juste magnifique.

Dans la foule éparse, Jess chercha Fred des yeux. Il fallait bien qu'il y ait une confrontation. Elle était prête à exploser. Peut-être était-il allé aider son père.

– Il faut que je remercie le père de Fred pour le bar, dit-elle. J'en ai pour une minute !

Elle alla dans la pièce adjacente où elle trouva Mr Parsons occupé à ranger des verres dans une caisse.

– Merci infiniment d'avoir tenu le bar, Mr Parsons ! lui dit Jess avec ferveur. Vous avez été génial !

– Je vais leur faire la tête au carré, tu peux me croire, répondit-il avec sa joie de vivre habituelle.

Elle devina qu'il parlait de la société Verres Infâmes chez Frobisher.

– Fred n'est pas là ? Je pensais qu'il serait en train de vous aider...

Mr Parsons haussa les épaules.

– Il pourrait être n'importe où, dit-il avec un soupir abattu, comme s'il arrivait de manière habituelle que Fred se retrouve au plafond, dans la cheminée ou accroché à l'aiguille des minutes sur l'horloge de la mairie.

– Eh bien, merci beaucoup pour votre aide, répéta Jess en se dirigeant vers la porte.

Mr Parsons était vraiment bizarre. Malgré tout, il s'était occupé du bar. C'était la conversation la plus longue qu'elle ait eue avec lui, et elle ne tenait pas à battre ce record.

Dans la grande salle, il ne restait que quelques groupes de gens qui riaient en rassemblant leurs affaires. Nulle trace de Fred. Jess distribua des sourires forcés aux derniers amis qui s'en allaient, tout en dissimulant sa fureur. Fred ne pouvait quand même pas rentrer chez lui et faire semblant que tout était réglé. Il n'allait pas s'en tirer comme ça.

Si elle ne le trouvait pas, elle lui téléphonerait une fois rentrée pour lui dire combien ce qu'il avait fait était stupide, indélicat et destructeur. Il fallait d'abord qu'elle récupère son manteau. Maintenant que la salle se vidait, elle sentait un courant d'air froid venir de l'entrée. Elle frissonna et retourna dans sa loge.

Fred était là, il en sortait. Il eut l'air surpris et gêné.

– Oh, fit-il, je viens de te laisser un mot.

– Un mot?

Bizarrement, ce geste attisa encore plus l'indignation de Jess. Elle entraîna Fred dans la loge et en ferma la porte.

– Pas le courage de m'affronter, hein? lui demanda-t-elle.

Il fit la grimace.

– Non, ce n'est pas ça, bredouilla-t-il. C'est que... je dois y aller. Je crois que je fais une rechute. Je n'aurais pas dû sortir ce soir, j'ai encore la grippe.

– Un peu que tu n'aurais pas dû, oui! hurla Jess. As-tu la moindre idée de ce que tu as fait?

Fred eut l'air réellement abasourdi.

– Ce que j'ai fait? répéta-t-il bêtement.

– Tu as pourri mon sketch ! J'avais inventé un sketch absolument génial, centré sur Cendrillon. J'ai travaillé dessus toute la semaine, tout en m'occupant seule de toute l'organisation, je te rappelle ! Bon, ce soir je viens, j'ai hâte de faire ce sketch, et voilà que tu déboules de nulle part et que tu squattes la scène, tu m'humilies devant tout le monde !

– Mais...

Fred avait les lèvres qui tremblaient, et à la lumière crue de la loge, Jess voyait des gouttes de sueur apparaître sur son front.

– Je, je croyais que tu serais contente que je vienne t'aider.

– M'aider ? hurla Jess. Contente ? Contente que tu me voles la vedette toute la soirée et que tu ne me laisses pas placer un mot ? Contente d'avoir travaillé des heures à perfectionner de super gags que je n'ai pas pu faire ? Contente de ne pas avoir la moindre idée de ce que tu allais dire à la réplique suivante ? Contente d'être obligée d'improviser, de sortir quelques phrases pathétiques lorsque je réussissais par miracle à avoir la parole, à savoir presque jamais ?! Merde, j'étais tellement folle de joie que, quand tu es sorti de scène déguisé en foutue amibe, j'ai perdu tous mes moyens ! Le trou total ! J'avais les oreilles qui bourdonnaient, c'était horrible, j'ai cru m'évanouir ! Si c'est ça que tu appelles aider, tu peux t'abstenir, merci bien !

– Ouah, fit Fred après un silence. Je crois que moi aussi je vais m'évanouir, dit-il en s'essuyant le front.

– Eh bien, tu n'as qu'à rentrer chez toi, alors ! cracha Jess.

Elle n'arrivait pas à croire que Fred ne semble toujours pas comprendre ce qu'il avait fait. Au lieu de s'excuser, il se débrouillait encore une fois pour occuper le devant de la scène : il allait s'évanouir, et son étourdissement serait tellement plus important que le sien !

– Rentre chez toi, va te coucher, lui ordonna Jess avec un regard de défi.

Il hésita, de cet air gauche qu'elle avait si souvent trouvé adorable. Mais dans la situation présente, c'était horripilant.

– Oui, je vais y aller, décida Fred. On se voit... plus tard.

Il tourna les talons et s'en alla en fermant la porte.

Jess fut prise de violents frissons. Leur dispute lui avait mis la tête sens dessus dessous. C'était la pire chose qui leur soit jamais arrivée. Elle tendit la main pour prendre son manteau et son écharpe, et remarqua alors une enveloppe posée contre le miroir. Le mot de Fred ! Son cœur hoqueta. Elle s'arrêta un instant et constata que ses mains tremblaient de manière incontrôlée. Elle fut agacée d'être si bouleversée. Elle déchira l'enveloppe et y trouva un papier plié. D'un côté, elle reconnut le texte du sketch de Fred, avec des ratures et des gribouillis partout. Il avait barré le tout d'un grand trait. Elle retourna la feuille. C'était le message qu'il lui avait écrit :

« Jess, tu es formidable, c'est grâce à toi que cette soirée a eu lieu. Tes blagues sur Cendrillon étaient tordantes. Désolé de t'avoir été si peu utile. Merci d'avoir réussi à ne pas m'étrangler. Ce sont les petits gestes comme ceux-là qui réconcilient avec la vie. À plus (si tu peux perdre quelques instants pour accorder un bref regard à un invertébré). Fred »

Un capharnaüm d'émotions contradictoires envahit le cœur de Jess. Qu'espérait-il obtenir avec ça ? Regagner ses bonnes grâces ? Certes, il s'agissait d'une lettre d'excuses, mais il ne s'excusait pas d'avoir volé sa soirée de comédienne, et c'était le pire qu'il ait fait. Il ne semblait pas comprendre à quel point il s'était montré égoïste. Il avait récolté les applaudissements qui auraient dû revenir à Jess.

D'accord, il la complimentait sur ses qualités d'organisatrice et sur ses blagues « tordantes ». Mais elle n'avait même pas pu dire les passages les plus marrants ! Elle avait été mise sur la touche par Fred qui avait tiré la couverture à lui, sûr de son bon droit. Avait-elle tort de lui en vouloir autant ? Elle n'y pouvait rien. Elle se laissa tomber sur la petite chaise dure et se regarda dans le miroir. Son mascara avait un peu bavé lorsqu'elle avait été au bord des larmes. Elle avait les joues rouges et les yeux brillants, mais pas de manière attrayante. Elle ressemblait à quelqu'un qui vient d'échapper à un incendie. Sous le choc et un peu brûlée.

Elle laissa sortir le gros soupir qui l'étouffait. Elle retira ses boucles d'oreilles (leur éclat ne lui plaisait plus). Elle regarda ses mains : elles avaient cessé de trembler. Si seulement Fred avait été cloué au lit par la grippe ! Elle aurait profité de ce succès triomphal, et leur relation... Bref, ils auraient peut-être pu recoller les morceaux. Mais maintenant, elle ressentait quelque chose de vraiment horrible. De la haine. De la haine envers Fred ? Impossible. Bon, de la colère noire en tout cas.

Elle déchira sa lettre et la jeta à la poubelle. Un fragment tomba à côté. Elle le ramassa.

« ... si tu peux perdre quelques instants pour accorder un bref regard à un invertébré. »

Jess sut alors ce qu'elle allait faire. Elle ne pouvait pas laisser passer ça. Pour regagner ses faveurs, il devrait changer.

Comme un personnage de conte, il devrait

gagner son respect, recommencer tout au début. S'il voulait toutefois s'en donner la peine. Et sinon ? Un de perdu, dix de retrouvés.

Jess soupira encore, cette fois avec un vague sentiment de soulagement. Elle avait enfin l'impression d'avoir recouvré la maîtrise de soi. Elle n'était pas en si mauvais état pour une fille qui venait de faire une crise de nerfs et qui avait environ trois jours de sommeil en retard.

Une silhouette se dessina dans le miroir. C'était sa mère.

– Coucou, ma puce, lui dit-elle doucement. Bravo ! Cet événement a été un succès phénoménal. Je n'ai pas fini de faire les comptes, mais on dirait que tu as récolté des centaines de livres pour Oxfam !

– Oh, génial ! s'exclama Jess, soulagée de penser à une cause vraiment super importante, et pas seulement à ses petits déboires amoureux.

– Tu as vu Fred ? lui demanda sa mère. Tout est arrangé entre vous ?

– Bof, répondit-elle en se levant. Mais ça va. Qui vivra verra.

Elle n'avait pas la force de tout raconter à sa mère sur le moment.

– Le groupe de jazz était bon, non ?

– Oui ! Vraiment, merci beaucoup de m'avoir

tirée d'affaire, maman. Sans toi, papa et Martin, j'aurais été forcée de tout annuler.

– La nourriture était délicieuse aussi. Après tout, si je n'avais pas eu ces rencards foireux, nous n'aurions jamais rencontré Polly.

– C'est vrai ! Tu sais quoi, maman, et si on faisait un grand repas du dimanche demain, en invitant Martin ?

– Je ne sais pas... répondit-elle d'un ton hésitant. Martin ne pourra pas venir... Il part au Canada lundi pour avoir une sorte de confrontation avec son ex-femme.

– Oh ?

Jess s'inquiéta tout de suite. Elle ne savait même pas qu'il avait une ex-femme. Était-ce vraiment une confrontation ou cela risquait-il de tourner à la réconciliation ?

– Ah, les hommes, qui a besoin d'eux ? soupira-t-elle en prenant sa mère par le bras alors qu'elles entraient dans la grande salle, qui était vide à présent.

Il ne restait que son père. Debout au milieu de la pièce, il enroulait un câble sur son bras. Il avait l'air fatigué.

– Sauf papa, bien sûr, ajouta-t-elle avec tendresse.

Jess courut l'embrasser.

– Merci pour cet éclairage fantastique, papa ! C'était totalement magique !

– Je vais devoir passer la journée de demain à tout démonter et à les rapporter à Oxford, dit-il. Jack et son frère ont proposé de m'aider, heureusement. Des chic types, ces garçons.

Jess ne dit rien, douloureusement consciente que l'absence de Fred pour cause de grippe ne faisait qu'accentuer la différence entre lui et la bande de guignols. Par certains côtés, Fred n'était pas « un type normal ». Même s'il n'avait pas été malade, il aurait été capable de casser quelque chose s'il avait essayé d'aider à démonter l'installation. Il se débrouillait toujours pour casser les choses... Jess refusa d'aller au bout de cette pensée.

– Et la semaine prochaine, je cherche un boulot et un studio, annonça le père de Jess.

– Bon, tout le monde a des projets, dit pensivement Jess.

– Quel est le tien, ma puce ? demanda sa mère en glissant son bras sous le sien.

– Je te raconte ça en arrivant à la maison.

Elle n'était pas sûre de le faire, cependant. Elle n'avait pas très envie de parler du mélodrame qu'elle vivait avec Fred. Mais d'un certain côté, l'idée qu'elle avait eue l'enthousiasmait. C'était une nouvelle aventure, et Jess avait hâte de voir ce qui se passerait au prochain acte.

Glaise
David Almond

Le Jeu de la mort
David Almond

Le Cracheur de feu
David Almond

Imprégnation
David Almond

Douze heures avant
Gabriella Ambrosio

Feuille de verre
Kebir M. Ammi

Interface
M. T. Anderson

Becket ou l'Honneur de Dieu
Jean Anouilh

L'Alouette
Jean Anouilh

Thomas More ou l'Homme libre
Jean Anouilh

Ne fais pas de bruit
Kate Banks

Amis de cœur
Kate Banks

Le Muet du roi Salomon
Pierre-Marie Beaude

La Maison des lointains
Pierre-Marie Beaude

Leïla, les jours
Pierre-Marie Beaude

Quand on est mort c'est pour toute la vie
Azouz Begag

Garçon ou fille
Terence Blacker

Zappe tes parents
Terence Blacker

Fil de fer, la vie
Jean-Noël Blanc

Tête de moi
Jean-Noël Blanc

La Couleur de la rage
Jean-Noël Blanc

Chante, Luna
Paule du Bouchet

scripto

À la vie, à la mort
Paule du Bouchet

Mon amie, Sophie Scholl
Paule du Bouchet

Je vous écrirai
Paule du Bouchet

L'Algérie ou la Mort des autres
Virginie Buisson

24 filles en 7 jours
Alex Bradley

Spirit Lake
Sylvie Brien

Junk
Melvin Burgess

Lady
Melvin Burgess

Le Visage de Sara
Melvin Burgess

Kill All Enemies
Melvin Burgess

Le Rêve de Sam
Florence Cadier

Les Gitans partent toujours de nuit
Daniella Carmi

Après la vague
Orianne Charpentier

Mauvaise graine
Orianne Charpentier

Lettre à mon ravisseur
Lucy Christopher

Max
Sarah Cohen-Scali

Bonnes vacances
Collectif

La Première Fois
Collectif

De l'eau de-ci de-là
Collectif

Va y avoir du sport !
Collectif

La Mémoire trouée
Élisabeth Combres

Souviens-toi
Élisabeth Combres

Coup de chance et autres nouvelles
Roald Dahl

Ce voyage
Philippe Delerm

Cher inconnu
Berlie Doherty

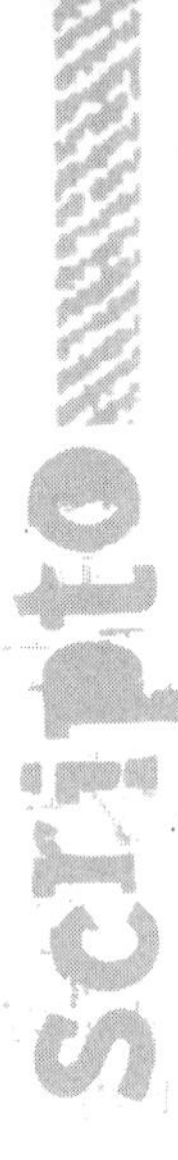

Big Easy
Siobhan Dowd

La Parole de Fergus
Siobhan Dowd

Sans un cri
Siobhan Dowd

Où vas-tu, Sunshine ?
Siobhan Dowd

Dis-moi qu'il y a un ouragan
Fabrice Émont

On ne meurt pas, on est tué
Patrice Favaro

Que cent fleurs s'épanouissent
Jicai Feng

Le Feu de Shiva
Suzanne Fisher Staples

Afghanes
Suzanne Fisher Staples

La Fille de Shabanu
Suzanne Fisher Staples

Ce que tu m'as dit de dire
Marcello Fois

Jours de collège
Bernard Friot

Voyage à trois
Deborah Gambetta

Où est passée Lola Frizmuth ?
Aurélie Gerlach

Qui veut la peau de Lola Frizmuth ?
Aurélie Gerlach

Qui es-tu, Alaska ?
John Green

La Face cachée de Margo
John Green

Will et Will
John Green et David Levithan

L'été où je suis né
Florence Hinckel

Incantation
Alice Hoffman

La Prédiction
Alice Hoffman

Boulevard du Fleuve
Yves Hughes

Polar Bear
Yves Hughes

Septembre en mire
Yves Hughes

Vieilles neiges
Yves Hughes

Mamie mémoire
Hervé Jaouen

Une Fille à la mer
Maureen Johnson

Suite Scarlett
Maureen Johnson

Au secours, Scarlett!
Maureen Johnson

La Bête
Ally Kennen

Déchaîné
Ally Kennen

Haïti, soleil noir
Nick Lake

Des pas dans la neige
Erik Lhomme

15 ans, welcome to England!
Sue Limb

15 ans, charmante mais cinglée
Sue Limb

16 ans ou presque, torture absolue
Sue Limb

S.O.S. chocolat!
Sue Limb

Un papillon dans la peau
Virginie Lou

Enfer et Flanagan
Andreu Martin
et Jaume Ribera

13 ans, 10 000 roupies
Patricia McCormick

Sobibor
Jean Molla

Felicidad
Jean Molla

Silhouette
Jean-Claude Mourlevat

Le ciel est partout
Jandy Nelson

La Vie blues
Han Nollan

Un Été algérien
Jean-Paul Nozière

Bye-bye, Betty
Jean-Paul Nozière

Maboul à zéro
Jean-Paul Nozière

Là où dort le chien
Jean-Paul Nozière

Le Ville de Marseille
Jean-Paul Nozière

Mortelle mémoire
Jean-Paul Nozière

Camps Paradis
Jean-Paul Nozière

Zarbie les yeux verts
Joyce Carol Oates

Sexy
Joyce Carol Oates

Les Confidences de Calypso
Romance royale - 1
Trahison royale - 2
Duel princier - 3
Mariage princier - 4
Tyne O'Connell

On s'est juste embrassés
Isabelle Pandazopoulos

La Décision
Isabelle Pandazopoulos

Sur les trois heures après dîner
Michel Quint

Arthur, l'autre légende
Philip Reeve

Mon nez, mon chat, l'amour et... moi
Le Journal intime
de Georgia Nicolson - 1
Louise Rennison

Le bonheur est au bout de l'élastique
Le Journal intime
de Georgia Nicolson - 2
Louise Rennison

Entre mes nunga-nungas mon cœur balance
Le Journal intime
de Georgia Nicolson - 3
Louise Rennison

À plus, Choupi-Trognon
Le Journal intime
de Georgia Nicolson - 4
Louise Rennison

Syndrome allumage taille cosmos
Le Journal intime
de Georgia Nicolson - 5
Louise Rennison

Escale au Pays du-Nougat-en-Folie
Le Journal intime
de Georgia Nicolson - 6
Louise Rennison

Retour à la case égouttoir de l'amour
Le Journal intime
de Georgia Nicolson - 7
Louise Rennison

Un gus vaut mieux que deux tu l'auras
Le Journal intime
de Georgia Nicolson - 8
Louise Rennison

Le coup passa si près que le félidé fit un écart
Le Journal intime de Georgia Nicolson - 9
Louise Rennison

Bouquet final en forme d'hilaritude!
Le Journal intime de Georgia Nicolson - 10
Louise Rennison

Je m'appelle Marie
Jacques Saglier

Je reviens
Marie Saint-Dizier

Chanson pour Éloïse
Leigh Sauerwein

Ce qu'ils n'ont pas pu nous prendre
Ruta Sepetys

Big Easy
Ruta Sepetys

Guadalquivir
Stéphane Servant

Miette-de-Lune
Nicky Singer

Rock Addict
C. J. Skuse

Mauvais plans
C. J. Skuse

Poussière rouge
Gillian Slovo

Sans abri
Robert Swindells

La Vie en rouge
Anne Thiollier

Rendez-vous en septembre
Anne Vantal

Cool de chez cool
Ned Vizzini

La Guerre des rêves
Catherine Webb

L'Enfant qui savait tuer
Matt Whyman

Porte-poisse
Margaret Wild

Avez-vous vu Zachary Beaver?
Kimberly Willis Holt

Kiss
Jacqueline Wilson

scripto

Loi n° 49-956 du 16 juillet 1949
sur les publications destinées à la jeunesse

PAO : Françoise Pham
Imprimé en Italie par L.E.G.O. Spa - Lavis (TN)
Dépôt légal : mars 2014
N° d'édition : 262279
ISBN : 978-2-07-065878-7